Besessen vor Liebe

Katherine Sutcliffe

Besessen vor Liebe

Deutsch von Angela Schumitz

Weltbild

Originaltitel: *Obsession*
Originalverlag: Pocket Books, New York

Besuchen Sie uns im Internet:
www.weltbild.de

Weltbild Buchverlag –Originalausgaben–
Deutsche Erstausgabe 2006

Projektleitung: Julia Kotzschmar
Übersetzung: Angela Schumitz
Umschlaggestaltung: Hauptmann und Kompanie Werbeagentur GmbH, München
Umschlagabbildung: Copyright © Elaine Duillo via Agentur Schlück GmbH
Satz: AVAK Publikationsdesign, München
Druck und Bindung: Oldenbourg Taschenbuch GmbH,
Hürderstr. 4, 85551 Kirchheim

Gedruckt auf chlorfrei gebleichtem Papier

ISBN 3-89897-379-4

1

Haworth
Yorkshire, England

Die Herzoginwitwe von Salterdon hockte wie eine Krähe in der Kirchenbank. Sie hatte das alte Kinn entschlossen nach vorn geschoben, die mit Altersflecken gesprenkelte Stirn gerunzelt und die Schultern etwas eingezogen unter dem schwarzen Gewand, das sie an diesem Tag trug. Schließlich war sie heute nicht hier, um die Hochzeit freudig zu feiern, über die so viel geklatscht wurde wie über keine andere, seit mein Bruder Clayton eine verwahrloste Rothaarige geheiratet hatte, die bis dahin in einem verfallenen alten Leuchtturm gehaust und dem lieben Gott seine Zeit gestohlen hatte.

Die Herzoginwitwe knurrte. Ihre juwelengeschmückten Finger umklammerten den Griff eines Spazierstocks, mit dem sie immer herumhumpelte. Ungeduldig knallte sie den Stock auf den Fußboden der Kapelle, ohne nach links oder nach rechts zu blicken. Sie schien das gelegentliche Kichern und das Geflüster der Gäste nicht zu bemerken, die hauptsächlich herbeigeströmt waren, um ihrem Drang nach Unterhaltung und einer perversen Neugier zu frönen, und nicht so sehr, um das Hochzeitspaar zu ehren.

Natürlich war ihr völlig klar, was um sie herum vorging. Ich, Trey Hawthorne, der ruchlose, berüchtigte, unwürdige Herzog von Salterdon – der Fluch, der auf der Herzoginwitwe, meiner Großmutter, lastete – vermutete, dass ihr Gehör noch genauso scharf war wie die Facetten des lächerlich großen Diamanten, den sie an ihrem linken Ringfinger trug.

Wenn jemand im Umkreis einer Meile den Namen Salterdon auch nur ansatzweise despektierlich im Munde führte, und sei es noch so leise, dann erfuhr sie davon – und Gnade Gott dem »abscheulichen Schandmaul«.

»Abscheuliche alte Hexe!«, murmelte ich, wohl wissend, dass sie meine Lippen lesen konnte, als ich hinter die offene Pfarrhaustür direkt in ihre Augen – grau wie die meinen – starrte und sich eine dünne graue Braue hob.

Ich erwiderte ihren Blick, indem ich kühl die Lippen kräuselte, ihr mit meinem Port zuprostete und eine kleine Verbeugung machte, die eher spöttisch als höflich ausfiel.

»Du kannst noch immer einen Rückzieher machen«, erklang die Stimme meines Bruders an meinem Ohr.

Ich drehte mich ein wenig zu rasch um. Der Alkohol in meinem Blut machte sich so heftig bemerkbar, dass ich rückwärts taumelte.

Das Gesicht meines Zwillingsbruders verschwamm vor meinen Augen, ein Gesicht, das das getreue Spiegelbild meines eigenen war – dunkles, leicht gewelltes Haar, steingraue Augen, fein geschnittene Züge. Sein Mund schien sowohl Besorgnis als auch eine gewisse Belustigung über meine Lage zum Ausdruck zu bringen.

Doch damit endeten auch schon unsere Ähnlichkeiten.

Clayton Hawthorne hatte nämlich das Herz und die Seele eines Heiligen und das Glück dessen, dem Gott hold ist. Ich dagegen war nur um Haaresbreite davon entfernt, für alle Ewigkeit im Höllenfeuer zu schmoren.

Nicht umsonst bezeichneten mich meine Bekannten als Satansbraten.

Clayton verzog das Gesicht und legte eine Hand auf meinen Arm, um mir seine Unterstützung anzubieten. Seufzend schüttelte er den Kopf.

»Die letzten drei Jahre hast du dich ausschließlich darum bemüht, Großmutter das Leben schwer zu machen, und das ist dir wahrhaftig hervorragend gelungen. Du hast dein Erbe durchgebracht, du hast ständig neue Wege gefunden, um mit deinem Namen Schlagzeilen in sämtlichen Londoner Klatschblättern zu machen. Und jetzt übst du die schlimmste Rache – du heiratest keine der akzeptablen jungen Damen, die Großmutter für dich ausgesucht hat, sondern eine notorische, dreimal geschiedene, zweifach verwitwete Frau, die älter ist als du und deren Neigung, ihre Ehemänner zu betrügen und sie in den finanziellen Ruin zu treiben, selbst deinen eigenen Ruf in den Schatten stellt. Edwina Narwhal Frydenthrope Thromonde Wohlstetter Rhodes ist eine … eine …«

»Eine Dirne.« Ich stürzte den restlichen Portwein hinunter und stellte das leere Glas achtlos ab. »Eine Hure. Ein Luder. Ein Flittchen. Ein Miststück. Eine Schlampe, eine Kupplerin, eine Nutte.« Dümmlich grinsend blinzelte ich Clayton an. »Soll ich die Aufzählung fortsetzen?«

»Und du heiratest sie.«

Ich zuckte die Schultern und richtete meine Seidenkrawatte. »Jawohl.«

»Die Ehe wird nicht von Dauer sein.«

»Natürlich nicht. Aber im Bett ist Edwina recht unterhaltsam. Und sie hat Geld. Nur, falls du es noch nicht bemerkt hast: Ich brauche Geld.«

Clayton warf mir einen boshaften Blick zu. »Wie hätte mir das entgehen sollen? Thorn Rose Manor ist im letzten Jahr immer weiter heruntergekommen. Du hast gerade noch eine Küchenmagd, die die Gewohnheit hat, das Familiensilber zu klauen – wohlgemerkt, den Rest, den du noch nicht verkauft hast, um deine Spielschulden zu begleichen; einen Butler, der zu viel trinkt und einen Stallburschen, der zu faul ist, um die Fliegen zu verscheuchen, vom Stallausmisten ganz zu schweigen. Trey, wenn du Geld brauchst …«

»Von dir nehme ich nichts.«

Clays Gesicht verdüsterte sich enttäuscht. »Verflucht noch mal, Bruder, tu es nicht! Ich weiß, dass es dich noch immer schmerzt …«

»Ich will nichts davon hören!« Ich schubste Clayton zur Seite und schwankte zu dem zweiflügeligen Fenster, das auf die Zufahrt hinausging, auf der sich die Prachtkutschen sämtlicher hochkarätigen, blaublütigen Familien Englands aneinander reihten.

»Wenn du Maria noch einmal erwähnst, dann schlage ich dich nieder!«

»Gib es doch zu: Du liebst sie noch immer.«

»Was faselst du da für einen Unsinn?«

Clayton trat hinter mich und legte mir mitfühlend eine Hand auf die Schulter.

Ich schüttelte sie ab und lachte. Es war ein brüchiges, zorniges Lachen, und ich errötete.

»Offensichtlich war es der jungen Frau nicht annähernd so ernst mit ihrer angeblichen Zuneigung zu mir wie umgekehrt, denn sonst wäre sie nicht so spurlos verschwunden. Offenbar wollte sie nicht gefunden werden, zumindest nicht von mir.«

Mit einem Blick auf Clayton setzte ich hinzu: »Wenn Großmutter sie nicht fortgeschickt hätte ...«

»Was für einen Unterschied hätte es gemacht, wenn Maria dich nicht liebte?«

Einen Moment lang schloss ich die Augen. Die Hitze in dem kleinen Raum trieb mir die Schweißperlen auf die Stirn. Der maßgeschneiderte Anzug aus feinem Wollstoff, den ich heute trug, klebte an mir, und mir wurde übel.

Maria Ashtons Bild stieg vor mir auf: ein wunderschönes Gesicht mit großen blauen Augen, lange, seidige blonde Haare, ein sanftes Gemüt, das mich vor den schlimmsten Höllenqualen gerettet hatte. Vielleicht wäre ich ohne sie gestorben. Sie war auf eine Anzeige meiner Großmutter hin zu uns gekommen. Gesucht wurde eine Krankenschwester, die sich um mich und meine Kopfverletzung kümmern sollte. Ich war nämlich von Straßenräubern überfallen worden, die mich für tot gehalten und einfach liegen gelassen hatten.

Maria sollte mich nicht geliebt haben? Nun, das war der Kern des Problems. Sie hatte vor Leidenschaft unter mir gezittert, mir ihre kostbare Unschuld geopfert und mir tausendmal ihre Liebe geschworen.

Die ganze Welt hatte sich von mir abgewandt. Maria, Tochter eines Vikars, war mir vorgekommen wie ein Engel, den der liebe Gott auf die Erde gesandt hatte, um mich zu retten.

Zum ersten Mal in meinem elenden Leben hatte ich mich verliebt. Unsterblich verliebt. Und dieses Gefühl wollte nicht weichen. Trotz ihres treulosen Verschwindens, trotz meines gewaltigen Zorns und obwohl ich im Begriff stand, eine andere zu heiraten, pochte mein Herz wie ein heißes Bleigewicht, wenn ich an die Monate dachte, in denen ich sie gesucht hatte, und an den Brief, der schließlich gekommen war – auf den Tag genau ein halbes Jahr, nachdem sie Thorn Rose in der Kutsche meiner Großmutter verlassen hatte.

»*Euer Gnaden, was zwischen uns vorgefallen ist, war ein Fehler. Ich habe einen anderen geheiratet und wünsche Ihnen viel Glück! Maria.*«

Maria. Gott, wie ich sie anbetete. In meinem Wahn hatte ich ein Lied für sie verfasst, in das ich mein ganzes Herz und meine ganze Seele gelegt hatte. Nur so hatte ich in jener schrecklichen Zeit meine Gefühle ausdrücken können.

Marias Lied.

Selbst jetzt, drei Jahre später, wurde ich noch von den Akkorden heimgesucht, die wieder und immer wieder in meinem Kopf dröhnten und mich in den Wahnsinn trieben.

Aus der Kapelle wehte Musik und das Gemurmel der versammelten Gäste zu mir herüber. Keine Freunde – ich hatte keine Freunde. Ich hatte keine Freunde mehr.

Die festlich gekleideten Menschen, die heute in ihren Prachtkutschen vorgefahren waren und denen der Reichtum und ihre Titel wie Eissplitter aus den aristokratischen Poren quollen, waren nur aus einem einzigen Grund hier: um zu sehen, wie ein Mann den letzten Rest seiner Würde aufgab und in den Abgrund des totalen Ruins sprang.

Aber wenn ich in diesen Abgrund stürzte, würde ich meine Großmutter, die Herzoginwitwe, mit mir reißen.

***

Der Portwein hämmerte in meinem Kopf, als sich der Pfarrer feierlich zuerst an die Gäste wandte, die den Atem anhielten, dann an mich und zuletzt an Edwina, die wissend grinste. Ihr feuerrotes Haar war mit einem Spitzenkäppchen bedeckt, ihr tief ausgeschnittenes Decolleté gab den Blick auf die verführerischsten Brüste außerhalb von Paris frei.

Mit etwas Glück würde ich die Zeremonie überstehen, bevor mir die Sinne endgültig schwanden. Es wäre doch zu schade, wenn die Geier, die auf den gepolsterten Kirchenbänken hockten, den ganzen Weg auf sich genommen hätten, nur um sich den Spaß von einem Bräutigam verderben zu lassen, der ohnmächtig wurde, bevor er sich und sein Leben dem völligen Verderben ausgeliefert hatte.

Die Worte des Geistlichen umschwebten mich wie Blätter im Wind – offenbar fragte er gerade, ob jemand einen Grund kenne, warum die beiden Menschen vor ihm nicht den Bund der Ehe schließen sollten, und wenn ja, dann solle er jetzt vortreten.

Oje – es gab viele, sehr viele Gründe. Und der geringste davon war noch, dass wir uns nicht liebten.

Aber sie hatte Geld, und ich brauchte Geld.

Sie brauchte einen willfährigen Liebhaber, der ihren Hang zu erotischen Eskapaden befriedigte. Da sie inzwischen fünf Ehemänner verschlissen hatte – die letzten waren in ihren wollüstigen Armen gestorben – traute sich auf zwei Kontinenten kein unverheirateter Mann mehr in ihre Nähe.

Und außerdem: Wenn es auf Englands geliebtem Boden eine Frau gab, die von meiner Großmutter aus ganzem Herzen verachtet wurde, dann war es Edwina – die Geliebte ihres verstorbenen Gatten.

»Ich kenne einen Grund!«, erschallte plötzlich eine Stimme aus der Gästeschar.

Diesen Worten folgte ein hörbares Einatmen und dann eine dröhnend tiefe Stille. Der Pfarrer erstarrte und wurde kreidebleich. Er stierte über meine Schulter, während seine Hände, die die Bibel umfasst hatten, erlahmten.

Clayton, der an meiner Seite stand, stieß ein leises »Gott sei Dank!« aus.

Edwina fluchte, dann drehte sie sich langsam um.

Ich schüttelte meinen Rausch und meine Verwirrung ab. Schwankend drehte auch ich mich um und starrte auf eine düstere kleine Gestalt, so breit wie hoch, bekleidet mit einer schmuddeligen Kappe, einem grauen, formlosen Kleid und einem gleichermaßen schmuddeligen Kittel. Zitternd, als habe sie Fieber, stand sie im Mittelgang.

Die Herzogin erhob sich mühsam. Ihr Gesicht war grau wie ihre Haare, die Augen zu groß für ihre Höhlen – Augen, die sich starr auf den Eindringling hefteten, der zurückwich, als befürchte er den Angriff einer Natter.

Die gedrungene kleine Frau hob eine zitternde Hand und deutete auf die Herzoginwitwe. »Sie hat's getan«, erklärte sie mit unsicherer Stimme. »Und zwar alles. Meine arme Seele mag im Höllenfeuer schmoren dafür, dass ich so lang geschwiegen habe. Aber ich bin gekommen, als ich gehört habe, dass Sie heiraten wollen, gnädiger Herr. Ich konnte den Mund keine Minute länger halten.«

Clayton trat vor mich. »Was zum Teufel soll das?«, wollte er wissen.

Ich packte ihn am Arm und hielt ihn fest.

Der Rausch, der meine Sinne noch vor wenigen Sekunden benebelt hatte, war verschwunden. Ohne den Blick von der verängstigten kleinen Frau zu wenden, befahl ich meinem Bruder: »Lass sie reden!«

Die Frau ging vorsichtig an der Herzoginwitwe vorbei, die ihren Spazierstock umklammerte und wie ein Fisch auf dem Trockenen nach Luft schnappte, aber kein Wort sagte.

»Es geht um das Mädchen, gnädiger Herr. Maria. Ich weiß, wo sie steckt. Wo sie gesteckt hat seit der Nacht, in der sie mit der Kutsche Ihrer Großmutter davongerollt ist. Ihre Großmutter hat sie nicht nach Huddersfield schaffen lassen, gnä' Herr, sondern nach Menson.«

Wieder atmete die Menge hörbar ein, und es ertönten Schreckensrufe, begleitet von nervös geflüsterten Mutmaßungen.

»Menson.« Ich stieg vom Podest. Die vom Portwein verursachte Trägheit wich einer Hitze, die sich von meinem Bauch aus in meinen ganzen Körper ausbreitete. »Sie müssen sich irren. Menson ist eine Anstalt für verrückte Straftäter.«

Die Frau schluckte und nickte. Sie rang die Hände, dann begann sie zu schluchzen. »Jawohl. Sie werden sie dort finden, gnädiger Herr. Oder vielmehr das, was von ihr noch übrig ist. Gott segne ihre gepeinigte junge Seele!«

2

Menson
Anstalt für verrückte Straftäter

Der Atem des Mannes stank nach faulen Zähnen und Räucherfisch. Sein rechtes Ohr oder zumindest das, was man unter seinen langen, fettigen grauen Haaren davon sehen konnte, war nur noch im Ansatz vorhanden. Auf dem verbliebenen Hautfetzen hatten menschliche Zähne ihre Spuren hinterlassen.

Ich packte ihn an seinem verdreckten Hemd und knallte ihn zum dritten Mal erbarmungslos gegen die steinerne Wand.

»Antworte mir, du Idiot! Wo steckt sie? Maria Ashton – wo habt ihr sie verscharrt? Wenn du mir nicht antwortest, dann dreh ich dir deinen dürren Kragen um, und zwar so schnell, dass du deinen Räucherfisch noch heute Abend in der Hölle verschlingen kannst!«

»Was hat das zu bedeuten?«

Ich wandte mich um.

Auf der Türschwelle stand ein feister Mann um die fünfzig. Sein Schädel wirkte viel zu klein für seinen immensen Leibesumfang. Große, vorstehende Augen, fiebrig glänzend vor Ehrgeiz und Verschlagenheit, ließen erahnen, dass er die Seele seiner eigenen Mutter verhökern würde, solange der Erlös in sein eigenes Säckel floss.

Ich hegte nicht den leisesten Zweifel, dass meine Großmutter sein Säckel beträchtlich bereichert hatte.

Hinter ihm drängten sich mehrere hünenhafte Untergebene, bereit, auf Anweisung sofort über mich herzufallen.

Doch die Miene ihres Chefs sah nicht so aus, als würde es eine solche Anweisung geben. In seinen Augen blitzte eine gewisse Erkenntnis auf. Er wusste genau, wer ich war und warum ich hier war.

»Wer zum Teufel sind Sie?«, fragte ich.

»Ruskin. Rupert Ruskin.« Er räusperte sich. »Wären Sie so freundlich, von Mr. Swift abzulassen? Er hat keinerlei Befugnis, Ihnen zu helfen, gnädiger Herr. Es wird Ihnen kaum etwas nützen, wenn Sie ihn umbringen, und außerdem ist er strohdumm, wie Sie inzwischen bestimmt schon bemerkt haben.«

Ich ließ den Mann los und er schlurfte eilig hinaus.

Ruskin brachte ein schmallippiges Lächeln zustande. »Sie sind wahrscheinlich wegen dem Mädchen hier.«

»Das liegt ja wohl auf der Hand.«

Ruskin nickte kurz, entließ die Wärter mit einem Wink und ging dann selbst hinaus. Auf dem dunklen Korridor blieb er kurz stehen, um mir Zeit zu geben, mich ihm anzuschließen.

Auf dem Weg durch den feuchten steinernen Gang spielte Ruskin sichtlich nervös mit einem Schlüsselbund, der in seinen Händen klirrte.

Er hatte zweifellos bereits über die möglichen Folgen seiner jämmerlichen Lage nachgedacht – wenn er gestand, dass Maria in Menson gefangen gehalten wurde, würde er den Zorn meiner Großmutter auf sich ziehen; wenn er stumm blieb, würde er unter meinen Händen einen raschen, jedoch schmerzhaften Tod erleiden, während ich die Wahrheit aus ihm herausprügelte.

Ich hätte ihn tatsächlich mit bloßen Händen umbringen können, und in eben diesem Moment wollte ich es auch nur zu gerne tun. Er sah es in meinen Augen und an meinen geballten Fäusten, meinem zornesroten Gesicht und meinen zusammengebissenen Zähnen. Wenn jemand gewagt hätte, sich mir in den Weg zu stellen, hätte ich den letzten Rest meiner

Selbstbeherrschung verloren und ein ebenso verrücktes Verbrechen begangen, wie es die in ihren Käfigen heulenden Wahnsinnigen getan haben mussten.

Dennoch zügelte ich meine Mordlust. Ich sagte mir – vielleicht naiv –, das Ganze sei wahrscheinlich ein abgekartetes Spiel, eine weitere Intrige meiner Großmutter, um mein Leben zu manipulieren und mich davon abzuhalten, eine Frau zu heiraten, die den Ruf der Salterdons weiter beschmutzen würde.

Ich wollte es so gerne glauben, dass ich am ganzen Leib zitterte. Das Wesen, das hinter einer dieser verschlossenen Türen hauste, konnte einfach nicht der Engel sein, der mein Leben und meine Seele vor den schrecklichen Abgründen der Hölle gerettet hatte.

Ruskin war an einer Eisentür angekommen. Er steckte den Schlüssel ins Schloss und mühte sich zähneknirschend ab, ihn zu drehen. Schließlich gab das Schloss mit einem rostigen Kratzen nach. Grunzend stemmte sich Ruskin mit seinem ganzen Gewicht gegen die Tür und stieß sie mit der Schulter auf.

Bei dem Gestank, der uns entgegenschlug, drehte sich mir der Magen um.

Das Heulen der Wahnsinnigen gellte mir in den Ohren, ringsum ertönte sinnloses Gebrabbel und auch in den Blicken, die aus den Türschlitzen heraus auf mich fielen, lag der Wahnsinn.

Mit jedem Schritt, den ich weiter in dieses Elend trat, wuchs der Hass auf meine Großmutter. In meiner Brust breitete sich Wut aus, die mit jedem Atemzug, den ich in dieser fauligen Luft tat und der in meinen Lungen brannte, befeuert wurde. Doch ich bebte nicht nur vor Wut, sondern auch vor Angst. Meine Nerven lagen blank, so blank, dass mein Körper von oben bis unten schmerzte.

Ich war nicht besonders gläubig. Meinen Glauben hatte ich verloren, als ich dabei hatte zusehen müssen, wie mein

Vater von Haifischen zerfetzt wurde, nachdem auf unserem Schiff ein Brand ausgebrochen war. Dutzende Schiffbrüchiger trieben, sich an Trümmer klammernd, im Wasser. Ganze Familien starben in der Hitze, verhungerten, ertranken. Sie alle wurden die Beute der Teufel, die stumm aus den Tiefen auftauchten.

Aber als ich jetzt durch die Gänge dieser Hölle ging, betete ich. Ich betete mit allen Fasern meiner wahrlich nicht besonders gläubigen Seele, dass es sich nur um einen weiteren meiner Albträume handeln möge.

Ja, in den letzten Jahren hatte es viele dieser Träume gegeben. Anfangs waren es romantische Visionen gewesen, in denen ich Maria wiederfand, wir uns in die Arme fielen und mit leidenschaftlichen Küssen bedeckten. Dann war der Brief gekommen, in dem es geheißen hatte, unsere *affaire de cœur* sei ein Fehler gewesen und sie habe einen anderen geheiratet. Meine romantischen Phantasien wurden zu grauenhaften Albträumen, so voller Hass, dass ich oft davon geträumt hatte, sie zu töten.

Doch das hier war kein Traum.

Kein Traum konnte meine Sinne derart verwirren.

Sollte ich also darum beten, dass dieser Weg, auf dem ich mich jetzt befand, eine makabre Verwechslung aufdecken würde – dass die weinende kleine Krankenschwester sich geirrt hatte, ebenso wie der schwitzende, stinkende Mann mit dem teigigen Gesicht und den mitleidlosen Augen, der neben mir hertrottete?

Es fiel mir schwer, mir vorzustellen, dass meine Großmutter zu einer derartigen Grausamkeit und Unrechtstat fähig sein sollte. Immer wieder kämpfte ich gegen diesen Gedanken an, während das Heulen der Verrückten von den feuchten Mauern widerhallte. Galle stieg in mir hoch, ätzend und bitter.

Als wir in einen dämmrigen Korridor einbogen, stießen wir auf zwei Wärter, die eine dieser Mitleid erregenden Gestalten zu seiner Zelle zerrten. Der Mann weinte und stammelte zusammenhanglose Wortfetzen. Ich blieb wie gelähmt stehen und sah zu. Mir schwindelte der Kopf, doch Ruskin ging ungerührt weiter, bis er schließlich vor einer schmalen Tür Halt machte.

Er fingerte mit seinen fetten Händen an den Schlüsseln herum. Das Klirren dieser Schlüssel sollte sich in mein Gedächtnis einbrennen wie jede Spalte in diesen Mauern und auf dem Steinfußboden, wie jedes widerliche Detail von Ruskins farblosem Gesicht, das er mir langsam zuwandte, während er die Tür aufstieß und wartend stehen blieb.

»Euer Gnaden«, sagte er, eine Braue langsam und bestimmt hochziehend.

Ich erwachte aus meiner Erstarrung. Langsam, ganz langsam setzte ich einen Fuß vor den anderen, als balancierte ich auf einem hohen Balken. Die Kälte, die ich noch vor kurzem verspürt hatte, wich nun einer inneren Hitze, die mir den Schweiß auf die Stirn trieb.

In der Zelle war es dunkel. Der Gestank brannte mir in Augen und Nase. Ich kramte ein Taschentuch hervor und hielt es mir vor die Nase.

Langsam ließ ich den Blick über den strohbedeckten Boden schweifen, bis ...

Gütiger Gott!

Der Anblick ließ mich zurücktaumeln. Ich schloss die Augen.

Ruskins Stimme ertönte, sie klang anders als vorher. Ein Helfer trat mit einer Lampe neben mich. Ein fahles Licht fiel auf das Wesen, das in einer Ecke der Zelle kauerte.

Nein. Nein! Das war nicht Maria! Nicht meine Maria mit den sanften blauen Augen und dem Gesicht eines Engels. Deren weiches blondes Haar meine Wangen gestreift und dabei seinen süßen Duft verströmt hatte.

»Sie ist nackt!«

Mehr konnte ich in diesem Moment nicht sagen.

»Natürlich ist sie nackt«, erwiderte Ruskin. »Sonst könnte sie sich ja aufhängen. Das passiert hier ziemlich oft.«

Das Taschentuch fiel mir aus der Hand und segelte sanft zu Boden. Ich starrte ihm nach und dachte daran, wie seltsam es hier wirkte – absurd und geckenhaft auf dem verdreckten Stroh.

Ich blinzelte, um den Schweiß zu entfernen, der mir in die Augen tropfte. Dann zerrte ich an meinen Mantelknöpfen und riss sie ab, weil ich es so eilig hatte, das Kleidungsstück auszuziehen, während ich auf dieses Wesen zustolperte, wer immer es auch war. Es war nicht Maria, es konnte nicht Maria sein! Aber wer auch immer es war – sie hatte ein Recht, vor den Blicken der Männer geschützt zu werden, die sie ausdruckslos wie ein Stück Vieh begafften.

»Nein!« Ruskins Hand legte sich auf meine Schulter und hielt mich zurück. »Sie wirkt zwar ziemlich gefügig, aber das ist sie nicht, das kann ich Ihnen versichern.«

»Hände weg!«, knurrte ich zwischen zusammengebissenen Zähnen. »Und zwar sofort!«

Ruskin trat dicht an mich heran. »Gnädiger Herr, Miss Ashton ist verrückt«, erklärte er leise.

Ich packte ihn am Kragen und drängte ihn an die Wand. Meine Knöchel gruben sich in das feiste Fleisch seines Halses.

»Das ist nicht Maria! Und jetzt sagen Sie mir auf der Stelle, was Sie mit ihr angestellt haben! Mit meiner Maria. Maria Ashton aus Huddersfield.« Meine Stimme wurde brüchig. »Dieses ... dieses Wesen ist nicht Maria.«

Er sagte nichts, blinzelte nur mit seinen seltsamen Augen, die wie bei einer Kröte hervorquollen.

Und dann hörte ich es – einen Laut, vor dem ich mich sehr gefürchtet hatte.

Ein Summen.

Ein Wiedererkennen durchzuckte mein Herz und meinen Verstand.

Marias Lied.

Das Liebeslied, das ich für sie komponiert hatte, erhob sich süß wie der Gesang eines Vogels und wanderte an den Wänden ihres Käfigs entlang.

Mit zitternden Fingern befreite sich Ruskin aus meinem Griff. Ich stolperte zurück. Mein Blick wanderte wieder zu der schwachen Frau, die in der düsteren Ecke kauerte. Ihre leeren Augen starrten ausdruckslos ins Nichts, während sie sich mit angezogenen Knien hin und her wiegte. Das kurz geschorene Haar bildete ein verfilztes Knäuel um ihr hageres Gesicht.

Ich legte die Hände vor die Augen und dann vor die Ohren, um das leise Summen auszublenden. In diesem Moment war ich mir sicher, dass ich selbst am Rande des Wahnsinns taumelte.

Nein, das hier war die Wirklichkeit, kein Wahn.

Der Wahn musste im Kopf meiner Großmutter spuken. Welche Person im Vollbesitz ihrer geistigen Kräfte und mit nur einem Funken Güte würde sich eines anderen menschlichen Wesens auf diese Art entledigen – einzig und allein um des Stammbaums willen? Nur damit die lange Linie blauen Blutes, das durch die Venen der Hawthornes floss, nicht von einer Bürgerlichen befleckt würde; nur damit der Name der Salterdons nicht zum Gespött des Adels würde und ihnen auch weiterhin alle Türen der Aristokratie offen stünden.

Das würde mir die Herzoginwitwe büßen müssen, und zwar bitter!

Mein Atem ging stockend. Langsam zog ich den Mantel aus und zwang mich dazu, an die Frau heranzutreten, deren Name mir kaum über die Lippen kommen wollte.

»Ma-ria?«

Ihre Augen irrten hin und her, dann kniff sie sie zusammen.

In dem ausdruckslosen Blick, der früher voller Leidenschaft und Liebe auf mir geruht hatte, lag kein Erkennen.

Plötzlich sprang sie mich an, ohne Vorwarnung und ungestüm wie eine Wildkatze. Die Wucht ihres Körpers brachte mich aus dem Gleichgewicht. Ich stürzte auf den dreckigen Boden.

Ihre scharfen Nägel gruben sich in meine Wangen. Sie schlug mich und trat nach mir; ein Knie bohrte sich so heftig in meinen Brustkorb, dass mir die Luft aus den Lungen gepresst wurde und ich mich fühlte wie damals, als Kind, als die Trümmer des explodierenden Schiffes auf mich fielen und mich ins Meerwasser tauchten, wo ich zu ertrinken drohte.

Die Wärter stürzten sich auf sie und zerrten sie von mir fort, während sie um sich schlug wie ein Tier in der Falle und schreckliche, unmenschliche Laute aus ihrem Mund drangen, der mich früher mit liebevollen Worten verwöhnt hatte.

Endlich schaffte ich es wieder, ein wenig Luft in meine Lungen zu pumpen. »Tut ihr nicht weh!«, stieß ich mühevoll aus.

»Um Gottes willen!«

Clayton, der von seinem wilden Ritt nach Menson völlig zerzaust war, bahnte sich einen Weg durch die Gaffer, die den Eingang versperrten. Er packte mich am Arm und zerrte mich hoch. Bestürzt sah er zu, wie die Wärter sich mühten, die Frau zu bändigen.

So rasch sie aufgesprungen war, um mich anzugreifen, so rasch brach sie auf einmal in den Armen eines riesenhaften Mannes zusammen, der sie wie ein Bündel Lumpen auf einen Strohhaufen warf.

Ich wollte mich auf Ruskin stürzen, der mit angsterfüllter Miene zurückwich.

Doch Clayton trat zwischen uns und rammte mir eine Schulter in den Oberkörper. Er versuchte mit aller Kraft, mich zurückzuhalten, denn er wusste, dass ich Ruskin höchstwahrscheinlich umbringen würde für das, was er hier zugelassen hatte.

»Du tust Maria keinen Gefallen, wenn du als Mörder ins Gefängnis kommst«, ermahnte mich Clayton nüchtern.

»Ich bin ein Herzog!«, erwiderte ich hitzig. »Diese Perücken tragenden Mistkerle würden es nicht wagen, mich ins Gefängnis zu werfen.«

»Euer Gnaden, Ihr seid die Geißel der Aristokratie. Der König würde Euch höchstpersönlich in das tiefste und dunkelste Loch stecken und Euch ewiger Verdammnis anheim fallen lassen, wenn er Eure Großmutter nicht so schätzte.«

»Ich habe mir fest vorgenommen, auch sie umzubringen.«

»Lauter leere Versprechungen!« Claytons Lippen kräuselten sich und ich spürte, wie ich ruhiger wurde.

Mein Bruder zog ein Taschentuch aus seiner Westentasche und drückte es mir in die Hand. Dann legte er einen Finger an die Wange, um mich an die Kratzer zu erinnern, die soeben heftig zu brennen begannen.

Ich presste das Tuch an mein Gesicht und tatsächlich färbte es sich bald rot. Als ich auf das Blut starrte, wurde ich mir schlagartig wieder dieses Ortes und seiner Insassen bewusst und auch der in der Ecke kauernden Verrückten, die früher einmal wunderschön gewesen war. Das Gewicht, das sich auf mich senkte, war so schwer, dass ich mir zerbrechlich wie das dünnste Glas vorkam.

Clayton drängte mich aus der Zelle.

Ich lehnte mich an die Wand, senkte den Kopf und starrte geistesabwesend auf das Blut, das von meiner Wange auf meine Schuhe tropfte und dort Flecken bildete wie dunkle Tränen.

»Was willst du jetzt tun?« Clayton lehnte sich neben mich und verschränkte die Arme vor der Brust. »Muss ich dich daran erinnern, dass du aus einer vollen Kirche gestürmt bist und deine Verlobte am Altar hast stehen lassen?«

»Die Hochzeit wird natürlich abgesagt.«

Er blickte auf Marias Zelle.

»Das versteht sich von selbst. Ich meinte aber eher, was du mit ... mit dem Wesen dort drinnen ... mit ihr zu tun gedenkst. Bruder, ich habe das Gefühl, dass du zu spät gekommen bist. Ich fürchte, ihr Wahn ist schon zu weit fortgeschritten.«

»Ich bringe sie nach Hause, dorthin, wo sie hingehört.«

»Nach Huddersfield?«

»Nach Thorn Rose.«

Claytons graue Augen ruhten ernst auf mir. »Sie wird eine Menge Krankenschwestern und Bedienstete brauchen. Ich werde sofort alles veranlassen.«

»Das ist nicht nötig.« Ich richtete mich auf und starrte auf die Wand. »Ich werde mich persönlich um sie kümmern. Wenn ich nicht gewesen wäre ...«

»Trey!« Clay trat näher. »Du trägst doch keine Schuld daran!«, meinte er sanft.

Ich starrte meinen Bruder düster an. »Doch. Ich habe sie geliebt. Das war genug.«

3

Thorn Rose Manor

Ich saß in der Galerie im ersten Stock, in grelles Sonnenlicht gebadet, das durch das Sprossenfenster fiel. Die Wärme trieb mir den Schweiß in den Nacken. Die Kratzer auf meinen Wangen, die mir Maria am Vortag zugefügt hatte, pochten. Es waren gezackte, tiefe Furchen, die zweifellos Narben hinterlassen würden.

An den Wänden hingen die Portraits meiner Vorfahren. Wie sie da so auf mich herabstarrten, strahlten sie so viel Rechtschaffenheit aus, dass mein Gesicht beschämt zu brennen begann.

Ich hätte genauso gut wieder zwölf sein und in die Gemächer meiner Großmutter gerufen worden sein können, um dort für ein Vergehen bestraft zu werden, das eines zukünftigen Herzogs unwürdig war. Schon das Warten war eine Bestrafung gewesen, denn in dieser Zeit konnte ich – und manchmal, wenn auch viel weniger häufig, auch Clayton – dann in aller Ruhe über die bevorstehende Strafe nachdenken.

Gelegentlich versuchte unser Großvater, wenn er im Haus war, seine Frau davon abzubringen, ihre Art von Gerechtigkeit walten zu lassen.

»Jungs sind eben Jungs«, meinte er dann immer und lachte dröhnend.

Woraufhin sie krächzend erwiderte: »Und Herzöge sind eben Herzöge!«

Mein Leben lang hatte ich versucht, ihr zu beweisen, dass sie sich irrte.

Während ich abwechselnd auf die verschlossene Tür von Marias Zimmer und auf den großen, reich verzierten Silberschlüssel in meinem Schoß starrte, lauschte ich angestrengt auf ein Geräusch, das mir sagen würde, dass sie aus dem Zustand der Betäubung aufgewacht sei, in dem sie von Menson nach Thorn Rose geschafft worden war.

Die Fahrt war schrecklich gewesen; Maria, die an Händen und Füßen gefesselt in meine weich gepolsterte Kutsche verfrachtet worden war, war ab und zu aus ihrem Opiumschlaf aufgewacht und hatte entsetzliche Schreie ausgestoßen. Ich hatte vorn auf dem Kutschbock neben Maynord gesessen, der die Pferde antrieb, als ob uns Höllenhunde auf den Fersen wären.

Herbert, mein Leibdiener, Butler, Koch und Vernichter meines teuersten Portweins, stand neben mir. Er hatte heißes Wasser und die duftende Seife herbeigeschafft, die ich vor kurzem in Paris für meine Verlobte, die schöne, mit scharfen Krallen und Zähnen bestückte Edwina, besorgt hatte, die in eben diesem Moment wahrscheinlich Pläne für mein Ableben schmiedete.

Nicht, dass sie sich schämte, vor dem Altar stehen gelassen worden zu sein, und unter Liebeskummer litt sie sicher auch nicht. Sie liebte mich ebenso wenig wie ich sie. Ich brauchte ihr Geld, sie brauchte einen Ehemann und einen Vater für das Kind, das sie unterm Herzen trug – Erzeuger unbekannt.

Ich war es jedenfalls nicht, denn ihre Schwangerschaft war schon zu weit fortgeschritten gewesen, als wir uns zum ersten Mal geliebt hatten.

Nachdem ich sie verlassen hatte, musste sie sich nun allein mit ihrer misslichen Lage auseinander setzen. Sie war ebenso wenig darauf eingestellt, Mutter zu werden, wie ich, Vater zu werden.

Wir waren beide viel zu sehr mit uns selbst beschäftigt. Kinder waren das Richtige für Männer wie meinen Bruder.

Clayton fand Kindergeplapper drollig und genoss es, wie ein junger Hund mit seinen Blagen im Garten herumzutollen und an trüben Winterabenden Märchen vor dem prasselnden Kaminfeuer zu erzählen oder aus der Bibel zu lesen.

Aber gemeinsam hätten wir es vielleicht geschafft. Sie hatte genügend Geld für Dienstboten, die das Kind wickeln, füttern und beschäftigen konnten. Edwina und ich hätten uns weiterhin um unsere Angelegenheiten kümmern können und uns mit Geliebten, dem Glücksspiel und einem gelegentlichen Abstecher in die düsteren Ecken der Londoner East Side unterhalten, wo zwielichtige Gesellen wie ich sündigen Gelüsten frönten, die man zwar nicht näher beschreiben sollte, die jedoch viel Spaß machten.

Endlich drang ein Geräusch aus dem Zimmer.

Ich nahm den Schlüssel in die Hand, die plötzlich zu schwitzen begann, und stand langsam auf.

Mein Blick war auf die Tür gerichtet, als sei sie die Pforte zur Hölle.

Warum hatte ich plötzlich so furchtbar Angst vor dieser Frau?

Vor der Frau, deren Hände mir früher beruhigend die fiebrige Stirn gekühlt hatten und die meinen Phallus mit einer unglaublichen Zärtlichkeit gestreichelt hatte.

Widerling!

Auch jetzt, vor dieser Tür, entzündete die Erinnerung an unser Liebesspiel ein brennendes Verlangen in mir. Ich biss die Zähne zusammen.

Ich hatte Maria Ashton von dem Moment an begehrt, als ich ihr das erste Mal in die Augen geblickt hatte. Schon indem sie ihre vollen, scharlachroten Lippen zu einem Lächeln verzog, war sie für mich zu dem alleinigen Grund geworden, überleben zu wollen.

Sie war meine … meine ganz persönliche Besessenheit geworden.

Behutsam steckte ich den Schlüssel ins Schloss, dann

presste ich das Ohr an die Tür und lauschte auf ein weiteres Lebenszeichen. Sachte, ganz sachte drehte ich den Schlüssel, bis es knackte, was mir in meiner Anspannung so laut vorkam, dass ich zusammenzuckte.

Vorsichtig, nur mit den Fingerspitzen, drückte ich die Tür auf.

Sonnenlicht drang durch das offene Fenster, auf dessen breiter Bank Maria kauerte. Sie hatte das weiche, dünne Baumwollnachthemd abgestreift, das ich ihr angezogen hatte. Ihre nackte Haut, bleich wie Milch und übersät mit dunklen Flecken, schimmerte im Licht, sodass sie wie ein durchsichtiger Geist wirkte, bereit, jederzeit die Flucht zu ergreifen.

Sie hatte das Gesicht der Spätnachmittagssonne zugewandt, die in ihren blassblauen Augen glitzerte.

Eine Brise bauschte die Vorhänge neben ihr auf und wehte durch die struppigen Büschel ihres früher so wundervollen Haares.

Nun drehte sie sich zu mir um und starrte mich mit ihren großen, unschuldigen Augen an. Zuerst lag der Ausdruck eines gehetzten Wildes darin, das in die gierigen Augen seines Jägers starrt, dann spiegelte sich Verwirrung in ihrem Blick und dann …

Dann war sie weg.

Bevor mir meine vor Schreck gelähmten Gliedmaßen gehorchen wollten und ich zum Fenster springen konnte, um sie aufzuhalten, war sie weg. Sie war mit ausgebreiteten Armen aus dem Fenster gestürzt wie ein Vogel, der sich in die Lüfte erhebt.

Meiner Kehle entrang sich ein gepresster Laut, als ich zum offenen Fenster taumelte und hinunter auf den dichten, dunkelgrünen Rasen blickte.

Dort lag sie, einen Arm seltsam über den Kopf verdreht, ein Bein ausgestreckt, das andere am Knie gebeugt, sodass sie wie eine Marionette aussah.

Ihre Augen waren geöffnet und starrten in meine, ihre roten Lippen waren verzogen, wie sie es in meinen Träumen immer gewesen waren.

***

»Sie befindet sich natürlich in einem höchst bedauernswerten Zustand. Extrem unterernährt. Bei dem Sprung aus dem Fenster hat sie sich gottlob kaum verletzt, doch ihr Körper zeigt Spuren alter Brüche. Hier, am Oberschenkelknochen etwa, sehen Sie, hier, da ist ein leichter Knick. Er war gebrochen und der Bruch wurde nur schlecht – wenn überhaupt – gerichtet.

Und hier, an den Fingern, und auch dort, unterhalb des Knöchels. Die offenen Stellen an Füßen und Beinen sind zweifellos auf die unhygienischen Zustände zurückzuführen, in denen sie leben musste. Außerdem scheint sie sich von der Realität ziemlich weit entfernt zu haben.«

»Was heißt das?«

Ich starrte den alten Arzt wütend an. Herbert hatte Jules Goodbody in Haworth aufgetrieben, als er, die Wangen vom vielen Bier gerötet, aus dem Black Bull getorkelt war. Er sprach mit einer tiefen, knarzenden Stimme und in abgehackten Sätzen; Sterbenden konnte er wohl nur die Unausweichlichkeit ihres Ablebens versichern, trösten konnte er sie kaum.

»Sie ist ziemlich verrückt«, erklärte er lakonisch. Dann klappte er den Deckel seiner Taschenuhr auf und las mit herabgezogenen Mundwinkeln die Zeit ab. »Ja, ziemlich verrückt.

Ich würde sie unverzüglich nach Menson zurückschicken, das läge in ihrem ureigensten Interesse.«

»Ich erwarte von Ihnen, dass Sie sie wieder gesund machen!«

Er schloss die Uhr mit einem lauten Klicken und stopfte

sie in seine Westentasche zurück, bis nur mehr die reich verzierte Kette heraushing. Nachdenklich blickte er aus dem Fenster auf die fernen Hügel der Pennines und den Weg, der sich daran entlangzog.

Dann nahm er die eingestürzte Mauer ins Visier, auf deren moosbedeckten Steinen sich Legionen von Saatkrähen in Reih und Glied niedergelassen hatten.

»Solche Verletzungen zu heilen ist nicht so leicht, wie Eiter aus einer Wunde zu entfernen oder einen gebrochenen Knochen zu schienen. Wir können den Schädel nicht öffnen und mit einem Instrument darin herumstochern, um die Ursache der Krankheit herauszuholen.«

»Es muss doch etwas geben – irgendein Mittel, um ihr zu helfen.«

»Nur die Zeit, Euer Gnaden. Freundlichkeit, Sanftheit – und vor allem Geduld.«

Er unterstrich das Wort Geduld, indem er mit dem Zeigefinger Richtung Decke wies.

»Aha. Geduld also.« Ich lachte spröde. »Bin ich nicht bekannt für meine Ungeduld, meine Unfreundlichkeit und meine teuflische Art?«

»Vielleicht probieren Sie es einfach mal mit Bereuen, Euer Gnaden.«

»In der Hoffnung, dass Gott sich über die Bekehrung eines Sünders so freut, dass er mich plötzlich großzügig mit den Gaben bedenkt, die mir so gänzlich fehlen?«

»Sie können schlecht hoffen, auf der Stelle und rundum erlöst zu werden. Das würde ein wenig heuchlerisch wirken, finden Sie nicht?«

Ich blickte auf das Portweinglas in meinen Händen. »Gott hat mir bislang keinen Gefallen erwiesen.«

»Ganz im Gegenteil! Allein durch Ihre Geburt sind Sie an Reichtum und einen Titel gekommen, Sie hatten liebevolle Eltern …«

»Die mir geraubt wurden, als ich und mein Bruder knapp

zehn Jahre alt waren. Und danach gerieten wir in die Hände eines intriganten, herzlosen alten Weibs, das den Körper und die Seele dieses Engels hier opfern wollte, nur um mich weiter unter ihrer Fuchtel zu halten.

Ach, und nicht zu vergessen – Gott, der Allmächtige, hat es zugelassen, dass Straßenräuber mich beinahe erschlagen hätten, sodass ich kaum mehr war als die brabbelnden Idioten in Menson. Wofür war das gut? Wollte der Herrgott mich daran erinnern, dankbar zu sein, dass mein Schädel so hart ist wie eine Kokosnuss?«

»Wenn Ihre Kokosnuss keine Hiebe verpasst bekommen hätte, dann hätten Sie die junge Frau hier nicht getroffen, oder?«

»Touché. Aber wenn sie mich nicht getroffen hätte, dann wäre sie inzwischen zweifellos glücklich mit diesem mickrigen kleinen Vikar aus Huddersfield verheiratet, der sie so sehr liebte – John Rees hieß er, wenn ich mich recht entsinne. Einmal tauchte er sogar hier auf und gestand mir alles; er wollte Maria unbedingt fortschaffen, bevor ich ihre Unschuld beflecken konnte.«

»Gelegentlich finden sich Gruben, ja ganze Täler auf Gottes Weg zum Glück. So ist das Leben, Euer Gnaden. Das wahre Glück ist um so erhabener, je mehr man leiden muss, um es zu erlangen.«

»Ein Weg in den Himmel, den man nicht beschreiten kann, ohne ständig gegeißelt zu werden, scheint ein wenig heuchlerisch zu sein, wenn er von einem Gott entworfen wurde, der doch die Verkörperung der Güte sein soll, finden Sie nicht?«

»Wäre das Leben nur Glückseligkeit, Euer Gnaden, dann gäbe es keinen vernünftigen Grund, sich auf den Himmel zu freuen, oder?«

»Sie klingen wie ein verdammter Pfaffe. Ich dachte, Ärzte wären eher Atheisten, so wie es auch Naturwissenschaftler und Philosophen sind.«

Goodbody blickte stirnrunzelnd auf Maria. »Ich würde mir nur höchst ungern vorstellen, dass dieses Leben alles ist, worauf wir uns freuen können; denn dann wäre es tatsächlich eine elende Zeitverschwendung.«

Er seufzte. »Passen Sie auf bei ihr! Ich habe das Gefühl, dass sie gefährlich werden könnte.«

***

Maria gefährlich? Nein, das war unmöglich – doch nicht der Engel, der mich aus meiner Hölle befreit hatte!

Maria Asthon war der Inbegriff von Güte. Sie war mir vorgekommen wie der erste wahrhaft gute Mensch, der mir nach dem Tod meiner Eltern begegnet war und mein Leben beeinflusste.

Und wie sehr sie auf die Güte Gottes vertraut hatte! Bis zu diesem Moment erinnerte ich mich noch lebhaft an das, was sie über Seine Güte gesagt hatte.

»Ich glaube, dass Er geduldig, freundlich und verzeihend ist, egal, welche Sünde – oder Sünden – man begangen hat. Seine Hand ist immer ausgestreckt. Alles, was man braucht, gnädiger Herr, ist Glaube, Mut und ein reuiges Herz.«

Was für eine naive Zuversicht. Und so hatte Er nun ihren Glauben an Ihn vergolten.

»Euer Gnaden.«

Herbert kam mit einem Tablett Essen herein. Er stellte es auf einen Tisch in der Nähe des Bettes, dann drehte er sich steif zu mir um.

Eine dünne graue Haarsträhne hing ihm in seine blutunterlaufenen Augen. Er machte sich nicht die Mühe, sie wegzustreifen.

»Brauchen Sie noch denn im jetzigen Moment etwas, gnädiger Herr?«

Ich betrachtete sein zerknittertes weißes Hemd. »Sie haben wieder einmal Ihr Jackett vergessen, Herbert.«

Er blickte an sich hinab, dann wieder auf mich. »Sie haben Recht«, erklärte er schniefend. »Entschuldigung.«

»Was ist das?«, fragte ich und deutete auf ein paar dunkle Flecken auf seiner Hemdenbrust.

»Das Abendessen der jungen Lady, gnädiger Herr.« Er wies auf das Tablett.

»Eintopf.«

»Ach du meine Güte! Doch nicht etwa der Lammeintopf, den Sie mir vor drei Tagen vorgesetzt haben?«

»Taube, gnädiger Herr.«

Wir blickten einträchtig auf das inzwischen geschlossene und verriegelte Fenster, auf dessen Sims drei Tauben saßen und hereinstarrten.

Langsam drehte ich mich wieder zu Herbert um. »Sie haben doch nicht etwa …?«

»Nicht eigenhändig, gnädiger Herr. Maynord, unser Stallbursche, hat es getan, und sogar recht gern. Er meinte – verzeihen Sie die direkten Worte, gnädiger Herr –, sie würden auf sein gottverdammtes Zaumzeug und seinen Einspänner scheißen.«

»Sehr appetitlich!«

»Tja.« Herbert blinzelte dümmlich. »Kann ich noch etwas für Sie tun, Sir?«

Ich schüttelte den Kopf und sah ihm nach, wie er zur Tür schlurfte.

»Herbert!«

Er blieb schnell und plötzlich stehen und blickte mich mit seinen Augen fragend an.

Ich warf ihm den Schlüssel zu. »Schließen Sie die Tür von außen zu!«

»Zuschließen, gnädiger Herr?« Er hob zweifelnd die Brauen.

»Jawohl.«

Seine rosafarbenen, grobknochigen Finger schlossen sich um den Schlüssel. Er nickte zögerlich.

Langsam ging die Tür hinter ihm zu, doch ich wartete eine ganze Weile, bis ich hörte, wie der Schlüssel sich drehte und das Schloss zuschnappte.

Dann hörte ich nur noch meinen eigenen Atem.

Anders als mein Bruder war ich kein besonders tapferer Mensch und war es nie gewesen. Zweimal – nur zweimal – hatte ich etwas im weitesten Sinne Mutiges getan. Einmal hatte ich Clayton vor dem Ertrinken gerettet, das andere Mal hatte ich meiner Großmutter gesagt, sie solle zur Hölle fahren, und war hinaus in die Dunkelheit galoppiert, um Maria zu finden.

Ich krempelte die Hemdsärmel hoch und holte die Schüssel mit dem heißen Wasser, die Seifenkugel, die schwach nach Pfirsichblüten duftete, und einen Waschlappen ans Bett.

Mir fiel ein, wie sie mich einmal gebadet hatte. Sie hatte ihren Körper auf den meinen sinken lassen, ihre hübschen Brüste waren langsam in das Wasser und den Schaum eingetaucht.

Als wir aus der Wanne stiegen, war kaum noch Wasser darin. Sie hatte mitten im Raum gestanden, große Seifenflocken hatten an den weichen Hügeln ihres Hinterteils geklebt und Schaumperlen an den Spitzen ihrer rosafarbenen Brustwarzen. Ihre Haut war ganz rosig gewesen von der Hitze des Wassers und dem Rausch der Erregung.

In diesem Moment hatte ich mich in sie verliebt.

Unwiderruflich.

Ich drückte den Waschlappen aus, kniete mich ans Bett, nahm ihre Hand und legte sie mit der Handfläche nach oben auf meine.

Sie merkte nichts. Sie wirkte ganz ruhig – von der Realität entfernt?

Ihr Gesicht war dem Fenster zugewandt, ohne zu zwinkern starrte sie in die Sonne, als schliefe sie mit offenen Augen.

Mit einer Fingerspitze fuhr ich die Umrisse ihrer Wangenknochen nach, hinab in die tiefe Höhle ihrer Wange, zu ihren Mundwinkeln, an den Umrissen ihres Kiefers entlang zu ihrem Ohrläppchen. Ich musste lächeln. Sie hatte wunderschöne, zarte Ohren, die wie Muscheln geformt waren. Einmal, als ich mit der Zunge in die kleinen Furchen ihres Ohrs gefahren war, hatte sie gebebt – und gekichert – und gestöhnt.

Ich streichelte sie weiter, ganz sanft, fast, ohne sie zu berühren, am Hals – dessen Haut durchsichtig war wie Porzellan –, entlang der dunkelblauen Adern, die sich unter der dünnen Haut abzeichneten, über den flatternden Puls. Dort zögerte ich.

Jedes Klopfen ihres Herzens hallte in meinem Kopf wider.

Maria.

In diesem Augenblick war ich fast so erschüttert wie damals, als ich sie zum ersten Mal gesehen hatte, und ebenso verzweifelt, angsterfüllt, wuterfüllt. Ich schloss die Augen und kämpfte gegen all die widersprüchlichen Gefühle und Erinnerungen an.

Damals hatte sie ein weiches, fließendes weißes Baumwollgewand getragen und eine flackernde Kerze hoch in der blassen Hand gehalten, als sie wie eine Erscheinung auf mich zuschwebte, das vom Mond beschienene Haar im Kerzenlicht schimmernd.

Ich war benommen und verzweifelt gewesen, und plötzlich war auch damals eine heftige Wut in mir aufgestiegen. Doch etwas an ihrem kindlichen Aussehen bannte mich, und ich wurde ganz ruhig, ich atmete kaum noch, als wäre ein scheues Reh in meiner Nähe. Ich hatte Angst, dass sie fliehen würde, wenn ich auch nur blinzelte.

Ach, Maria, meine liebe, süße Maria.

Wenn ich nur die Stunden, die Tage, die Jahre zurückdrehen könnte, ich würde gerne meine eigene Gesundheit, ja, mein eigenes Leben für die Genesung ihrer lieben armen Seele geben.

Unter den Sonnenstrahlen, die unsere Hände streichelten –

ich hielt die ihre noch immer Besitz ergreifend fest – verebbten allmählich mein Entsetzen und die Taubheit, die mich befallen hatte. Doch meine Wut wuchs. Als ich auf ihr Profil blickte, auf ihre eingefallene Wange, die auf dem Daunenkissen ruhte, überkam mich wieder eine abgrundtiefe Verzweiflung.

Früher hatte ich sie gejagt, wie besessen von einem Wahn, der nun sie selbst befallen hatte. Später hatte ich sie gehasst mit all der Bösartigkeit eines tollwütigen Hundes.

Ich legte eine Hand, noch glitschig von der Seife, vor die Augen. Vor lauter Schuldgefühlen wurde mir übel. Ich fühlte mich schuldig für das, was meine Großmutter ihr – uns beiden – angetan hatte, und für die Flüche, mit denen ich ihre unschuldige Seele verfolgt hatte, als ich erfuhr, dass sie einen anderen geheiratet hatte.

Wie wenig hatte ich ihr doch vertraut! Meine Liebe zu ihr war zu einer schwelenden Wunde geworden, die sich immer weiter entzündet hatte, bis Ernüchterung und Hass mich verzehrt hatten.

Sie könnte gefährlich werden.

Es war nichts Gefährliches an ihren Armen, als ich mit dem feuchten, warmen Waschlappen über die weiche, blasse Haut zwischen Ellbogen und Handgelenk fuhr.

Es war nichts Gefährliches an ihren Schultern, die knochig, leicht gesenkt und weiß waren wie die Laken, auf denen sie ruhten. Sie blickte noch immer aus dem Fenster, ihr Gesicht war noch immer vom Sonnenlicht vergoldet.

Es war nichts Gefährliches an ihren Brüsten – weiche Kugeln, die früher einmal süß geschmeckt hatten wie Marzipan. Selbst jetzt verspürte ich das quälende Verlangen, sie zu berühren, die Hände um sie zu legen und die zarten, dunkelrosa Spitzen an meine dürstenden Lippen zu führen.

Plötzlich klopfte es leise an der Tür.

Ich zog das Laken über Marias Brüste und ging zur Tür, die soeben geöffnet wurde.

Herbert stand da, noch immer ohne Jackett und mit geröteten Augen, nun aber ziemlich beunruhigt.

»Diese Frau ist da«, erklärte er mit der monotonen Stimme, mit der er stets Edwina ankündigte.

Ich schloss kurz die Augen. »Das hat wohl so kommen müssen.«

»Soll ich Ihnen etwas zu trinken bringen, gnädiger Herr? Sie werden es brauchen. Sie ist ziemlich geladen, das kann ich Ihnen versichern.«

»Wie schlimm ist es denn?«

Er kratzte sich an seinem grauen Haarschopf. »Die Klauen sind geschärft, gelegentlich bemerkte ich ein Zähneknirschen.«

»Aha, dann ist sie also relativ guter Laune.«

Wir tauschten ein ironisches Lächeln.

4

»Du Schuft! Du hattest nie auch nur einen Funken Güte, Anstand oder Fürsorge im Leib. Dir ging es immer nur um dein Vergnügen. Und trotzdem gibst du mich einer unscheinbaren kleinen Krankenschwester wegen auf ...«

»Maria kann man beim besten Willen nicht als unscheinbar bezeichnen. Sie ist die schönste Frau, der ich je begegnet bin.«

Edwina marschierte mit rauschenden Röcken zur Tür des Salons und starrte böse zum ersten Stock hinauf.

»Du hast mir versichert, dass du über deine Gefühle für sie hinweggekommen wärst.«

Sie drehte sich um und fixierte mich mit ihren harten blauen Augen. »Und was soll ich jetzt tun? Du bist schuld an meiner misslichen Lage!«

Ich leerte mein Portweinglas mit einem Schluck und stellte mich innerlich auf den unvermeidlichen Wutanfall ein. Eine leichte Taubheit breitete sich in mir aus, die ich nicht nur auf den Alkohol zurückführte, sondern auch auf die Erschöpfung, die mir tief in den Knochen steckte.

War es tatsächlich erst drei Tage her, seit ich vor dem Altar stand, bereit, dieses kleine Miststück zu heiraten? Nur drei Tage, seit meine ganze Existenz eine völlig neue Wendung genommen hatte, meine längst erloschene Hoffnung neu entzündet worden war und Träume angefacht hatte, von denen ich früher gedacht hatte, sie seien nur etwas für Männer wie meinen Bruder?

»Ich habe mit deiner misslichen Lage nichts zu tun, Edwina. Wenn du gelegentlich Enthaltsamkeit geübt hättest ...«

»Wenn du mir keinen Heiratsantrag gemacht hättest, dann

hätte ich mich dieser unseligen Sache wahrscheinlich schon längst entledigt. Jetzt ist es zu spät. Du meine Güte, was soll ich nur allein und unverheiratet mit einem Kind anfangen?«

»Du hast Geld. Besorge dir ein Kindermädchen, tätschle dem Kind gelegentlich den Kopf, und schick es so bald wie möglich in die Schule, dann musst du dich nur ab und zu in den Ferien darum kümmern.«

»Herr im Himmel, kannst du dir vorstellen, was es mit meinen Brüsten anstellen wird? Schon die Vorstellung, dass an meinen Brustwarzen gezerrt wird, jagt mir Angst und Schrecken ein.«

»Ach ja, seit wann denn?«, fragte ich grinsend.

Sie warf mir einen scheelen Blick zu. »Sag mal, mein Schatz: Willst du damit, dass du diese kleine Krankenschwester rettest, wieder mal deiner Großmutter eins auswischen?«

»Was glaubst du denn, Edwina?«

»Nun, wenn ich dich so sehe, könnte ich mir vorstellen, dass es dir ernst ist.«

»Ich habe aus meinen Gefühlen für Maria nie ein Hehl gemacht.«

»Ja, ich entsinne mich noch schwach, wie du ihr nachgetrauert hast – wenn du nicht gerade davon geredet hast, sie umzubringen. Ich glaube fast, ich bin eifersüchtig.«

»Das kann ich mir nicht vorstellen.«

»Wie kann man dich umstimmen?«

»Willst du mich etwa bestechen?«

»Das hat jedenfalls schon einmal funktioniert.«

Mit der Ausstrahlung einer rolligen Katze trat sie zu mir ans Fenster an den weich gepolsterten Lehnstuhl, auf dem ich mich niedergelassen hatte. Ich wusste genau, was als Nächstes kommen würde.

Edwina benutzte Sex, um Männer zu manipulieren, deren Verstand nur auf einer einzigen Ebene funktionierte – zwischen den Beinen. Sie hatte das Talent, diese Schwäche sofort aufzuspüren wie ein Jagdhund einen verwundeten

Fuchs. Hunde waren allerdings an einem raschen Tod interessiert und senkten die Zähne in die Kehle ihres panischen Opfers. Edwina hingegen genoss das Spiel – sie spielte mit diesen labilen Männern und trieb sie in den Wahnsinn.

Das hatte ich gründlich begriffen, weshalb sie mich einerseits respektierte, andererseits aber auch fürchtete. Ich war eine Herausforderung, und sie war bereit gewesen, den Preis dafür zu zahlen, sogar einen sehr hohen.

Nun sank sie zwischen meinen Beinen auf die Knie. Der Rock ihres blassgrünen Kleides bauschte sich wie Meeresschaum um sie und ihren herrlichen Busen, auf den das tief ausgeschnittene Oberteil einen freizügigen Blick gewährte.

Ihre Brüste wirkten einladend wie weiche weiße Kissen. Früher hatte ich gern das Gesicht darin vergraben. Edwina roch immer nach Rosenblüten, sie verströmte diesen betörenden Duft am ganzen Körper. Und auch jetzt verfehlten ihre aufgerichteten Brustwarzen, die sich deutlich unter dem dünnen Stoff abzeichneten – zwei köstliche kleine Erhebungen – nicht ihre Wirkung, trotz meines Rausches oder vielleicht auch gerade deswegen.

Schließlich war ich ein Mann.

Früher hätte ich den zarten Stoff über diesen Brüsten einfach gepackt und zerrissen. Grobheit erregte Edwina, Grobheit ließ sie atemlos werden, sich winden, nach mehr betteln. Je grober, desto besser.

Früher.

Vor einem Monat. Vor einer Woche. Noch vor wenigen Stunden.

Früher.

Ihre Hände glitten an der Innenfläche meiner Oberschenkel entlang und schoben meine Beine auseinander, bis die rasch wachsende Schwellung in meiner Hose unter dem gespannten Stoff zu schmerzen begann.

Ihre Finger fuhren sacht über die Umrisse meines Geschlechts, während sie mich unter träge gesenkten Lidern aufmerksam musterte. Ihr kirschroter Mund war leicht gekräuselt, ihr Gesicht erhitzt durch ihre wachsende Erregung.

Mit langen, schlanken Fingern spielte sie an meinem Hosenschlitz. Ganz langsam machte sie sich an der Öffnung zu schaffen, dann senkte sie den Kopf auf meinen Schoß und ich spürte ihren feuchtwarmen Atem.

In meiner Kehle wollte ein Stöhnen aufsteigen, doch ich schluckte es hinunter.

Sie hob den Kopf, sah mich an und lächelte. Ihre Lippen waren geöffnet, ihr Atem kam in kurzen, hörbaren Stößen. Sie fuhr mit der Zunge über ihre Unterlippe, dann über die Oberlippe, so dass ihr feuchter Mund in der schwächer werdenden Nachmittagssonne leicht glänzte.

Dann senkte sie erneut den Kopf.

Ich schloss die Augen und griff nach ihr, vergrub beide Hände in ihren dichten roten Haaren, die sich wie Seide um meine Finger wickelten.

Und zog ihren Kopf hoch – ein wenig zu grob.

Sie streckte ihr kleines Kinn nach vorn und blickte mich aus weit aufgerissenen Augen schockiert und verwirrt, fast entsetzt an.

»Nein!«, sagte ich.

Sie erstarrte vor Überraschung.

»Nein!«, wiederholte ich.

»Du willst mich nicht.« Es war keine Frage.

»Es tut mir Leid.«

»Lügner!« Sie stemmte sich gegen mich, geriet außer sich. »Lügner! Verdammter Lügner!«

Mein Griff wurde fester.

»Du brauchst mich!«

»Ich brauchte dein Geld, Edwina, nicht dich. Das weißt du doch.«

Sie kämpfte mit mir, trommelte mit ihren kleinen Fäusten auf meine Oberschenkel. Tränen stiegen ihr in die Augen, und eine Verzweiflung, die ich bis dahin noch nie an ihr gesehen hatte, grub tiefe Furchen in ihre Stirn und um ihren Mund.

Einen Moment lang glaubte ich fast – auch wenn es töricht war –, dass das Gefühl, das ihr Gesicht so gramvoll verzerrt hatte, Liebe sein könnte. Aber darüber wollte ich nicht weiter nachdenken, das hätte die Sache nur noch komplizierter gemacht.

Außerdem war Edwina unfähig, jemanden wirklich zu lieben. Das hatte sie mir selbst gesagt.

»Was hoffst du eigentlich, mit deinem törichten Verhalten zu erreichen?«, fragte sie. »Glaubst du etwa, du könntest dieses dahergelaufene Frauenzimmer von ihrem Wahn befreien?«

»Ja, genau das hoffe ich.«

»Und wozu? Damit du den Rest deines Lebens als armer Mann verbringen kannst? Muss ich dich daran erinnern, dass du dein Erbe verschleudert und den Namen Salterdon in den Schmutz gezogen hast, nur um deine Großmutter zu demütigen? Hast du vor, dich auf die Großzügigkeit deines Bruders zu verlassen?«

Ich schubste sie verärgert von mir und schloss meine Hose. »Sei vorsichtig, Edwina! Meine Toleranz hat ihre Grenzen.«

Sie richtete sich mühsam auf. Ihr Zorn wuchs, ihr Haar ergoss sich wie eine wilde, leuchtende Flut von Farbe über ihre Brüste. Sie starrte mich an wie ein schnaubender, verwundeter Stier. Ich erhob mich in der Erwartung, dass sie gleich handgreiflich werden würde.

Wie ein Wirbelwind tobte sie im Zimmer herum. Ihr Blick flog von einem zerbrechlichen Gegenstand zum nächsten. »Die paar Dienstboten, die du noch hast, bezahlst du, indem du die letzten silbernen Kerzenleuchter verhökerst. Die Londoner Clubs haben dich schon längst ausgeschlossen. Es ist nur eine Frage der Zeit, bis man dir Thorn Rose wegnehmen wird – oder das, was noch davon übrig ist, was noch nicht eingestürzt ist, weil du es systematisch vernachlässigt hast.

Du bist zum Gespött der Leute geworden, Salterdon. Deine Freunde – die wenigen Freunde, die du noch hast – schließen Wetten ab, wann du und dieses Haus endgültig zusammenbrechen werden. Was hast du davon, wenn du dich einer Wahnsinnigen zuliebe als Held aufspielst? Wirst du dich damit bescheiden, den Rest deines armseligen, verpfuschten Lebens Schweine und Kartoffeln auf dem Markt feil zu bieten, um dir damit deinen Lebensunterhalt zu verdienen?«

»Lieber, als mich einer herumhurenden, zänkischen Megäre zu unterwerfen.«

Ein Porzellanfigürchen segelte auf mich zu. Ich duckte mich und es zerschellte an der Wand. Es folgte eine Portweinkaraffe. Ich versuchte, sie in der Luft zu erwischen, schaffte es aber nicht und musste dabei zusehen, wie sie durch das offene Fenster flog und auf dem gepflasterten Weg zerbrach. Ihr Inhalt ergoss sich über einen Buchsbaum.

»Verdammt noch mal«, knurrte ich, »jetzt bist du zu weit gegangen, Edwina! Das war mein bester Port!«

Plötzlich war ihre Wut verschwunden. Wie nach einem Sturm senkte sich tiefe Stille über den Raum.

Sie ächzte. Mir fiel ein, dass ich sie noch nie hatte weinen sehen. Toben – ja; schrill kreischen – ja; bei unseren emotionalen und körperlichen Auseinandersetzungen war es immer hoch hergegangen. Aber die Tränen, die jetzt über ihre Wangen strömten, waren neu und höchst beunruhigend.

»Ich kaufe dir eine neue Flasche Port, Trey. Ich kaufe dir allen Port, den du dir wünschst. Den allerbesten! Wenn du mich heiratest.«

»Edwina, bitte!«

»Ich stelle Leute ein für ihre Pflege; Ärzte – was immer du willst. Es soll ihr an nichts mangeln.«

»Hör doch bitte auf zu weinen!«

Ich sah aus dem Fenster, denn ich konnte die schiere Verzweiflung in ihrem Gesicht nicht ertragen. Und es war nicht nur Verzweiflung, nein, auch noch ein anderes Gefühl, an das ich noch vor wenigen Momenten gedacht, es jedoch gleich wieder verworfen hatte. Das konnte doch nicht sein! Sie liebte mich nicht – oder etwa doch?

»Ich liebe dich, Salterdon«, hörte ich sie sagen.

Ich zuckte zusammen, als wäre ich geschlagen worden, und richtete meine ganze Aufmerksamkeit auf die Landschaft, auf die sich allmählich die Dunkelheit senkte. Die Bäume wurden zu Silhouetten und lösten sich in den immer länger werdenden nächtlichen Schatten auf. Tausende winziger Rosen, die auf den Steinmauern wucherten, schienen mich wie gespenstische kleine Gesichter anzustarren.

Edwina trat neben mich, und gemeinsam sahen wir zu, wie sich die ersten Sterne am Himmel zeigten. Ihr Rosenduft verspottete mich – früher hätte er gereicht, um mich zu erregen. Ich hätte, ohne zu zögern, Edwinas Röcke hochgeschoben und wäre in sie gedrungen. Wir hätten uns wie Hunde gepaart, und ich hätte in dem momentanen Vergessen geschwelgt – meiner einzigen Flucht vor den Erinnerungen an Maria.

»Sie kann dir nichts bieten«, meinte Edwina leise.

»Vielleicht.«

»Sie ist nicht mehr dieselbe und wird es nie mehr sein.«

»Das weiß man nicht.«

»Was ist, wenn sie nie wieder gesund wird? Wirst du dich damit zufrieden geben, den Rest deines Lebens wie ein Mönch zu leben?«

Ich beobachtete eine Sternschnuppe, die quer über den Himmel schoss, bis sie verschwunden war.

»Der weibliche Körper ist schon immer dein Verhängnis gewesen – seit du alt genug warst, dir deine erste Hure zu kaufen. Du kannst einfach nicht über deinen Schatten springen. Du hast wie alle Männer Bedürfnisse, aber deine sind stärker als die der meisten anderen. Selbst wenn sie aus ihrem Wahn erwacht und wieder zur Frau wird, die du früher geliebt hast – würde sie dich denn bis ans Ende deiner Tage befriedigen können? Du hast einmal gesagt, dass ihre Reinheit deine Seele von allen Sünden geläutert hat. ›Engel‹ hast du sie genannt, ›deine Retterin‹. Wird sie deinen Appetit jemals stillen können? Und was wirst du tun, wenn deine Sünden ihre Unschuld beflecken, wenn sie nicht mehr dein Engel ist? Oder schlimmer noch: Wirst du ihrer endlosen, langweiligen Naivität nicht irgendwann überdrüssig werden und wieder Lust auf eine Hure bekommen? Ich bin mir dessen ganz sicher. Wir sind uns da sehr ähnlich, du und ich. Wir ... wir beide sind leer und dürsten danach, bis ganz oben gefüllt zu werden. Ich glaube, das ist es, was uns verbindet – unsere menschliche Bedürftigkeit.«

»Damit könntest du Recht haben«, sagte ich erschöpft. »Aber ich liebe dich nicht. Es tut mir Leid.«

»Ich weiß. Ich habe es immer gewusst. Immerhin bist du aufrichtig. Aber ich weiß auch, dass dir etwas an mir liegt – so weit dir, abgesehen von dir und deinen Bedürfnissen, etwas an einem anderen Menschen liegen kann. Das Verlangen, das du dieser Frau gegenüber verspürst – ich bin mir sicher, dass es deinen Schuldgefühlen entsprungen ist. Du glaubst, dass du ihr etwas schuldig bist.«

»Ich habe sie zerstört.«

»Deine Großmutter hat sie zerstört.« Edwina seufzte. »Ich werde nicht aufgeben. Irgendwann wirst du dieser Bürde überdrüssig. Deine Fleischeslust wird stärker sein als deine Besessenheit, dich selbst zu opfern. Du wirst mich wieder brauchen. Dafür werde ich sorgen. Wenn du nachts allein in deinem Bett liegst, wirst du an mich denken und daran, was wir aneinander hatten. Ich werde immer wieder in deinem Kopf herumspuken. Ich werde dich mürbe machen, deine Willenskraft aushöhlen. Maria Ashton mag dein Herz erobert haben – zumindest im Augenblick –, aber ich werde deine Seele erobern. Das verspreche ich dir!«

* * *

Dunkelheit. Tröstliche, schützende Dunkelheit. Ein Schleier des Vergessens. Oh, wie sie es liebte, sich danach sehnte. Das Vergessen war ihr heilig.

»Paul?«, flüsterte sie. »Paul, bist du da?«

Sie wartete, atemlos vor Spannung.

Eine neue Angst quälte sie, eine Unsicherheit, die ihre zerbrechliche Stabilität bedrohte. Mit dem Licht hatte es angefangen.

»Bist du da?«, schrie sie.

Ja, Schätzchen, ich bin immer da. Das weißt du doch.

»Bin ich endlich tot?«

Tot? Ganz und gar nicht. Wie kommst du denn darauf?

»Das Licht. Ich dachte, ich hätte es gesehen.«

Ich habe dir doch gesagt, dass ich dich nicht sterben lasse!

»Aber ich habe das Licht ganz bestimmt gesehen. Es war so hell, und es hat mir gewinkt.«

Stille.

»Paul?« Ihre Panik wuchs. »Hast du mich verlassen?«

Noch nicht.

»Du darfst mich nie mehr verlassen! Nie wieder!«

Ich bleibe noch ein bisschen. So lange, wie du mich brauchst.

»Ich kann dich nicht sehen. Komm näher, damit ich dich sehen kann. Warum bleibst du im Dunkeln stehen?«

Na gut. Ist es so besser?

Sie entspannte sich. »Ja. Komm und setz dich an mein Bett. Hier, neben mich. Hast du mit Mutter gesprochen?«

Ich soll dich von ihr grüßen.

Geht es ihr wirklich gut?

Sie ist glücklich und erleichtert, denn jetzt hat sie alle Schmerzen hinter sich gelassen.

»Ich vermisse sie schrecklich.«

Ich weiß.

»Vielleicht sehe ich sie bald wieder. Und dann werden wir drei uns nie mehr trennen.«

Deine Zeit ist noch nicht gekommen, Maria. Du darfst nicht aufgeben. Jetzt noch nicht. Du musst weiterkämpfen. Jetzt mehr denn je.

»Warum lächelst du so seltsam? Du siehst so ... so traurig aus.«

Ich bin traurig. Aber auch glücklich. Willst du wissen, warum?

»Ja, gerne.«

Das Licht, das du gesehen hast – dieses Licht war nicht der Himmel, Maria. Es war die Sonne.

»Sei nicht töricht! An diesem schrecklichen Ort scheint keine Sonne.«

Sieh dich doch um!

»Nein, das will ich nicht. Es ist zu schrecklich. Und sie werden bald kommen. Warum schlägst du das überhaupt vor? Dieser Ort macht mir solche Angst, mir sind hier so viele Schmerzen zugefügt worden ...«

Gib mir deine Hand.

»Warum?«

Ich möchte dir etwas zeigen. Komm mit. Sei vorsichtig. Stell dich hier hin und sieh hinunter. Was siehst du dort?

»Dunkelheit.«

Streng dich ein bisschen an!

»Das will ich nicht. Warum tust du mir das an?«

Ich sehe weite grüne Wiesen und eine Steinmauer, auf der hübsche weiße Röschen blühen, in Hülle und Fülle. Der Horizont wird von der Dämmerung geküsst – hier ist der Himmel rosa, dort golden. Die Sonne hängt wie ein riesiger, glühender Lampion über den dunklen Wipfeln. Spürst du es? Spürst du die Wärme auf deinem Gesicht?

»Nein.«

Streng dich an!

»Nein. Nein. Ich will nicht. Ich will wieder schlafen.«

Hinter der Mauer windet sich ein Weg viele Meilen lang den Hügel hinauf. Ich sehe einen Schäfer mit seiner Herde und seinem schwarz-weißen Hütehund, der hierhin und dorthin springt und die Schafe zusammentreibt.

»Ist der Weg so ähnlich wie der bei uns zu Hause?«

Ja, nur noch hübscher.

»Weißt du noch, wie wir als Kinder diesen Weg zu dem kleinen Teich hinter der Kirche gelaufen sind? Unter dem Vogelbeerbaum haben wir dann immer Äpfel gegessen, bis wir Bauchweh bekamen. Mama schimpfte und schickte uns ins Bett. Dann lagen wir unter der Decke und kicherten und riefen uns Vaters Predigt noch einmal Wort für Wort in Erinnerung. Und dann hast du mir immer Geschichten erzählt. Ich war eine Prinzessin, und mein Geliebter, ein Ritter in schimmernder Wehr, hat mich vor dem Drachen gerettet.«

Daran kann ich mich noch gut entsinnen.

»Es hat mir das Herz gebrochen, dass du von mir gegangen bist.«

Es tut mir Leid, aber es musste sein.

»Ich wäre so gern mit dir gegangen. Paul? Paul, wo bist du? Geh nicht weg!«

Sei leise, Maria! Sonst denken sie, dass du verrückt bist.

5

Die braunen Augen groß wie Mühlenräder und mit besorgt zusammengekniffenem Mund lauschte Iris, die Küchenmagd, an der Schlafzimmertür. Sie trug ein zerknittertes schwarzes Kleid und darüber eine fleckige Schürze. Aus ihrem schlampig hochgesteckten, ergrauenden Haar ragte eine blasse graue Feder.

Offenbar hatte sie gerade die Wandleuchter in der Galerie entzündet, als die Neugier sie dazu getrieben hatte, vor Marias Zimmer stehen zu bleiben.

Als sie mich kommen sah, richtete sie sich auf und legte einen dicken Zeigefinger an die Lippen, um einer bissigen Bemerkung vorzubeugen.

»Sie plappert die ganze Zeit mit sich selbst, gnädiger Herr. Führt lang und breit seltsame Selbstgespräche mit einem gewissen Paul.«

Paul. Dieser Name kam mir irgendwie bekannt vor.

Als ich mit dem Schlüssel in der Hand zur Türe ging, trat Iris zurück und schüttelte den Kopf. »Das eine kann ich Ihnen sagen: Die ist total verrückt. Herbert hat mir erzählt, dass sie versucht hat, sich aus'm Fenster zu stürzen. Dachte, sie wär 'ne Taube.«

Ich zog die Feder aus ihrem Haar und betrachtete sie stirnrunzelnd.

»Sie zahlen mir nicht genug, Sir, ich kann nicht mehr für Sie arbeiten. Ich hab 'nen armen Ehemann, an den ich denken muss. Was soll bloß aus ihm werden, wenn mir was zustößt?«

Ich seufzte und ließ die Feder zu Boden schweben. »Sie ist nicht gefährlich.«

Iris starrte mit großen Augen auf meine zerkratzten Wangen. »Da hab ich aber was andres gehört, Sir. Herbert hat mir erzählt, was sie mit Ihrem Gesicht angestellt hat. Sie hat doch versucht, Ihnen die Gurgel rauszureißen, und sie hätte es auch getan, wenn sie nicht grade noch dran gehindert worden wär.«

»Ich glaube, Herbert redet zu viel.«

Nun drückte auch ich das Ohr gegen die Tür, doch ich hörte nichts.

Paul. Ach ja, jetzt fiel es mir wieder ein: ihr Bruder. Er war ziemlich jung gestorben, wenn ich mich recht erinnerte. Sie hatten sich sehr nahe gestanden. Sein Tod hatte sie schrecklich mitgenommen, und sie war nie völlig darüber hinweggekommen.

Das hatte sie mir einmal gestanden, als wir uns in den Armen lagen und uns Dinge erzählten, die sich nur Liebende erzählen.

Ich gab Iris den Schlüssel.

»Sperren Sie hinter mir ab und lassen Sie die Tür verriegelt, egal, was Sie hören. Und stören Sie uns nicht bis morgen früh. Zum Frühstück bringen Sie bitte Porridge mit Honig. Und frisches Brot. Keine alten Kanten, die Sie mir immer wieder vorsetzen, nur weil Sie einfach zu faul sind, früh aufzustehen.

Edwina wird hier übernachten. Richten Sie ihr ein Zimmer her – den roten Raum im Ostflügel. Sie möchte ein Bad. Sehen Sie zu, dass das Wasser warm genug ist, sonst wird Sie es Ihnen übel nehmen. Sie kennen Edwina ja.«

Iris verdrehte die Augen.

Als ich den Schlüssel ins Schloss steckte, trat sie einen Schritt zurück, bereit, beim ersten Anzeichen von Ärger die Flucht zu ergreifen.

Ich zögerte und lauschte noch einmal angestrengt, bevor ich eine Kerze vom Tisch neben der Tür holte und Iris den Schlüssel zuwarf. Dann betrat ich das dunkle Zimmer, das nur vom kargen Licht der Sterne beleuchtet wurde, das durch das geschlossene Fenster fiel.

Im Zimmer zündete ich zunächst alle Lampen an und blickte dann suchend auf das Bett. Maria lag nicht darin. Erschrocken sah ich mich um. Aus Angst, sie hätte vielleicht wieder versucht wegzufliegen, ging ich zum Fenster. Doch es war verriegelt, so, wie ich es verlassen hatte.

Mein Blick irrte in dem düsteren Zimmer herum, bis er endlich auf Maria fiel. Sie saß genauso da wie in ihrer Zelle: in einer Ecke kauernd, die Knie an die Brust gepresst, den Kopf eingezogen, die Arme darüber verschränkt.

»Maria!«, rief ich leise.

Sie rührte sich nicht.

Ich stellte die Kerze in ihrer Nähe ab und ging etwa eine Armlänge von ihr entfernt in die Hocke. Ich wusste nicht, ob ich sie berühren sollte.

»Ich werde dir nicht wehtun, Maria. Sieh mich doch an! Bitte! Ich bin es, Trey. Erinnerst du dich noch an mich? Niemand soll dir je wieder wehtun. Du brauchst keine Angst mehr zu haben. Liebste, sieh mich an!«

Sie rollte sich nur noch enger zusammen und begann zu zittern.

Im flackernden Licht der Kerze wurde beunruhigend deutlich, wie mager sie war, und die sie umgebende Dunkelheit ließ die Flecken auf ihrer Haut noch dunkler wirken.

Wieder stieg die Wut in mir hoch: heiße, beißende Wut, die mich die Fäuste ballen ließ und meine Lungen verkrampfte, sodass mir das Atmen schwer fiel.

»Lass mich dir helfen!«, bat ich mit belegter Stimme. Ich streckte ihr eine Hand entgegen – ein großer Fehler.

Sie stürzte aus ihrer Ecke wie ein erschrockener Hase aus seinem Versteck, so hastig, dass ich gezwungen war, zur Seite zu springen, um nicht umgerannt zu werden. Blind vor Angst rannte sie wie ein wildes Tier gegen die Wand und die Möbel. Dann wandte sie sich zum Fenster.

Ich machte einen großen Satz und bekam sie gerade noch zu fassen, bevor ihre Füße den Boden verließen. Wir stürzten beide zu Boden. Ich ließ sie nicht los, obwohl sie nach mir trat und mit den Fäusten auf mich einschlug.

Schließlich packte ich sie an den Handgelenken und legte mich auf sie, sodass sie sich nicht mehr rühren konnte. Mein Herz hämmerte wie wild. Über ihr angstverzerrtes Gesicht strömten Tränen und ihre weit aufgerissenen Augen blickten durch mich hindurch, als sähen sie etwas Unerträgliches. Ein leises Geräusch löste sich aus ihrer Kehle, mitleiderregend, herzzerreißend, wie der Klagelaut eines sterbenden Rehs.

»Ruhig, ganz ruhig! Ich tu dir doch nichts. Wie könnte ich dir je etwas zuleide tun, Maria? Hör auf, dich zu wehren. Du wirst dir noch selbst wehtun. Hör auf! Hör endlich auf!«

»Trey!«, schrie Edwina draußen auf dem Gang und hämmerte mit der Faust gegen die Tür. »Ist alles in Ordnung?«

»Geh weg! Lass uns allein!«

»Hör mit diesem Wahnsinn auf, bevor er dich das Leben kostet. Komm raus. Komm sofort raus!«

»Scher dich zum Teufel! Geh zu Bett!«

Stattdessen flog die Tür auf und Edwina marschierte herein, umweht von ihrem hauchdünnen Seidennachthemd. Als sie sah, wie ich Maria schwer atmend festhielt, erstarrte sie entsetzt, denn die Kratzer auf meinem Gesicht waren unter einem Schlag Marias wieder aufgeplatzt.

Sie stöhnte auf.

»Du meine Güte! Sie ist ein wildes Tier!«

Ich hob den Kopf. »Und du bist ein herzloses Miststück. Verschwinde, bevor ich dich rauswerfe, und zwar nicht nur aus diesem Zimmer, sondern aus Thorn Rose. Bevor ich dich dazu bringe, es zu bedauern, dass du geboren worden bist. Dazu bin ich durchaus fähig, Edwina, auch wenn du dir das vielleicht nicht vorstellen kannst.«

»Du bist genauso verrückt wie sie, wenn du dich freiwillig dieser … dieser Hölle auslieferst«, erklärte sie erregt.

»Jawohl, und ich werde ständig noch ein bisschen verrückter. Und jetzt verschwinde endlich!«

»Ist ja gut. Ich gehe. Ihr beide habt euch wahrhaftig verdient!«

Sie stürmte hinaus, schmetterte die Tür hinter sich zu und verriegelte sie wieder. Ich hörte, wie sie Iris und Herbert ein paar Befehle zufauchte, dann zerschellte etwas. Eine Vase? Ich hoffte inständig, dass es nicht den chinesischen Porzellandrachen erwischt hatte, den ich der Gemahlin des Richters verkaufen wollte.

Mit dem Erlös hatte ich Herbert am nächsten Sonntag seinen Lohn ausbezahlen wollen.

Marias Kampfgeist schien sie verlassen zu haben. Zu meiner Verzweiflung wurde sie in meinen Armen wieder völlig leblos.

Das bisschen Vernunft, das sie ganz kurz beseelt zu haben schien, war wieder verflogen; sie hatte sich in den seltsamen leeren Raum zurückgezogen, in den ich ihr nicht folgen konnte.

Ich hob sie auf, legte sie sanft aufs Bett, stützte sie mit ein paar Kissen und zog ihr die Decke bis ans Kinn. Darunter zeichnete sich deutlich ihre dürre Gestalt ab, sie wirkte fast wie ein zerbrechliches Kind.

Dieser Anblick schnürte mir die Kehle zu. Es war so wenig übrig von der Frau, die ich früher gekannt hatte; von ihren vollen Brüsten, ihren anmutig geschwungenen Hüften, die weich und fest zugleich gewesen waren, wenn ich auf ihr lag und Herz an Herz klopfte.

Kurz schloss ich die Augen und lauschte meinem rasenden Puls, bis sich mein Atem wieder beruhigte und der Zorn sich irgendwo tief in mir vergraben hatte.

Dann blickte ich wieder auf Maria.

Sie hatte das Gesicht von mir abgewandt; ihre langen Wimpern warfen Schatten auf die milchig weißen Wangen. Bei diesem Anblick stellten sich Bilder aus einer anderen Zeit ein. Damals waren wir nackt auf einer satten grünen Wiese gelegen; ihr Körper war übersät gewesen von Anemonen, deren Blütenblätter oben so makellos weiß waren wie ihre Haut und unten zartrosa, passend zu ihren Lippen. Ich hatte mich an sie geschmiegt und geflüstert:

»Anemone, meine Zier, nur du bist die Liebste mir!«

Ja, meine kostbare, zarte Anemone war arg mitgenommen. Ich wollte die Schuldigen eigenhändig bestrafen. Vor Rachegelüsten begann ich zu beben.

Ich trat ans Fenster und stieß es weit auf in der Hoffnung, dass die frische Luft die hitzige Wut besänftigen würde, die ich in allen Fasern meines Körpers spürte. Plötzlich kam ein Wind auf, als wäre er durch meine stürmischen Gefühle aufgestachelt worden. Er fuhr durch die dunklen Kiefern und erfüllte die Nacht mit leisem Flüstern. Die eiskalte Brise, die mir übers Gesicht strich, kündete einen Wetterwechsel an. Mich fröstelte.

Am Horizont irrlichterte es bei den fernen Minen.

Bald würde der beißende Gestank aus der Schmelze zu riechen sein und tiefschwarzer Rauch würde die Sterne verdunkeln.

Als mit einer lebhaften, wilden Phantasie gesegneter Junge hatte ich geglaubt, diese Feuer seien von rülpsenden Drachen verursacht und ich, ein Ritter aus König Arthurs Tafelrunde, sei beauftragt, sie zu töten. Wenn wir in solchen Träumen schwelgten, hopsten mein Bruder und ich aufgeregt in unseren Betten umher und lieferten uns Kämpfe mit unsichtbaren Schwertern.

Doch dann kreuzte unweigerlich Großmutter auf und ließ unsere Träume platzen, indem sie uns daran erinnerte, dass Herzöge Drachen von Bediensteten umbringen lassen würden.

Ach, Großmutter, die schreckliche, verhasste Herzoginwitwe.

Sie würde natürlich auch bald in Thorn Rose aufkreuzen,

und ich würde gezwungen sein, mich mit ihr auseinander zu setzen. Sie war keine Frau, die sich einschüchtern ließ; das hatte sie noch nie getan.

Clayton hatte einmal steif und fest behauptet, sie würde dem Teufel persönlich die Stirn bieten, wenn es darum ging, das Geschlecht der Salterdons zu beschützen. Ich hatte an seinen Worten nicht gezweifelt.

Doch in diesem Moment fühlte ich mich bösartiger als der Teufel.

***

Ich setzte mich auf einen Stuhl neben Marias Bett und verbrachte dort die ganze Nacht in einem Halbschlaf, bis ich schließlich mit steifem Rücken und Nacken aufwachte. Draußen war der Morgen grau, Wolkenfetzen huschten durch die Baumwipfel, und an die Fensterscheiben klopften die ersten Regentropfen.

Edwina stand mit einem Frühstückstablett vor mir und starrte auf meine Hand, die Marias Hand fest umklammert hielt.

Auf Edwinas Gesicht war nichts mehr von all den heftigen Gefühlen des Vorabends zu sehen.

Sie trug einen smaragdgrünen, zart glitzernden Morgenrock und hatte ihr offenes Haar so lange gebürstet, bis es wie seidiges Feuer im hellen Licht glänzte. Wie immer duftete sie nach Rosen.

»Ich frage mich, wer von euch beiden verrückter ist«, meinte sie. »Da ist ihr Porridge. Du siehst wahrhaftig zum Fürchten aus!«

Ich fühlte mich auch so. Mein ganzer Körper schmerzte. Mit steifen Fingern nahm ich ihr das Tablett ab. »Sie ist nicht verrückt.«

»Ach so? Was dann?«

»Verängstigt.«

Sie ließ sich anmutig auf einen Stuhl am Fenster nieder und sah mir zu, wie ich mit der Porridgeschüssel ans Bett trat.

»Ich dachte, du wolltest abreisen«, sagte ich, ohne den Blick von Maria zu wenden, die auf das Fenster starrte.

»Keine Sorge, das werde ich schon noch tun.«

»Das Wetter wird schlechter. Du solltest los, bevor die Straßen unpassierbar werden.«

»Du weißt doch, dass ich bei einem solchen Wetter einfach nicht reisen kann. Und außerdem ...« Sie legte eine Hand auf ihren Bauch. »Mir ist übel. Und da ist noch etwas.«

Ich blickte sie fragend an.

»Ich habe gespürt, wie sich das Kind bewegt hat.«

Der Wind ließ das Fenster klirren.

Ich rührte im Porridge, bis sich die dünnen goldenen Honigfäden aufgelöst hatten. »An dieser Stelle wäre wohl ein Glückwunsch angebracht.«

»Es ist mir einfach nur extrem lästig!« Ihre Stimme zitterte. »Beim Aufwachen hatte ich wahnsinniges Sodbrennen.«

Sie riss die blauen Augen auf, und ihr Gesicht rötete sich. »Da ist es schon wieder. Meine Güte, Trey, so hilf mir doch! Mach, dass es aufhört. Ich halte es nicht mehr aus. Ich halte es einfach nicht mehr aus, diese ... diese schreckliche Übelkeit.«

Sie sprang auf und rannte zum Nachttopf.

Ich drehte mich um, während sie sich so damenhaft wie möglich übergab.

Als sie fertig war, lehnte sie sich an die Wand und blickte mich mit ihrem von feinen Schweißperlen übersäten Gesicht an.

»Ich könnte dich dafür umbringen!«

»Du wirst es schon überleben. Hör auf herumzujammern, und hilf mir lieber.«

»Ich jammere nicht herum. Meine Güte, kann man denn nicht wenigstens eine Spur Mitleid von dir erwarten?«

»Wenn ich mich recht entsinne, bin ich mehrmals von dir darauf hingewiesen worden, dass ich völlig mitleidlos bin.«

»Offensichtlich hatte ich Recht.«

»Offensichtlich. Und jetzt komm her, und hilf mir!«

Widerwillig trat sie neben mich, hielt jedoch einen Sicherheitsabstand zum Bett, als befürchtete sie, sich bei Maria anzustecken.

»Stütze sie!«, befahl ich, während ich den Löffel in den inzwischen abgekühlten Porridge tauchte.

»Ich will nicht. Sie ... sie ist so schmuddelig.« Sie stand stocksteif da und starrte auf Maria, deren sanfte Züge so weich und blass waren wie das Kerzenwachs, das auf den Tisch getropft und erkaltet war.

Ich hatte noch nie eine Frau geohrfeigt, aber in diesem Moment hätte ich Edwina die Hochnäsigkeit am liebsten mit einer Ohrfeige ausgetrieben.

Etwas an meinem Gesichtsausdruck musste ihr gezeigt haben, dass ich mit meiner Geduld am Ende war. Dennoch bemühte sie sich keineswegs, ihren Widerwillen zu verbergen, als sie einen Arm unter Marias Schultern schob und sie ein wenig anhob.

Marias Kopf ruhte nun an Edwinas Schulter wie der eines schlafenden Kindes. Edwinas Atem stockte, und sie verspannte sich.

Ich musste auf einmal lächeln, als ich in Marias Gesicht blickte.

»Warum lächelst du?«, fragte Edwina stirnrunzelnd.

»Ihre Augen.«

Ich rührte den Porridge noch einmal um.

»Sie hat wundervolle Augen. Keine Frau kann mit ihren Augen so viel Liebe ausdrücken wie sie.« Ich lächelte noch einmal. »Sie konnte mit diesen Augen an die Seele eines Mannes rühren.«

Edwina blickte weg. »Kannst du dich etwas beeilen? Mir wird schon wieder schlecht.«

Ich hielt Maria einen Löffel Porridge an den Mund. »Iss!«, sagte ich sanft.

Nichts.

Ich zwängte die Spitze des Löffels sacht zwischen ihre Lippen. »Bitte!«

Nichts.

Ich ließ den Porridge vom Löffel in ihren Mund rutschen. Sie schluckte nicht. Der Brei floss ihr an den Mundwinkeln wieder heraus.

Ein weiterer Versuch.

Nichts.

Vor Mutlosigkeit und Enttäuschung begann meine Hand mit dem Löffel zu zittern, und Schweißtropfen traten mir auf die Stirn.

»Sie will nichts essen«, stellte Edwina lakonisch fest.

Noch ein Versuch.

»Du musst etwas essen, Maria. Bitte! Hör auf mich!«

»Sie hört dich nicht.«

»Mein Liebes, ich bin es, Trey! Bitte! Iss etwas, mir zuliebe.«

»Sie kann dich nicht hören.«

»Bitte!«

»Liebling, sie stirbt! Nimm es hin, und lass sie gehen!«

»Verdammt noch mal!« Ich schleuderte die Schüssel Porridge an die Wand und stürmte aus dem Zimmer.

***

In der Bibliothek schenkte ich mir einen doppelten Scotch ein und kippte ihn viel zu schnell, während ich unruhig im Zimmer auf und ab lief. Der Scotch brannte mir im Hals und fühlte sich wie ein Faustschlag in die Magengrube an. Unablässig herumlaufend goss ich mir dennoch nach und trank auch das zweite Glas viel zu hastig und dann noch ein drittes. Ich wollte unbedingt die Wirkung von Edwinas Worten mildern; ich wollte zurück zu Maria und ihr mit Gewalt etwas Nahrung einflößen; aber am liebsten wollte ich Edwinas Worte vergessen, die wie Gift in meinem Kopf kreisten.

Ich ließ mich in einen Sessel vor das prasselnde Kaminfeuer fallen und starrte in die leise knisternden Flammen, während draußen ein sanfter Regen fiel.

Plötzlich überwältigten mich Verzweiflung und Hilflosigkeit.

»Trey!«, erklang Edwinas sanfte Stimme.

»Verschwinde und zwar sofort! Lass mich allein, scher dich zum Teufel. Edwina, geh doch bitte einfach nach Hause!«

Sie kniete sich neben mich und legte eine Hand auf meinen Oberschenkel.

In ihrem blassen Gesicht spiegelte sich die Glut des Feuers.

»Es tut mir Leid«, sagte sie behutsam.

Ich lehnte mich zurück und wandte mich von ihr ab, denn ich wollte sie nicht an den Gefühlen teilhaben lassen, die in mir tobten.

»Du hättest sie kennen lernen sollen, Edwina. Sie war so verdammt rein. Viel zu gut für mich. So voller Vertrauen und Freundlichkeit. Wenn ich daran denke, dass ich in gewisser Weise schuld daran bin ...«

Ich schluckte.

Der Scotch benebelte mir schnell die Sinne. Das Zimmer verschwamm vor meinen Augen, ich fühlte mich wie ein Ertrinkender, der endgültig untertaucht, zu schwach, um weiterzukämpfen.

»Ich darf sie nicht noch einmal verlieren!«

Edwina nahm mir das leere Glas aus der Hand und stellte es weg.

»Du bist betrunken, Liebling. Und erschöpft. In so einem Zustand kannst du ihr nicht helfen. Du musst dich ausruhen.«

»Du hast Recht. Sie stirbt, sie hat sich aufgegeben. Wenn ich nur zu ihr durchdringen könnte! Aber ich weiß nicht, wie.«

Edwina stand auf und kehrte mit mehreren dicken Kissen zurück, die sie vor dem Kamin auf den Boden legte.

»Komm her!« Sie streckte mir eine Hand entgegen. »Komm zu Edwina, mein armer Liebling! So ist es gut. Leg den Kopf in meinen Schoß, so wie letzten Monat in Paris. Weißt du noch, wie wir uns die ganze Nacht liebten? Und dann bist du nackt mit dem Kopf auf meinem Schoß dagelegen, und wir haben den Sonnenaufgang beobachtet. Ja, so ist es gut. Ich streichle dir jetzt die Stirn, und du machst die Augen zu. Erinnerst du dich noch an Paris, mein Schatz?«

»Maria«, flüsterte ich, dann wurde es dunkel um mich.

***

Du musst jetzt aufwachen! Maria?

»Ich will aber nicht. Mir ist so kalt. Bitte, lass mich einfach schlafen. Ich bin so schrecklich müde.«

Wach auf, hab ich gesagt!

»Du bist böse. Warum bist du böse auf mich, Paul?«

Du musst etwas essen.

»Nein, ich will nicht. Es ist … es ist mir so zuwider.«

Wir müssen reden.

»Jetzt nicht. Später. Ich bin so schrecklich müde.«

Dann gehe ich jetzt und komme nie wieder.

»Nein! Nein, bitte nicht! Sag das nicht. Sag das bitte niemals!«

Du kannst so nicht weitermachen, Maria. Du darfst nicht willentlich sterben. Du musst kämpfen!

»Ich bin einfach zu müde dazu. Außerdem ist es hier im Dunkeln viel angenehmer. Dort habe ich so viel Angst. Es ist … es ist schrecklich.«

Ich kann dir nicht helfen, wenn du dir nicht selbst helfen willst.

»Warum lässt du mich nicht sterben? Dann könnten wir für immer zusammen sein, du, Mama und ich. So wie früher, so, wie es war, bevor du weggegangen bist.«

Wir sind keine Kinder mehr.

»Ich wünschte, wir wären es noch.«

Maria, du musst aufhören, Angst davor zu haben, aus dem Dunkel herauszutreten!

»Nein, niemals, ich komme nie wieder heraus, nie wieder!«

Es hat sich manches verändert.

»Nein, niemals. Nicht für dich und auch für keinen sonst. Ich bin verloren, das sage ich dir. Ich bin verloren.«

6

»Sie ist weg, gnädiger Herr. Die junge Frau ist weg. Sie hat sich einfach verdrückt. Sie ist verschwunden!«

Wie durch einen Nebel drang der Ruf in mein Bewusstsein und zerrte mich in eine Realität, wo der Schmerz wie wild gegen meine Schläfen hämmerte.

Iris stand auf der Schwelle der Bibliothek und fuchtelte aufgeregt mit den Armen, das Gesicht von Angst und Verzweiflung verzerrt. Als ich mich mühsam aufrichtete, fragte ich mich noch immer völlig benommen, ob ich nicht in einem schrecklichen Albtraum feststeckte.

»Sie ist weg«, wiederholte Iris mit einem entsetzten Flüstern.

Ich schob Edwinas Hände unsanft zur Seite und sprang auf. »Was zum Teufel redest du da – sie ist weg?«

»Die Tür war nicht zugesperrt. Sie stand offen. Herbert und ich haben schon überall gesucht. Sie ist nicht im Haus, Euer Gnaden.«

Als ich noch immer völlig benebelt auf den Gang hinausstolperte, stieß ich mit Herbert zusammen. Er trug einen langen Morgenmantel und eine Schlafmütze. Seine Augen waren blutunterlaufen und er stank nach Scotch.

»Wer hat die verdammte Tür offen gelassen?«, fragte ich mit zusammengebissenen Zähnen.

»Sie da, gnädiger Herr.«

Herbert deutete auf Edwina. »Sie kam als Letzte aus dem Zimmer der jungen Frau.«

Edwinas Augen waren weit aufgerissen. Vorsichtig trat sie einen Schritt zurück. Ihr Mund ging auf und zu, ohne dass sie etwas sagte.

»Du kommst später dran!«, fauchte ich wütend. Ich hatte das Gefühl, dass es jetzt zu gefährlich wäre, Edwinas Anwesenheit auch nur eine Sekunde länger zu ertragen. Ich schmetterte die Tür derart heftig hinter mir zu, dass die Fenster klirrten. Iris sprang auf, als hätte sie sich verbrannt, Herbert machte kehrt und raste davon, wobei er bei jedem seiner langen Schritte die haarigen, schlaksigen Beine entblößte.

Ich nahm mir nicht einmal die Zeit, Schuhe anzuziehen. In Strümpfen stürmte ich in die unbarmherzige Nacht hinaus, ohne zu wissen, wozu und wohin. Wo sollte ich meine Suche beginnen?

Es war stockfinster, feucht und bitterkalt. Maria zu finden erschien mir höchst unwahrscheinlich. Heftige Gefühle begruben mich wie eine Lawine.

Ich war wie gelähmt und hatte das Gefühl, in einem Strudel der Hilflosigkeit zu ertrinken.

Nie hatte ich Thorn Rose so sehr gehasst wie in diesem Moment. Ich hasste jede der wilden Ligusterhecken, hinter denen sich Maria versteckt haben könnte, jede Mauer, die uns trennte.

Ich stürzte vorwärts, dann hielt ich wieder inne und stolperte wie ein Blinder weiter; ich trat in Pfützen, der Wind peitschte mir den Regen ins Gesicht und raubte mir den Atem.

Ich trampelte durch Blumenbeete und zerschrammte mir die Schienbeine an den Rosen, deren Dornen meine Hosenbeine zerrissen und wie Rasierklingen in mein Fleisch schnitten.

Wieder und wieder rief ich ihren wunderschönen Namen.

»Maria!«

Er hämmerte in meinem Schädel und in meinem Herzen, er wurde lauter, je stärker meine wachsende Angst und meine Selbstvorwürfe wurden.

»Maria!«

Sie war doch so verletzlich! Diese schreckliche Vorstellung

trieb mich weiter auf meiner hektischen Suche, hinter jede Ligusterhecke, in jeden noch so versteckten Winkel des Anwesens.

Wo steckte sie bloß?

»Maria!«

Oh Gott, wohin war sie geflohen?

Denk nach, streng dich an, denk nach!

Ich blieb stehen und rang nach Luft, die in meine schmerzende Lunge schnitt. Mein panischer Blick flog von einer Hecke zur nächsten, bis er schließlich auf hoch aufschießende Flammen fiel, die in der Ferne am Himmel züngelten.

Das Licht. Gütiger Gott – war sie etwa auf das Licht zugelaufen?

Ich sprang, stolperte, taumelte über die mit wilden Röschen übersäten Steinmauern. Vor und hinter mir erstreckte sich nun Weideland, schwarz wie die Hölle. Meine Seele wand sich in Wut und Verzweiflung.

In diesen Momenten erflehte ich allen Ernstes den Tod für mich, um den Schuldgefühlen, die auf mir lasteten, ein Ende zu bereiten. Kein Leid, das ich je einem anderen Menschen zugefügt hatte, keine Ungerechtigkeit, die ich an einer unschuldigen Seele begangen hatte, kein verspielter oder verlorener Heller hatten mich jemals mit so vielen Qualen erfüllt.

Und was, wenn ich sie jetzt irgendwo auf der feuchten Erde fände – sterbend oder bereits tot, was Gott verhüten möge?

Diese entsetzliche Möglichkeit trieb mich voran, bis ich das breite Flussbett erreichte, das sich in die Hügel gegraben hatte.

Das Wasser war zwar seicht, aber kalt – mit eisigem Griff kletterte es meine Knöchel und Schienbeine hoch und schickte einen dumpfen Schmerz durch meine Beine.

Bis auf das leise Glucksen des Wassers und das Platschen meiner Füße war nichts zu hören. Die runden Steine waren glitschig. Vorsichtig, wie auf einer dünnen Eisfläche, setzte ich einen Fuß vor den anderen.

Am anderen Ufer rutschte ich auf dem feuchten Boden aus und stolperte über einen verkrüppelten, knorrigen Dornbusch, der sich mit seinen freiliegenden Wurzeln in die steile Böschung gekrallt hatte.

Immer weiter rannte ich, keuchend, atemlos, die Muskeln in den Waden und Oberschenkeln verkrampft; immer weiter den Hügel hinauf hin zu dem unheimlich orangefarbenen Licht der Schmelze.

Die stinkende, grobe Asche hatte sich mit dem Regen vermengt. Sie tropfte mir ins Gesicht und brannte in den Augen und der Lunge. Die Feuer grummelten tief und Unheil verkündend.

Ich spürte, wie die Mine unter meinen Füßen sich regte, die Erde zitterte, als ob sie sich gleich auftun und mich direkt in die Hölle taumeln lassen wollte.

Und wenn Maria nun in eine der Gruben gestürzt war? Die alten Schächte waren längst stillgelegt, ihre Stützstreben vermodert; Maria hätte hier irgendwo vierhundert Fuß in die Tiefe stürzen und sich den Hals brechen können.

Was, wenn, was, wenn …

Endlich hatte ich den zerklüfteten höchsten Punkt erreicht. Ich richtete mich auf und starrte auf das Dreck speiende Inferno der Minen, in denen noch gearbeitet wurde, und die Männer, die wie rußige Gespenster in den Schachtöffnungen verschwanden und wieder auftauchten.

Als junger Bursche hatte ich mich oft von dem wachsamen Blick meiner Großmutter davongestohlen und war in den tiefen Furchen die Hügel hinaufgewandert, die entstanden waren, als man die Flüsse eingedämmt hatte, um die dunkelgrauen Bleiadern zum Vorschein zu bringen. Ich hatte mich im wild wuchernden Ginster versteckt und zugesehen, wie gebeugte Männer Ameisenarmeen gleich in die Schächte hinein und wieder heraus gekrochen waren.

Oh, wie ich sie beneidet hatte! Ja, ich hatte sie tatsächlich beneidet. Sie waren Männer, die im Schweiße ihres Angesichts und mit der Kraft ihrer Muskeln ihr Brot verdienten und die wahnsinnig mutig waren. Sie waren die wahren Drachentöter.

Damals hatten meine Eltern noch gelebt. Noch hatte die Wucht meines schweren Loses mich nicht getroffen, noch war meine Seele nicht so schwarz gewesen wie die grässlichen Giftdämpfe, die an diesen Orten in den Himmel stiegen.

Im rötlichen Widerschein der Schmelze sah ich die Silhouette eines Mannes auf mich zukommen. Seine Stiefel knirschten in den Bleisplittern, die überall herumlagen.

Er trug Maria auf den Armen.

Unfähig, ein Wort zu sagen, starrte ich auf das von tiefen Falten durchzogene, rußschwarze Gesicht des Mannes, das nichts über Marias Zustand verriet. Sie war in eine schäbige Wolldecke gehüllt und lag starr wie eine Tote in seinen starken Armen.

Ihr Gewicht schien ihn ebenso wenig zu belasten wie das einer welken Blume.

Ich stolperte den Hügel hinab. Zu guter Letzt musste ich mich noch an einem dornigen Ginsterbusch festhalten, um nicht den Rest des Wegs hinunterzupurzeln.

Der Mann kam wortlos auf mich zu. Erst als er direkt vor mir stand, meinte er: »Scheint, als hätten Sie was verloren.«

»Ist sie tot?«, fragte ich verzagt.

»Nein.«

»Wo haben Sie sie gefunden?«

»Dort drüben.« Seinem Kopfnicken war nicht zu entnehmen, welche Richtung er meinte. »Sie starrte aufs Licht und rief nach 'nem Paul. Sind Sie Paul?«

Ich schüttelte den Kopf.

»Wer ist Paul?«

»Ihr Bruder.«

»Dann sollte ich sie wohl lieber ihrem Bruder übergeben.«

»Ihr Bruder ist tot.«

»Dann ist die Gute wohl nicht ganz richtig im Kopf, oder?«

»Sie ist … sie ist krank.«

»Und wer sind Sie?«

»Salterdon.«

Er musterte mich misstrauisch von oben bis unten: meine schmutzverkrusteten, nur mit Socken bekleideten Füße, meine schlammbespritzte Kleidung, mein Haar, das mir der Regen an den Schädel geklebt hatte. »Nun denn«, meinte er, »ich nehm mal an, Verrückte gehören zusammen.«

Damit ließ er sie in meine ausgestreckten Arme gleiten. »Aber vielleicht sollten Sie lieber mal raus aus'm Regen. Gehn Sie doch einfach dort rüber!« Er deutete mit einem großen, vernarbten Finger auf eine kleine Hütte in der Ferne. »Die Frau dort wird sich um sie kümmern, wenn sie kann.«

7

Ich presste Maria so gut es ging an mich, obgleich ich nicht glaubte, es bis zu dem Häuschen zu schaffen, denn meine Beine waren schwach – ebenso vor Erleichterung wie vor Erschöpfung – und meine Füße gefühllos.

Der Mann schien mein Dilemma zu spüren. Grunzend nahm er mir Maria wieder ab und hielt sie sanft wie ein kleines Kind in den Armen. Zum Schutz gegen die Kälte zog er einen Zipfel der Decke über ihr Gesicht, dann machte er sich auf den Weg, und ich trottete hinter ihm her.

Aus dem hoch aufragenden Schlot der Schmelze stiegen immer wieder Feuerzungen und schwarze Rauchwolken auf. Dürre Shetland-Ponys zogen Karren aus den schwarzen Schächten, die auf den eisernen Schienen so laut quietschten, dass ich mir die Ohren zuhielt. Gerade brach eines der kleinen Tiere unter der schweren Last zusammen. Der Atem aus seinen bebenden Nüstern wirbelte Ruß vom Boden auf, der ihm in kleinen schwarzen Wölkchen in die Augen stieg.

Das aus dunklem Stein gebaute Häuschen besaß nur ein einziges Fenster, aus dem Licht nach draußen drang. Der Grubenarbeiter rief etwas, und sofort ging die Tür auf, und eine rundliche Frau mit rosigen Wangen und lebhaft funkelnden grünen Augen trat auf die Schwelle.

»Herr im Himmel!«, rief sie, als ihr Blick auf Maria fiel. »Was hast du denn da aus der verdammten Grube ausgebuddelt, Thomas?«

»Ruhe, Frau! Schür lieber noch ein bisschen ein, das Mädchen hier ist halbtot. Schick dich und sieh zu, dass der Kaffee schön heiß und stark ist. Und setz ihr ein bisschen was von dem Brotpudding vor, den du mir zum Abendessen gemacht hast. So dürr wie die ist, könnt ich mir gut vorstellen, dass sie nichts gegen ein, zwei Bissen einzuwenden hätte. Sie wiegt ja so wenig wie'n Kanarienvogel.«

Als der Blick der Frau auf mich fiel, wurden ihre Augen noch größer. Sie musterte mich von oben bis unten und ließ auch meine Füße nicht aus, die inzwischen völlig unförmig waren, weil so viel Schlamm an ihnen klebte. Dann nickte sie heftig.

»Jawohl. Aber Sie werden noch was mit denen da machen müssen!«, meinte sie, auf meine Füße deutend. »Setzen Sie sich!«

Sie holte eine Decke von der Pritsche, die an der hinteren Wand stand, und schubste mich vor den Herd auf einen Stuhl mit geflochtener Sitzfläche und einer Sprossenlehne. Offenbar hatte sie im Feuerschein gestrickt, denn auf dem Boden lag ein großes rotes Wollknäuel und zwei Nadeln mit etwas, das wie der Teil eines Pullovers aussah.

»Leg das Mädchen aufs Bett«, befahl sie ihrem Mann streng, »und zieh das Bett näher ans Feuer. Sie braucht Wärme, das steht fest. Der Kaffee sollte noch schön heiß sein. Gieß rasch 'ne Tasse ein. Und wenn du schon dabei bist, auch noch 'nen Schluck für den hier – der schaut ja aus wie ein geprügelter Hund. Herr im Himmel, ein Mann Ihres Alters sollte es eigentlich besser wissen, als in diesem Wetter draußen rumzustrolchen mit nichts als Socken an den Füßen. Sind Sie denn von allen guten Geistern verlassen?«

»Pass auf, was du sagst, Frau«, schimpfte Thomas. »Du hast hier 'nen Adligen vor dir.«

Sie stemmte die Hände in die breiten Hüften. »Ach ja? Und wer sollte das sein? Der verfluchte König von England etwa?«

»Salterdon.«

Sie blieb ungerührt. »Ach, was du nicht sagst! Was sollte denn dieser Schuft hier draußen zu suchen haben – mitten in der Nacht und nur halb bekleidet?«

»Weib, halt endlich dein loses Mundwerk, sonst hau ich dir eine runter!«

Sie grunzte abfällig. »Wenn das hier Salterdon ist, dann bin ich die Königin von Saba.«

Thomas hatte inzwischen einen großen Becher tiefschwarzen Kaffee eingeschenkt und drückte ihn seiner Frau in die Hand. »Hier bitte, du freche Hoheit! Und jetzt halt die Klappe, und kümmre dich endlich um den gnädigen Herrn, bevor er uns am nächsten Galgen aufknüpfen lässt.«

Die Frau beäugte mich noch immer misstrauisch. »Nun sagen Sie schon«, meinte sie mit einem scheelen Blick auf meine Füße. »Sind Sie Salterdon, dieser Teufel, oder nicht?«

Ich blickte auf ihren Mann, der Maria soeben warm zudeckte. »Was haben Sie denn gegen Salterdon?«, fragte ich und nahm behutsam den starken schwarzen Kaffee in Empfang, der mir aromatisch ins Gesicht dampfte.

»Alles Mögliche, das kann ich Ihnen sagen. Seit der Alte den Löffel abgegeben hat und zur Hölle gefahren ist, hat dieser verdammte Haufen versucht, die Gruben zu schließen. Die alte Lady hat mit dem ganzen Ärger angefangen. Sie hat behauptet, der Gestank würde ihre gute Luft verpesten. Dieser Adelshaufen wollte uns allen die Arbeit wegnehmen und uns verjagen. Und wozu? Damit sie in ihren hübschen Gärten rumlungern und ihre verdammten Empfänge geben können, ohne dass der Gestank der Schmelze ihre empfindlichen Schleimhäute reizt.«

»Es reicht!« Thomas starrte sie finster an. »Ich muss wieder zur Grube, aber ich lass es nicht zu, dass du einen Gast in unserm Haus beleidigst. Sieh zu, dass die beiden anständig versorgt werden, sonst leg ich dich übers Knie und versohl dir deinen hübschen Hintern nach Strich und Faden!«

Er zog sich die Mütze über die Ohren, grunzte zum Abschied in meine Richtung und ging.

Die Frau musterte mich noch immer argwöhnisch. Sie nahm ein Messer mit einer langen Klinge und machte sich daran, von einem Laib Brot eine dicke Scheibe abzuschneiden. »Und?«, fragte sie. »Sind Sie nun Salterdon oder nicht?«

»Nein«, erwiderte ich und starrte auf das Messer. »Ich … ich arbeite für Salterdon.«

»Aha.« Sie nickte. »Hab ich's mir doch gedacht. Sie sehn einfach nicht aus wie einer von denen. Und was arbeiten Sie für diese Teufel?«

Die Klinge fuhr durch das Brot wie durch warme Butter. Ich schluckte. »Dies und das.«

Sie nickte in Marias Richtung. »Ihre Angetraute?«

»Ja«, log ich. Wie hätte ich ihr alles erklären sollen?

»Ist sie nicht ganz richtig im Kopf?«

Ich sah auf Maria, die fest in die Decke eingewickelt dalag und ins Herdfeuer starrte.

»Ja, wahrscheinlich«, meinte ich, schloss die Augen und ließ mich erschöpft in meinem Stuhl zurücksinken.

»Die Ärmste.« Ihr breiter Hintern schwankte hin und her, als sie mit einer Schüssel warmer, gesüßter Milch, in die sie das mit dicken, dunklen Rosinen gespickte Brot gebrockt hatte, zur Pritsche watschelte.

»Reichen Sie mir das Kleid dort, und zwar schnell! Sie zittert noch immer wie Espenlaub. Und auch die Strümpfe. Ihre Beine sind ja dürr wie Bohnenstangen.«

Nachdem ich ihr das Flanellkleid und die Strumpfhosen, auf die sie gedeutet hatte, gereicht hatte, setzte ich mich neben Maria auf die Pritsche. Die Frau behandelte Maria mit einer Sanftheit, die ich einer so grobschlächtigen Person gar nicht zugetraut hätte. Sie goss etwas warmes Wasser aus einem Krug in eine Schüssel und wischte mit einem weichen Tuch den getrockneten Schlamm von Marias Beinen und Füßen. Dabei wurde ihr Blick plötzlich wieder sehr hart.

»Haben Sie sie geschlagen?«, fragte sie stirnrunzelnd. »Ist sie deswegen nicht ganz richtig im Kopf? Rennt sie deshalb mitten in der Nacht bei Wind und Wetter rum – um Ihrer Grausamkeit zu entkommen? Wenn das so ist, dann ramm ich Ihnen mein Messer so tief in den Arsch, bis ich Ihr mieses Herz durchbohr.«

»Nein. Ich würde sie nie schlagen.«

»Hat sie sich die blauen Flecken etwa geholt, weil sie von 'nem Baum gefallen ist?«

Ich wandte mich ab, stützte die Ellbogen auf die Knie und starrte auf den Boden zwischen meinen Beinen. »Ich würde sie nie schlagen«, wiederholte ich matt.

»Ach ja? Ich glaub, solche wie Sie, die denken, 'ne Frau ist nichts weiter als ein Lasttier, kenn ich nur zu gut. Sie ist ja halb verhungert!«

»Sie will nichts essen.«

»Darum kümmern wir uns schon. Jawohl, Bertha wird dafür sorgen, dass sie im Handumdrehen wieder auf die Beine kommt.«

Ich wollte etwas sagen, aber all meine Kraft hatte mich verlassen. Meine Knochen schmerzten und die Kälte hatte sich in meinen Muskeln festgesetzt, die brannten, als wären sie von einem Speer durchbohrt worden. Außerdem war auch ich halb verhungert. Ich hatte schreckliche Magenkrämpfe, und ein übler Geschmack stieg bitter in meiner Kehle auf. Beim Anblick eines Kessels mit gekochtem Fleisch und Kartoffeln wurde mir ganz flau.

»Essen Sie, wenn Sie Lust haben«, forderte Bertha mich auf. »Sie sehen ja aus wie ein hungriges Kälbchen.«

Schwankend stand ich auf, den Blick fest auf den köchelnden Eintopf gerichtet. Ich schöpfte eine ordentliche Portion in eine Schüssel und nahm mir eine Scheibe von dem noch warmen Brot.

Bertha war noch immer damit beschäftigt, den Schlamm von Marias Armen und Beinen zu waschen. »Haben Sie denn kein Dach überm Kopf?«, wollte sie wissen.

Ich wusste nicht recht, was sie meinte. »Dach über dem Kopf?«, wiederholte ich fragend und biss ein großes Stück Brot ab.

»Sind Sie nicht nur blöd, sondern auch noch taub? Haben Sie kein Dach überm Kopf? Sie haben doch gesagt, Sie arbeiten für Salterdon. Hat der Teufel Sie und das Mädchen vor die Tür gesetzt?«

»Wie kommen Sie denn darauf?«

»Na ja, man hört so dies und das. Das alte Anwesen ist ja völlig runtergekommen, seit der Alte gestorben ist. Ich hab erfahren, dass der verdammte Herzog inzwischen bettelarm ist. Geschieht ihm ganz recht, sag ich immer, auch wenn mein Mann meint, der Kerl könnt einem Leid tun. Ausgerechnet der, der doch überhaupt kein Gewissen und auch keinen Verstand hat und überhaupt nicht weiß, wie gut's ihm geht. Ein Mann, der nie für die Butter auf seinem Brot hat arbeiten müssen, weiß den Wert von anständiger Arbeit doch gar nicht zu schätzen.«

Sie richtete sich auf und musterte mich eingehend.

»Wo sind die Kinder?«, fragte sie.

»Wir haben keine.«

»Ach nein?« Kopfschüttelnd beugte sie sich hinab und betrachtete die bleiche Haut auf Marias Bauch. Ihre Miene wurde sanfter. »Armes Ding! Aber richtig hübsch, nicht wahr? Erinnert mich an meine ...«

Abrupt richtete sie sich wieder auf. Ihre Augen waren feucht. Sie wandte sich von mir ab, wischte sich mit einem Zipfel ihrer Schürze über die Augen und seufzte tief.

Ich neige nicht dazu, Vermutungen über die Gedanken oder Gefühle anderer Menschen anzustellen. Um ganz ehrlich zu sein, mir sind solche Dinge immer ziemlich gleichgültig gewesen, weil ich einfach viel zu sehr mit meinem eigenen Leben beschäftigt war. Das war nicht nett von mir. Aber etwas an dieser Frau, wie sie so verloren in die Ferne starrte, erregte meine Neugier und mein Mitleid.

»Haben Sie denn Kinder?«, fragte ich freundlich.

»Tja, wir hatten welche.« Sie richtete sich kerzengerade auf und blickte ins Feuer. »Drei. Zwei Jungs, ein Mädchen.

Gute Jungs, solche, auf die sämtliche Eltern stolz gewesen wären. Sind vor gar nicht allzu langer Zeit ums Leben gekommen, in der Grube. Wir haben sie dort drüben Seite an Seite begraben.«

Sie deutete auf das kleine Fenster, vor dem ein dünner, farbloser Musselinvorhang hing.

»Das Mädchen hieß Kate. In diesem Winter ist's zwei Jahre her, dass sie gestorben ist. Sie war immer sehr zart, von dem Tag an, als sie zur Welt kam, hier auf der Pritsche da. Die Schmelze hat sie schließlich umgebracht. Ihre arme Lunge ist daran zugrunde gegangen.«

»Das tut mir aber Leid«, stammelte ich.

»So ist das Leben. Wir leben und wir sterben. Wir lernen, mit dem auszukommen, was Gott uns beschieden hat, und für das dankbar zu sein, was wir haben. Es gibt viele, die noch viel schlechter dran sind. Ich hab 'nen guten Ehemann und ein ziemlich gutes Dach überm Kopf. Und wenn er mir morgen genommen würd, dann ... tja, dann würd ich mich auch damit abfinden müssen. Wir kümmern uns hier gegenseitig umeinander, müssen Sie wissen.«

Sie blickte wieder auf Maria, dann auf mich. »Wenn Sie's brauchen, dann haben Sie hier 'nen Platz, wo Sie bleiben können. Ich tu, was ich kann, um dem Mädchen zu helfen. Ich glaub, sie braucht 'ne Frau, die sich um sie kümmert, so zart wie die ist. Und wenn Sie 'ne Arbeit brauchen – davon gibt's hier mehr als genug, solang Sie keine Angst vor schwerer Arbeit haben.«

Ich konnte den Blick kaum von ihren stoischen Zügen wenden, die nur ein einziges Mal und ganz kurz das Leid gespiegelt hatten, das sie in ihrem Herzen tragen musste. Doch so schrecklich die Tragödie auch gewesen war, die ihre Familie heimgesucht hatte, in ihrer Seele war keine Bitterkeit.

Am nächsten Tag wachte ich kurz nach Sonnenaufgang auf, weil ich draußen vor dem Haus Männer lachen hörte. Die Sonne schien durch die offen stehende Tür und hüllte den

Raum in ein mattgoldenes Licht. Die Luft wirkte frisch und rein.

Ich blickte auf die Pritsche, auf der ich Maria in Berthas Obhut zurückgelassen hatte. Maria war weg. Neben der Pritsche stand eine Schüssel mit einem kleinen Rest Porridge und einem dünnen Streifen Speck.

Vor dem Haus hatten sich einige Männer versammelt, die offenbar direkt von der Schicht gekommen waren. In ihren kohlschwarzen Gesichtern wirkte das Weiß ihrer Augen besonders strahlend. Sie saßen auf groben Stühlen und tranken bernsteingelbes Bier. Ihre Kleider waren ebenso schmutzig wie ihre Gesichter und Hände.

Die Ehefrauen hatten sich in der Nähe unter einem Baum versammelt. Sie plauderten miteinander und warfen ab und zu einen liebevollen Blick auf ihre Männer. Es dauerte ein Weilchen, bis ich Maria erkannte.

Nichts erinnerte mehr an das erbarmungswürdige Gespenst, das ich aus Menson herausgeholt hatte. Unter Berthas sanfter Pflege war sie in den letzten paar Stunden wieder zu dem blassen Engel meiner Träume geworden.

Plötzlich wurde es still, niemand lachte mehr, niemand plauderte mehr, alle drehten sich scheinbar gleichzeitig zu mir um und betrachteten mich neugierig. Meine Augen ruhten jedoch noch immer auf Maria. In einem schlichten blauen Baumwollkleid saß sie auf einer Decke vor dem Baum, an den sie sich leicht angelehnt hatte. Wie in Trance ging ich durch die Gruppe der Männer.

Wie klar und blau ihre Augen waren! Sie glänzten nicht mehr fiebrig, sondern funkelten lebhaft, und ihr steter Blick war auf die aufgehende Sonne gerichtet. Verwundert blickte Maria in die Sonne, als sähe sie etwas, was um sie herum keiner sehen konnte, etwas ganz und gar Herrliches. In ihren Augen spiegelten sich so tiefe Gefühle, dass ich den Eindruck hatte, direkt in ihre Seele zu blicken.

Die frische Luft hatte einen rosigen Schimmer auf ihre

sonst so blassen Wangen gezeichnet. Ihre vollen Lippen wirkten wie rot gefärbt, als hätte sie ein paar saftige Beeren direkt vom Busch genascht. Die Mundwinkel waren leicht nach oben gezogen, als sänne sie gerade über etwas nach, was ihr sehr lieb war.

Die Frauen blieben stumm, als ich an den Rand der Decke trat und dort stehen blieb, Marias Gesicht nicht aus den Augen lassend. Ihr sauberes, glänzendes Haar bauschte sich locker um ihren herrlich geformten Kopf und wellte sich sanft über ihre Stirn bis fast in die Augen.

Mir schnürte es die Kehle zu. Ich kniete mich hin und flüsterte: »Sie hat ihre Schönheit zurückerlangt!«

Bertha strahlte, und die Frauen lächelten und nickten sich zu.

Leise meinte Bertha: »Sie hat sich heute Morgen noch mal gründlich mit Paul unterhalten.«

Meine Züge versteinerten sich, meine Wangen färbten sich rot. »Himmel noch mal!«, murmelte ich erregt.

»Ja, es war ein recht lebhaftes Gespräch«, erklärte eine untersetzte Frau mit graubraunem Haar und dunklen, lustig zwinkernden Augen. Sie kicherte. »Ich schwör's, die beiden haben sich mal richtig die Meinung gesagt. Hin und her und her und hin.«

»Sie wollt sich nichts von ihm sagen lassen«, meinte eine junge Frau, und die anderen begannen zu kichern. Waren denn jetzt alle verrückt geworden?

Ich betrachtete ein Gesicht nach dem anderen – überall sah ich rosige Wangen und funkelnde Augen, trotz ihres schweren Lebens.

Sie wirkten, als könnten sie meine Gedanken lesen und würden mich bemitleiden. Plötzlich kam es mir vor, als sei ich der einzig Verrückte in dieser Gruppe.

»Sie hat 'ne ordentliche Portion Porridge gegessen«, berichtete Bertha. »Friedlich wie ein Lämmchen war sie, auch wenn ich den Eindruck hatte, sie wollt eher ihren Bruder besänftigen als ihren Hunger stillen. Die beiden standen sich wohl recht nahe.«

Ich nickte und betrachtete wieder staunend Marias Gesicht. In diesem Augenblick schien ihr Wahn kaum mehr gewesen zu sein als ein Streich, den mir meine Einbildung gespielt hatte. Sie wirkte so gesund und munter wie all die anderen Frauen um sie herum.

Doch als ich näher kam, schien sie sich wieder in sich zurückzuziehen. Ihre Züge erstarrten, und das Licht in ihren Augen schwand. Ihr Antlitz wurde leer und unbewegt, als wären Sturmwolken darüber hinweggefegt, hätten die Sonne verdunkelt und die Welt – ihre Welt – nebelverhangen und grau zurückgelassen.

Bertha beugte sich vor, legte eine Hand auf meine Schulter und blickte mir tief in die Augen.

»Sie braucht jetzt den Beistand von 'ner Frau. Geben Sie ihr Zeit, Schätzchen. Sie wird schon wieder zu sich kommen, wenn sie so weit ist.«

Wachsende Enttäuschung breitete sich in mir aus. Bertha nahm mich überraschend fest am Arm und zog mich zur Seite. Ihr Gesicht wirkte plötzlich sehr streng, tiefe Falten traten ihr auf die Stirn.

»Zügeln Sie sich, Sir!«, mahnte sie. »Ich seh, dass Sie ein Mann mit wenig Geduld und noch weniger Verständnis für die Gefühle einer Frau sind.«

Sie senkte die Stimme. »Ich weiß, wo sie gewesen ist, Sir. Jawohl! Auf der Innenseite ihres Armes ist ein Mal. Die Anstalt versieht die Insassen wie Schafe mit 'nem Brandmal, falls mal einer abhaut. Ich werd Sie jetzt nicht fragen, warum sie dort gewesen ist, aber ich hab mir da so meine Gedanken gemacht. Schließlich bin ich nicht auf den Kopf gefallen.

Ihr beide, ihr seid nicht Mann und Frau, das spür ich ganz genau. Sie rennt vor irgendwas davon, ich weiß nur noch nicht so recht, ob vor Ihnen oder vor was anderem. Ich hab da allerdings so meine Ideen, warum sie so verstört ist. War selbst schon öfter, als mir lieb ist, am Rande des Wahnsinns. Geben Sie ihr Zeit, Sir, lassen Sie sie 'ne Weile in Ruhe.«

»Wenn's jemand schafft, sie wieder gesund zu machen, dann meine Bertha«, erklang die Stimme ihres Mannes. Ich drehte mich zu ihm um und sah, dass er seine Frau liebevoll anlächelte. Die nächtliche Arbeit hatte tiefe Furchen in sein Gesicht gegraben, seine großen Hände waren verkratzt und blutverkrustet.

Er drückte mir ein schäumendes Bier in die Hand. »Ich heiß übrigens Thomas. Thomas Whitefield. Kommen Sie mit, ich stell Sie den andern vor. Die freun sich schon drauf, Ihre Bekanntschaft zu machen.«

***

Ich saß mitten unter den zwei Dutzend Grubenarbeiter, und trank mein Bier, während meine Aufmerksamkeit zwischen ihren angeregten Gesprächen und Maria hin- und herwanderte. Sie hatte ihr schönes Gesicht noch immer mit einem Ausdruck von Erhabenheit der Sonne zugewandt. Ich merkte kaum, dass das Gespräch und das Gelächter plötzlich erstarben.

Eine zarte Frau kam im Licht der Morgensonne auf die Gruppe zu. Einer nach dem anderen stand auf. Den Frauen gefror das Lächeln auf den Gesichtern, ihre Blicke wurden wachsam und besorgt.

Früher war die Frau sicher recht hübsch gewesen, doch ihr dichtes schwarzes Haar war im Lauf der Zeit unter all den Strapazen glanzlos geworden, und aus ihren Augen war alles Leben gewichen. Sie hielt ein Blatt Papier in der Hand und steuerte auf Thomas zu, der ihr entgegenkam.

»Geht es um Richard, Lou?«, fragte er, als sie vor ihm stehen blieb und das Kinn nach vorne reckte, wobei ihre Unterlippe zitterte.

»Wenn du mich fragst, ob mein Mann gestorben ist, kann

ich dir sagen, noch lebt er, Gott segne seine gequälte Seele. Doch er spuckt immer häufiger Blut und hat auch immer schlimmere Schmerzen. Gott möge mir verzeihen, aber ich wünschte, Er würde ihn bald zu sich nehmen und seinem Leiden ein Ende bereiten.«

Sie sah die Männer einen nach dem anderen herausfordernd an, als wollte sie sich vergewissern, dass keiner sie verurteilte. Als ihr Blick auf mich fiel, musterte sie mich langsam von oben bis unten, dann wurden ihre Augen schmal. Sie richtete sich auf und reckte die geballte Faust.

»Es ist so weit: Die verdammte Grubenleitung wirft mich und meinen halbtoten Mann aus unserm Haus«, sagte sie tonlos. »Wir sollen bis zum Ende der Woche verschwinden. Die Schufte sagen, wenn er zu krank zum Arbeiten ist und deshalb keine Miete zahlen kann, sollen wir ausziehen, damit sie einen Gesunden in sein Haus setzen können. Fünfzehn Jahre seines Lebens hat er sich für diese Bande krumm gelegt, und das ist nun der Dank. Sie wollen ihn nicht mal in Frieden sterben lassen, und dabei ist es das Gift aus ihrer Grube, das ihn umbringt.«

»Ich werd mit ihnen reden«, meinte Thomas freundlich.

»Ich lass es nicht zu, dass ihr wegen mir eure Jobs aufs Spiel setzt. Und ich will auch keinen Penny mehr von euch nehmen. Ihr habt ja alle euer eigenes Leben und eure Familien, an die ihr denken müsst.«

Bertha trat neben die Frau und legte einen Arm um ihre Schultern. »Wir lassen dich nicht im Stich. Und jetzt setz dich ein Weilchen zu uns!«

»Ich muss zurück zu meinem Mann, Bertha.«

»Nur ganz kurz. Ich hab da eine, die ich dir gern vorstellen würde. Sie heißt Maria.«

Während die Frau sich zögerlich zu den anderen gesellte, wandte sich Thomas wieder an die schweigenden Männer. »Da habt ihr's! Die verdammte Grube hat wieder einen von uns auf dem Gewissen, und welchen Dank bekommt Richard dafür? Ein Grab und eine Witwe, die nicht für sich sorgen kann.«

»Ich finde, wir sollten streiken«, erklärte einer und unterstrich seinen Vorschlag, indem er sein Glas in die Luft stieß, wobei das Gebräu über den Rand schwappte und auf seine staubigen Stiefel tropfte.

Thomas schüttelte den Kopf. »Keiner von uns kann auf seinen Lohn verzichten. Wir haben Frauen und Kinder und müssen für Essen und ein Dach über dem Kopf sorgen. Außerdem ...«

Er nahm einen tiefen Schluck und wischte sich den Mund am Ärmel ab. »Wir können's einfach nicht riskieren, zu laut über unser trauriges Los zu jammern. Die verfluchten Warwicks drohen uns doch schon die ganze Zeit damit, die Grube zu schließen!«

Ich musterte die Frau, die neben Maria saß. Der Zorn in ihrem Gesicht war freundlichem Mitleid gewichen. Sie blickte zu mir herüber und nickte, dann senkten sich ihre Wimpern und sie wandte sich wieder ab.

»Was wird aus ihnen werden?«, fragte ich. Thomas blickte auf die besorgte Frau und runzelte die Stirn.

»Das, was immer passiert, sobald wir dem Werk nix mehr nützen. Die interessieren sich doch nur für das, was wir aus den verdammten Gruben ausbuddeln.«

Er blickte wieder auf die rußigen, von all der Mühsal gezeichneten Gesichter seiner Freunde. In ihren Augen schimmerte Angst, denn jeder wusste, dass ihm ein ähnliches Schicksal drohte.

8

»Es tut mir Leid!«, jammerte Edwina und rang die Hände. »Ich wollte die Tür wirklich nicht offen lassen. Ich habe einfach vergessen ...«

»Vergessen«, höhnte ich. »Sei wenigstens ehrlich! Du willst, dass Maria stirbt. Gib es ruhig zu. Nichts wäre dir lieber, als ihren armen toten Körper in der Gruft dort drüben den Würmern als Festmahl zu überlassen.«

Ich ging ihr nach, als sie vor mir zurückweichen wollte. Aus ihrem Gesicht war alle Farbe gewichen, die Kehle wurde ihr immer enger. »Du bist wieder völlig von Sinnen. Genauso verrückt wie sie.«

»Ich sollte dich zur Hölle schicken, Edwina. Dort würdest du vielleicht endlich einen Mann finden, der deinen Hang zu Grausamkeiten zu schätzen weiß.«

»Du Heuchler! Du hast doch selbst ein rabenschwarzes Herz.«

»Das mag wohl sein.«

Ich legte ihr eine Hand um den schlanken Hals und drückte sie an die Wand.

Dort hielt ich sie fest wie einen aufgespießten Schmetterling.

»Wenn ich auch nur eine Sekunde lang glauben würde, du hättest die Tür absichtlich offen gelassen, dann würde ich dir einfach den Hals umdrehen und deine sinnliche kleine Leiche meinem hungrigen Schwein vorwerfen.«

Ihre Augen wurden groß, und ihre Mundwinkel gingen abschätzig nach unten. »Na wunderbar! Noch gibt es also Hoffnung. Du klingst von Minute zu Minute mehr nach dir selbst.«

Mit hasserfülltem Blick wandte ich mich ab, ging an die Hausbar und nahm mir einen Drink.

Edwina trat hinter mich. »Und was hast du jetzt mit ihr angestellt?«

Ich kippte den Scotch hinunter und genehmigte mir sofort noch einen ein. »Was geht dich das an?«

»Ich nehme an, die leise Hoffnung, dass du sie nach Menson zurückgebracht hast, wäre ...«

»Idiotisch.«

Sie streichelte meinen Arm. »Du bist schmutzig, Liebling. Soll ich Iris ein schönes warmes Bad für uns herrichten lassen ...«

»Lass Iris ein schönes warmes, gut duftendes Bad für mich herrichten!«

Ich schenkte ihr ein grimmiges Lächeln. »Wolltest du nicht aufbrechen?«

Sie nahm mir das Glas aus der Hand und schmiegte sich an mich. »Ach, mein Schatz, können wir nicht einfach wie zwei höfliche Erwachsene miteinander verkehren?«

»Meine liebe Edwina, seit du alt genug warst, jemandem deine erste Beleidigung an den Kopf zu werfen, hast du nichts mehr an dir, was auch nur im Entferntesten an Höflichkeit erinnert.«

»Gnädiger Herr«, nuschelte Herbert an der Schwelle, »Sie haben Besuch.«

»Ach herrje!«, entfuhr es mir, »Doch nicht etwa meine Großmutter?« Ich war viel zu erschöpft, um es in diesem Moment mit ihr aufzunehmen und zu hoffen, aus so einer Auseinandersetzung siegreich hervorzugehen.

»Großmutter? Dass ich nicht lache!«, erklang eine joviale Stimme, die ich sofort als die Lord Darian Parkhursts erkannte.

Er kam herein, verbeugte sich leicht und deutete auf seine Beine, die in groben ledernen Reithosen steckten. »Schließlich laufe ich auf meinen beiden Beinen, nicht wahr? Wäre ich deine Großmutter, die alte Schlange, dann würde ich auf dem Bauch hereingleiten!«

»Phantastisch!«, rief Oscar Whitting aus der Vorhalle. »Das war ein guter Witz, mein Alter! Die Salterdon-Hydra schlägt wieder zu.«

Er kam mit wehenden Rockschößen hereingestürmt und warf seinen Hut auf den nächstbesten Tisch. Sein wirres Haar und seine Sommersprossen leuchteten orangefarben wie ein Kürbis.

»Ah, das hübsche junge Paar! Ich dachte, ihr würdet vor Enttäuschung vergehen, dass euch im letzten Moment eure Hochzeit verdorben wurde, doch ihr funkelt euch ebenso hasserfüllt an wie eh und je. Kommen wir zu spät für die Wutanfälle, den wogenden Busen, das Haareraufen?«

Edwina knurrte, stieß ein paar halblaute Flüche aus und stürmte aus dem Zimmer.

»Man stelle sich vor«, meinte Oscar und blickte ihr nach. »Ich habe es endlich geschafft, sie zu beleidigen. Sag mir, Salterdon: Steckt in diesem Miststück am Ende doch so etwas wie Gefühl?«

Ich hatte mir etwas Scotch nachgegossen und trat ans Fenster. »Wer weiß?« Plötzlich fühlte ich mich leer und kraftlos. »Bei Edwina heißt es immer: alles oder nichts.«

Whitting schenkte zwei Brandys ein. Parkhurst lehnte sich neben mich ans Fensterbrett, verschränkte die Arme und musterte mich mit seinen grünen Augen.

»Trey, du siehst abscheulich aus! Du hast wohl eine schlimme Nacht hinter dir?«

»Wie hast du die Kleine überhaupt gefunden?«, fragte Whitting und drückte Parkhurst ein Glas in die Hand.

Ich starrte aus dem Fenster auf die dünne schwarze Rauchfahne, die aus dem Moor aufstieg. Die Kratzer in meinem Gesicht taten immer noch weh; ich tastete nach ihnen, wobei ich versuchte, das Bild von Maria in Menson aus meinem Gedächtnis zu verbannen.

»Sie ist ziemlich verrückt«, sagte ich leise. Es fiel mir nicht leicht, das einzugestehen.

Sie starrten mich mit offenem Mund an.

Schließlich räusperte sich Parkhurst.

»Das tut mir Leid, mein Freund. Was gedenkst du nun zu tun?«

»Ich ... ich weiß es nicht.«

»Wo ist sie jetzt?«

»Ja, wo ist sie eigentlich?«, rief Whitting. »Was hast du mit ihr angestellt?«

Ich nippte an meinem Glas und betrachtete die beiden Gauner misstrauisch. Ich kannte die zwei nur zu gut und wusste, was sie alles für ein paar Pennys tun würden; schließlich war ich vor gar nicht allzu langer Zeit genauso gewesen oder war es vielleicht sogar jetzt noch.

»Hat euch meine Großmutter hergeschickt, um mir Informationen zu entlocken?«, fragte ich leise und drohend.

Sie blickten einander an, dann brachen sie in schallendes Gelächter aus.

»Man stelle sich das vor!« Whitting verschluckte sich und schnappte nach Luft. »Die alte Krähe soll ausgerechnet uns um einen Gefallen bitten! Lieber würde sie sich eigenhändig das Herz aus dem Leibe reißen, als unsere Existenz zur Kenntnis zu nehmen!«

»Nun mal ehrlich, Trey!« Parkhurst schüttelte so entrüstet den Kopf, dass ihm ein Büschel seines dunkelbraunen Haars in die Stirn fiel. »Du solltest uns wirklich gut genug kennen, um zu wissen, dass das Unsinn ist!«

»Ich weiß, dass du deinen monatlichen Wechsel schon längst ausgegeben hast und sich dein Vater weigert, dir auch nur einen Penny mehr zu geben. Ich weiß auch, dass du in den Spielhöllen bis zum Anschlag in der Kreide stehst, genau wie ich. Wenn sie dir ebenso hartnäckig wie mir drohen, das Geld einzutreiben, würdest du so gut wie alles tun, um an ein bisschen Geld zu kommen.«

»Und das von dem alten Schuft, der seine Seele an Edwina verkaufen wollte, um seine finanzielle Misere zu beheben. Von dir brauche ich mir wahrlich nichts vorwerfen zu lassen!«

»Zumindest hätte ich meinem besten Freund keinen Dolch in den Rücken gestoßen – nicht wahr, Whitting?«

Der Angesprochene schnaubte und wandte sich ab.

Parkhurst lächelte sarkastisch. »Aber jetzt mal im Ernst – du siehst zum Fürchten aus, mein Lieber. Steht es denn wirklich so schlimm?«

»Schlimmer, als du dir das je vorstellen könntest.«

Parkhursts Humor verließ ihn, und er folgte meinem Blick auf das Moor. »Das tut mir Leid. Wahrscheinlich können wir dir auch nicht helfen, oder?«

»Nein.«

»Was hast du denn jetzt vor? Mit deiner Großmutter, meine ich? Ich schwöre dir, ganz England hält den Atem an und wartet auf deinen nächsten Schachzug.«

»Ich weiß es selbst noch nicht so genau. Aber das eine kann ich dir jetzt schon sagen: Sie sollte sich lieber fern halten – von Maria und auch von mir.« Ich blickte ihm fest in die Augen. »Das kannst du ihr ruhig ausrichten, wenn du ihr das nächste Mal über den Weg läufst!«

***

Plötzlich wachte ich zitternd auf. Ich hatte wieder einmal von Maria geträumt.

Neben einem verlassenen Grubenschacht war ich auf die Knie gesunken, hatte ihren Namen gerufen und hinuntergestarrt in die Dunkelheit, wo sich Flammen wie Schlangen wanden.

Aus diesem Inferno blickte mir aber nicht Marias Gesicht entgegen, sondern mein eigenes, den Mund weit aufgerissen in einem stillen Entsetzensschrei.

Ich lag nackt zwischen den Laken. Nun drehte ich den Kopf und versuchte, mich auf das offene Fenster zu konzentrieren und dadurch wieder klar zu sehen. Nächtliche Schatten krochen über die Landschaft, atemlos wartete ich auf das erste Flackern aus den Schmelzöfen. Von draußen wehte eine eiskalte Brise herein, und ich zitterte wieder, als das Bild von Maria in ihrem blauen Baumwollkleid meinen Albtraum überlagerte.

Mein Bedürfnis, sie zu sehen und mich zu vergewissern, dass es kein Traum gewesen war, sie aus der Irrenanstalt geholt zu haben, war so stark, dass mir die Brust vor Verzweiflung wehtat. Aber Bertha hatte mir geraten, mich ein paar Tage fern zu halten. Sie hatte wohl gedacht, meine Anwesenheit würde Maria zu sehr aufregen.

Idiot!, schimpfte ich mich selbst. Natürlich würde meine Anwesenheit Maria aufregen. Wenn sie auch nur noch einen Funken Vernunft besaß, dann würde sie mich aus ganzem Herzen hassen.

»Du hast das Abendessen versäumt!«, flüsterte Edwina mir ins Ohr.

Ich wandte den Kopf und starrte in ihre schläfrigen Augen. Ihre nackten Brüste waren an mich geschmiegt, ein Bein lag über meinem Schoß. Auf dem Kissen wirkten ihre Haare wie eine kupferne Flamme.

»Oh mein Gott«, sagte ich mit heiserer Stimme. »Ich bin doch nicht etwa so betrunken gewesen?«

»Was denkst du denn?« Sie schenkte mir ein träges Lächeln.

»Ich erinnere mich noch dumpf daran, dass ich dich aus dem Badezimmer geworfen habe, kurz bevor Parkhurst und Whitting hereingestürmt kamen mit irgendeiner wüsten Geschichte, dass Herbert kopfüber in die Regentonne geplumpst sei.«

Edwina ließ eine Hand über meinen Bauch gleiten. Ich erwischte sie am Handgelenk und hielt sie auf.

»Und dann entsinne ich mich noch, dass ich dich losgeschickt habe, um nach dem armen Kerl zu schauen. Als du zurückkamst, war ich wahrscheinlich schon völlig benebelt, denn von da an weiß ich nichts mehr. Auf meinem Hinterteil gibt es aber auch keine frischen Kratzer, glaube ich.«

Edwina drehte sich mit einem enttäuschten Schnauben auf den Rücken.

»Sind Parkhurst und Whitting weg?«, fragte ich und blickte wieder aus dem Fenster. Soeben war der erste schwache Feuerschein über dem fernen, zerklüfteten Hügelkamm zu sehen.

Bald würden Thomas und die anderen wieder in die Grube marschieren.

Ich musste an den dunklen Ort denken, tief im Erdinneren, an dem sich die Männer abrackerten, um ihren Lebensunterhalt zu verdienen. Gewöhnliche Männer. Männer, die nicht das Privileg gehabt hatten, in eine adlige Familie geboren worden zu sein.

Und was war mit Maria?

Herrgott noch mal! Ich hatte drei lange Jahre darauf gewartet, sie wieder in die Arme zu schließen, und jetzt weilte sie bei wildfremden Menschen dort in der Ferne, wo ich sie nicht sehen und nicht berühren konnte.

»Ganz im Gegenteil«, unterbrach Edwina meine Gedanken. »Sie haben sich im Erdgeschoss einquartiert. Ich bin mir sicher, dass sie inzwischen deinen letzten kostbaren Portwein vernichtet haben, und außerdem haben sie Iris in den Wahnsinn getrieben, als sie geräucherten Fasan zum Abendessen haben wollten. Als sie ihnen klar zu machen versuchte, dass du gerade keinen geräucherten Fasan hättest, ja, eigentlich gar nichts Geräuchertes im Haus sei, befahlen sie ihr allen Ernstes, loszuziehen und etwas zu schießen.«

»Und was hat sie ihnen schließlich vorgesetzt?«

»Taube.«

Ich zuckte zusammen.

Edwina streckte sich seufzend, wobei das Laken von ihren Brüsten glitt und auf dem kleinen Hügel auf ihrem Bauch liegen blieb.

»Es bewegt sich inzwischen ständig und mit aller Kraft«, informierte sie mich. »Das Kind, meine ich. Flattert in mir herum wie eine Fledermaus in einer Höhle. Da! Schon wieder!«

Sie nahm meine Hand und zog sie unter das Laken, sodass sie auf der Rundung ihres Bauches zu liegen kam. Wir starrten beide auf die Decke. Da …

Da bewegte sich das Wesen so, dass auch ich es auf meiner Handfläche spüren konnte.

Vielleicht hätte ich die Hand weggezogen, aber Edwina hielt sie fest. Wieder bewegte sich das Wesen unter meiner Hand und kitzelte mich wie eine Feder.

Wir drehten gleichzeitig den Kopf und starrten uns an. Ich musste grinsen. Edwinas Lippen zitterten. Plötzlich traten ihr Tränen in die großen Augen und liefen ihr über die Wangen.

»Was soll ich nur tun, Trey? Ich … ich habe Angst.«

Sie schmiegte sich wieder an mich, vergrub das Gesicht an meiner Schulter und krallte sich wie ein verängstigtes Kind an mir fest.

Ihre Tränen fielen heiß und feucht auf meine Haut, ihr ganzer Körper zitterte und bebte. Ach, wenn dieser Körper in meinen Armen mit all seiner Bereitschaft und Hitze doch nur Marias Körper gewesen wäre! Das große Verlangen nach ihr fühlte sich wie ein heißer Stein an zwischen meinen Beinen.

»Verflixt und zugenäht«, schimpfte Edwina weinend. »Mir ist, als könne ich nur noch weinen. Und essen. Und dann wieder alles erbrechen. Und dann wieder ein bisschen weinen. Meine Brüste tun weh, mein ganzer Körper schmerzt.«

Sie hob ihr tränennasses Gesicht und blickte mir in die Augen. »Tue ich dir wenigstens ein bisschen Leid?«

Ich zwang mich zu einem kleinen Lächeln. Meine Haut fühlte sich heiß und feucht an. »Eine Spur.«

»Jetzt habe ich nicht mehr die geringste Chance, mir einen Ehemann zu angeln.«

»Wie kommst du denn darauf?«

»Diese lüsternen Geier sind doch nur auf meinen Körper scharf.«

»Vergiss dein Geld nicht.«

»Ach, Salterdon, sei doch nicht so töricht! Es gibt genügend wohlhabende Frauen, die erpicht darauf sind, geheiratet zu werden. Der einzige Vorteil, den ich all diesen anderen Frauen gegenüber habe, ist doch, dass man mein Gesicht nicht mit einem Kissen zudecken muss.«

»Na ja, ich weiß nicht ...« Lachend legte ich mein Kissen auf ihr Gesicht.

Sie schrie auf, und ihre Tränen versiegten. Kichernd trat sie um sich und schlug mir auf die Schulter. Wir kämpften, bis ich atemlos neben ihr auf die Matratze sank. Sie legte sich auf mich und blickte mir in die Augen. Ihr Gesicht wirkte sehr blass.

»Wir waren ein gutes Paar«, sagte sie leise. »Gib es zu!«

»Wir hatten ein paar ganz nette Zeiten«, gab ich zu und strich ihr sanft eine Strähne aus der Stirn.

»Ziemlich viele.«

»Wirst du jetzt wieder zu weinen anfangen?«

»Ja, wenn du mir nicht versprichst, dass ich nach der Geburt noch immer begehrenswert sein werde.«

»Warum solltest du das denn nicht mehr sein?«

»Wie soll das gehen? Unsere Körper blähen sich bis zum Zerplatzen auf, die Brüste und der Bauch werden von Narben verwüstet. So viel ich weiß, haben die Männer danach nie mehr so viel Spaß mit uns.«

»Wenn das der Fall wäre, dann gäbe es nur Einzelkinder.«

Sie küsste mich sanft, und kurz, nur ganz kurz, reagierte ich darauf, denn in mir war noch immer das Verlangen nach

Maria. Ich vergrub eine Hand in ihrem Haar, zog sie an mich, und stieß meine Zunge in sie.

Aus ihrer Kehle drang ein Geräusch – eher ein Lachen als ein verlangendes Stöhnen, ein siegessicheres Knurren, das mich unsanft in die Wirklichkeit zurückbeförderte. Eine bittere Erkenntnis stieg in mir auf.

Der weibliche Körper ist schon immer dein Verhängnis gewesen, seit du alt genug warst, dir deine erste Hure zu kaufen. Du kannst nicht über deinen Schatten springen ... Wirst du ihrer Naivität nicht irgendwann überdrüssig werden und wieder Lust auf eine Hure bekommen? Ich bin mir dessen ganz sicher. Wir sind uns da sehr ähnlich, du und ich. Wir ... wir beide sind leer und dürsten danach, gefüllt zu werden. Das ist es, was uns verbindet – unsere Bedürftigkeit.

Ich stieß sie von mir und wälzte mich aus dem Bett.

9

Die nächsten beiden Tage waren so enttäuschend, dass ich sie nur überstand, indem ich mit Parkhurst und Whitting auf Moorhuhn- und Fasanenjagd ging, gemeinsam mit den beiden meinen schwindenden Alkoholvorrat vernichtete und Karten spielte, bis ich vor lauter Langeweile kaum noch die Augen offen halten konnte. Edwina residierte währenddessen in meinem Bett und erklärte, sie sei zu krank zum Reisen. Ich musste es ihr wohl oder übel glauben, denn wann immer ich in mein Schlafzimmer kam, übergab sie sich in einen Nachttopf.

Doch ich traute Parkhurst und Whitting nicht über den Weg.

Es sah ihnen nicht ähnlich, sich ohne triftigen Grund in den kalten, zugigen Räumen eines heruntergekommenen Landsitzes die Tage und vor allem die kostbaren Nächte um die Ohren zu schlagen.

Sie konnten mich nicht hinters Licht führen, keine Sekunde lang. Meine Großmutter hatte sie bestimmt beauftragt, sie bestochen, sie gekauft. Irgendwo ganz in der Nähe lauerte sie gewiss wie ein listiger Fuchs auf Informationen, die die beiden ihr zuspielen sollten. Und damit würde sie dann den nächsten Schritt einleiten, um mein Leben weiter zu zerstören.

Allerdings wunderte ich mich über Parkhursts Doppelzüngigkeit. Doch wahrscheinlich steckte er bis zum Hals in Schulden und wurde so von seinen Gläubigern bedrängt, dass er nur die Wahl gehabt hatte, bei der Intrige meiner Großmutter mitzuspielen oder bittere Konsequenzen zu tragen.

Deshalb konnte ich nicht umhin, ihm zu verzeihen. In den letzten Jahren war eine solch extreme Verzweiflung mein ständiger Begleiter gewesen und war es noch heute. Jeden Tag zeigte sie sich deutlicher, düster wie die Winterwolken, die sich am Horizont zusammenballten.

Doch offen gestanden war es mir fast gleichgültig, warum die beiden gekommen waren und noch immer hier weilten. Viel schlimmer war die wachsende Sehnsucht nach Maria. Ich verzehrte mich danach, sie endlich wiederzusehen. Nachts stand ich auf und wanderte die Gänge unruhig auf und ab. Ich war bestimmt genauso von Sinnen wie die Verrückten in Menson.

Wieder und immer wieder ging ich ins Musikzimmer, setzte mich auf einen Stuhl und starrte wie in Trance auf das staubbedeckte Pianoforte; die Melodie von *Marias Lied* hämmerte mir im Kopf, und wenn ich mir den Zustand in Erinnerung rief, in dem ich dieses Lied komponiert hatte, fing mein Herz zu rasen an.

Damals hatte eine Kopfverletzung meine geistige Verwirrung hervorgerufen

Marias Zustand dagegen war auf die Verletzung ihrer Seele zurückzuführen.

Mein Geduldsfaden wurde immer dünner. Geben Sie ihr Zeit, hatte Bertha empfohlen.

Wie lange noch?

Eine Woche? Einen Monat? Ein verfluchtes Jahr?

Reichte es nicht, dass ich drei lange Jahre gelitten hatte, weil sie einfach verschwunden war? Und ich geglaubt hatte, sie läge in den Armen eines anderen und würde ihn so lieben, wie ich sie liebte?

Wie schrecklich, sich einzugestehen, dass ich an ihrem Wahnsinn schuld war – dass sie an diesem grauenhaften Ort dahinvegetierte, während ich sie hasste, weil ich glaubte, sie habe einen anderen geheiratet.

Wie ironisch, dass wir in den letzten drei Jahren beide um

unseren Verstand gekommen waren, dass wir unsere Herzen, ja, unser Leben vergeudet hatten.

Welch elende Verschwendung.

Grauenhaft.

Ein kalter, heftiger Nordwind fegte brüllend wie ein Löwe durch die Ritzen des dunklen Hauses.

Ich ging aus dem Haus und stürzte mich in den mitternächtlichen Aufruhr. Zum Schutz vor dem heftigen Sturm verengte ich die Augen zu Schlitzen. Heulend fuhr der Wind durch die Bäume.

Aus den Räumen, in denen Parkurst und Whitting schliefen, drang kein Licht. Ich wusste, dass ich ein Risiko einging, denn sie waren zwar betrunken in die Betten gesunken, aber wenn sie entdeckten, dass ich weg war, würden sie mich suchen. Vielleicht würden sie mich sogar finden.

Doch dieses Risiko nahm ich in Kauf. Es blieb mir nichts anderes übrig. Mein Bedürfnis, Maria zu sehen, war übermächtig geworden.

Ich musste mich einfach vergewissern, dass es ihr gut ging. Ich musste sie anfassen, sie riechen, in ihre Augen blicken und ihre Seele umarmen.

Der Wind stieß mich zurück, beißende Kälte schlug mir entgegen und raubte mir die Luft, als hätten sich die Dämonen der Unterwelt verschworen, mich von Maria fern zu halten. Doch ich kämpfte mich wild entschlossen den Hügel hinauf. Auf dem Weg durch den Bach stockte mir der Atem, und ich zitterte am ganzen Leib, als die Kälte sich meine Beine hinauffraß. Das Wasser war noch kälter und tiefer als beim letzten Mal, denn im Norden hatte es geregnet.

Endlich hatte ich die sturmgepeitschte Kuppe erreicht. Ich hielt an und blickte zurück. Tief hängende schwarze Wolken fegten über die leeren Felder und hingen in den gebeugten Tannenwipfeln. Nur ganz kurz sah ich das große Herrenhaus, dann verschwand es wieder hinter einer Wolkenwand.

Doch zuvor bemerkte ich noch ein Licht in einem der Fenster, das vorher dunkel gewesen war.

»Parkhurst, du Mistkerl!«, murmelte ich zähneknirschend.

Doch was sollte ich tun? Ich war schon zu weit gegangen, und der bloße Gedanke, Maria wiederzusehen, erfüllte mich mit einer Kraft, die mich immer weiter trieb.

Ich konzentrierte mich auf Whitefields Behausung, in deren Fenster noch Licht brannte. Halb rennend, halb stolpernd hastete ich den Hügel hinab, während mir der Wind um die Beine fegte. Endlich stand ich keuchend vor der Hütte. Leise trat ich vor das Fenster und blickte hinein.

Sie war da! In ihrem blauen Baumwollkleid saß sie auf dem kleinen Stuhl mit der Sprossenlehne vor dem Feuer und blickte ernst in die Flammen.

Oh Gott, wie engelgleich ihr Profil wirkte! Wie blass, wie perfekt! Auf ihrem Antlitz spiegelte sich kein Wahn mehr, keine Hysterie, keine Angst. Sie sah aus wie eine völlig normale, in Gedanken versunkene junge Frau.

»Sie ist noch nicht so weit«, erklang Berthas strenge Stimme. Ich wirbelte herum. Tatsächlich – im Licht, das aus der Hütte drang, sah ich sie hinter mir stehen. Der Wind zerrte an ihrem Rock, als sie um mich herum zur Tür ging. In einer Hand trug sie einen Korb, mit der anderen schützte sie ihr Gesicht vor den eiskalten Böen.

»Sie sieht doch ganz gesund aus!«, entgegnete ich.

»Nun, das ist sie aber noch nicht. Sie tun ihr keinen Gefallen, wenn Sie sich jetzt mit ihr treffen.«

»Wann dann?«, fragte ich.

»Geduld!«

Ich schlug mit der Faust gegen die steinerne Wand. »Madam, ich bin kein geduldiger Mann.«

»Tja, das weiß ich schon. Das ist unschwer zu erkennen.«

»Ich habe schon viel zu lange gewartet!«

»Sie müssen eben noch ein bisschen länger warten. Vielleicht einen Tag, vielleicht eine Woche oder einen Monat. Bis sie so weit ist.«

Stur und reglos stand ich da, die Hände zu Fäusten geballt und vor Wut zitternd. In diesem Augenblick hatte ich fast Angst um Bertha.

»Zum Teufel noch mal!«, fauchte ich. »Einen Monat? Ich hole sie auf der Stelle!«

»Na denn, nur zu, holen Sie sie.« Bertha funkelte mich erbost an, als sie die Hand auf die Türklinke legte. »Ich hab kein Recht auf sie. Aber es wird auch nicht mein Gewissen sein, das aufschreit, wenn sie von uns geht.«

Ich warf noch einmal einen Blick durch das Fenster und betrachtete Maria, ihren leicht gesenkten Kopf, ihr blasses Profil.

Während sie so dasaß und in die Flammen starrte, hatte es den Anschein, als warte sie auf etwas.

Plötzlich erschien mir alles völlig verquer. Was die Freude meines Lebens hätte sein sollen, war zu einer schrecklichen Qual geworden, die auf mir lastete wie ein böser Fluch.

Die Schuldgefühle.

Die bitteren Folgen.

Das Gift brannte in meinen Adern. Jetzt musste ich all die Sünden büßen, all die Schuld, die ich auf mich geladen hatte. Wie hätte ich meine Untaten besser sühnen können als dadurch, des Menschen beraubt zu sein, den ich am meisten begehrte, nach dem ich mich am stärksten sehnte?

»Sagen Sie mir die Wahrheit!«, keuchte ich. »Ist sie für mich verloren?«

Bertha legte eine Hand auf meinen Arm. »Nicht völlig, wie ich damals geglaubt habe, als mein Mann sie durch diese Tür gebracht und aufs Bett gelegt hat. Nicht mal so sehr wie an dem Morgen, als Sie weggegangen sind. Aber sie wandelt auf 'nem sehr schmalen Grat, Sir. Sie kommt und geht. Manchmal steht sie kurz vor 'nem Durchbruch, dann wird sie wieder schwächer. Aber es stimmt schon – Sie haben das Recht, sie mitzunehmen, wenn Sie wollen. Sie ist Ihre Liebste, nicht die von ’nem andern.«

Meine Liebste. Jawohl, das war sie.

»Also los, gehen Sie hinein!«, sagte ich. »Rasch, bevor ich mich eines anderen besinne.«

Bertha nickte und drückte die Tür mit der Schulter auf. An der Schwelle blieb sie noch einmal kurz stehen und sah mich an, dann schloss sie die Tür vor meiner Nase.

Ich trat wieder an das Fenster. Der Wind und die Kälte trieben mir Tränen in die Augen und brannten auf meinen Wangen. Die kraftvollen Böen warfen mich hin und her. Bertha legte unterdessen einen Schal um Marias Schultern, dann stocherte sie ein wenig im Feuer, bis die Flammen hoch loderten und den gemütlichen kleinen Raum in ein warmes goldenes Licht tauchten.

Ich drückte die Stirn gegen das Fenster und atmete erschöpft aus. Das Glas beschlug, Marias Bild verschwamm hinter der getrübten Scheibe.

»Gute Nacht!«, flüsterte ich.

***

Noch lange blieb ich so stehen. Ich wollte einfach nicht nach Thorn Rose zurück, ich konnte mich nicht von Maria trennen.

Schließlich ging ich ein paar Schritte, dann lehnte ich mich an den Stamm einer Eberesche. Der Wind fegte durch die Bäume, gelegentlich fiel etwas Regen. Die Kälte kroch mir durch Mark und Bein. Ich starrte zurück auf das Fenster. Manchmal sah ich Bertha, ab und zu auch Maria, bis das Licht in der Hütte gelöscht wurde und nur noch der Feuerschein aus dem Schlot des brennenden Schmelzofens zu sehen war.

»Sie holen sich hier noch den Tod, Mann«, erklang plötzlich eine Frauenstimme hinter mir. Es war Louise.

Der Wind blies noch immer heftig aus Norden, er durchwühlte das lange, offene Haar der Frau und presste ihr den Rock an die schlanken Beine. Ihre nachtumschatteten Augen ruhten starr auf mir.

»Kommen Sie doch ins Haus, bis der Regen aufhört.«

Ich folgte ihr. Mein Körper war ganz taub von der Kälte.

Die kleine Hütte glich dem Häuschen der Whitefields. Auf einer Pritsche nahe der Feuerstelle lag Louises kranker Ehemann. Sein Gesicht hatte einen bläulichen Schimmer, seine Brust hob und senkte sich rasselnd bei jedem angestrengten Atemzug.

Ich stand mit dem Rücken zur Tür und sah Louise zu, wie sie sich den Schal von den Schultern nahm und auf einen Stuhl vor dem Feuer deutete.

»Setzen Sie sich!«, meinte sie.

Ich folgte ihrer Aufforderung, konnte den Blick aber kaum von ihrem armen Mann abwenden.

Louise schickte sich an, Tee zu kochen. Gelegentlich warf sie einen müden Blick auf ihren Mann. Mir fiel auf, dass sie ein sympathisches Gesicht hatte. Die Härten des Lebens hatten zwar deutliche Spuren hinterlassen, aber dennoch wirkte es sehr freundlich.

»Es ist schrecklich, zusehen zu müssen, wie ein geliebter Mensch von einem geht, Sir.«

»Ja«, erwiderte ich und zwang mich, in die Flammen zu schauen. Ich musste an meine Pein wegen Maria denken und an meine Angst, sie zu verlieren, sie vielleicht schon verloren zu haben.

»Lou!«, rief ihr Mann leise.

Sie eilte zu ihm, nahm seine Hand und setzte ein tapferes Lächeln auf.

»Ja, Richard, mein Schatz?«

»Wer ist denn da gekommen?«

»Ein Bekannter von Thomas und Bertha.«

»Ich möchte ihn gern sehen.«

Sie blickte mich auffordernd an. Zögernd setzte ich mich neben sie an die Bettkante.

Seine dunklen, trüben Augen musterten mich, dann lächelte er matt. »Willkommen, Sir!«

Ich versuchte, sein Lächeln zu erwidern.

»Hast du ihm 'nen Tee gemacht?«, fragte Richard.

»Jawohl, mein Schatz.«

»Gute Frau!« Er rang nach Atem. »Sie sehn aus, als ob Sie frieren, Sir. Hol ihm doch 'ne Decke, Lou!«

Ich musterte ihn noch immer forschend, und dabei überfiel mich eine Kälte, die noch schneidender war als die von vorhin. In diesem Raum lauerte der Tod, er kroch über meine feuchte Haut und lastete auf meiner Brust wie ein Felsbrocken.

»Wie heißen Sie denn, Sir?«

»Trey.«

»Kommen Sie hier aus der Gegend?«

»Er arbeitet für Thorn Rose«, erklärte Louise und legte mir eine Decke um die Schultern.

»Oje, Sie tun mir Leid, Sir!«

Seine Augen fielen zu, und er stöhnte.

»Sei jetzt still«, flüsterte Louise. »Spar dir deine Kraft!«

»Da gibt's nicht mehr viel zu sparen, Schatz.« Mühsam brachte er ein schwaches Lächeln zustande und streckte ihr eine Hand entgegen. Sie nahm sie und drückte sie an ihr Herz. »Ach, mein Schatz«, flüsterte er. »Ich hab was versäumt, und das tut mir Leid.«

»Unsinn!«, entgegnete sie heftig.

»Keine Kinder, die sich um dich kümmern, wenn ich weg bin. Was wirst du tun, mein Schatz?«

»Ich werd's schon schaffen.«

Sein Kinn zitterte. Ich setzte mich wieder auf den Stuhl vor das Feuer und starrte in die Flammen. Bei seinen leisen Schluchzern fing mein Gesicht an zu brennen, ich schämte mich, Zeuge zu sein von so viel Traurigkeit.

Als er sich endlich wieder beruhigt hatte, machte Louise den Tee fertig und drückte mir eine dampfende Tasse in die Hand. Sie setzte sich neben mich und zog den Schal enger um die schmalen Schultern. Ihr Gesicht war verhärmt vor Leid.

»Was werden Sie tun?«, fragte ich leise.

»Ich weiß es nicht«, flüsterte sie.

»Haben Sie denn keine Familie?«

»Überhaupt keine.«

Sie zog den Brief aus ihrer Rocktasche, entfaltete ihn mit zitternden Händen und las ihn noch einmal beim Schein des Feuers. Dann blickte sie mich an.

»Er weiß nichts von diesem Brief. Ich trau mich nicht, ihm davon zu erzählen. Das würde ihm den Rest geben. Er würde aufhören zu kämpfen.«

Ich nahm den Brief und las ihn selbst. Es hieß darin, sie sollten innerhalb von zwei Wochen das werkseigene Haus räumen, da ihr Mann ja nicht mehr arbeitsfähig sei. Ein Neuer würde an Richards Stelle in die Grube geschickt.

»Ich nehme an, wenn es ihm besser ginge und er wieder arbeiten könnte, müssten Sie das Haus nicht räumen.«

»Jawohl. Aber ich glaub nicht mehr an Wunder, Sir.« Traurig schüttelte sie den Kopf. »Mein Mann liegt im Sterben.«

Ihre stoische Tapferkeit verließ sie. Sie legte die Hände vors Gesicht und ließ den Tränen freien Lauf. Ihre schmalen Schultern bebten.

Ich stand auf, zog sie sanft hoch und hielt sie in den Armen. Sie zitterte, ihre warmen Tränen benetzten mein Hemd. Es gab nichts, was ich hätte tun oder sagen können, um sie zu trösten.

Ich hielt sie einfach nur fest.

10

Parkhurst und Whitting hatten sich zu meiner großen Erleichterung endlich verabschiedet, aber ich hielt mich weiterhin von Maria fern und verkürzte mir die Zeit, indem ich mich um Edwina kümmerte und ihr die Hand hielt, wenn sie sich in den Nachttopf erbrach, was nach wie vor recht häufig vorkam. Ich glaubte nicht mehr, dass sie Thorn Rose verlassen würde. Mittlerweile war es mir auch einerlei. Immerhin leistete sie mir Gesellschaft und ertrug klaglos meine immer schlechter werdende Laune und wachsende Ungeduld.

Gelegentlich spielten wir Karten, lasen uns etwas vor und überlegten, wie das Kind heißen sollte, das von Tag zu Tag aktiver wurde. Nachts lag ich oft schlaflos im Bett und starrte auf den Feuerschein der Schmelze, während Edwinas Bauch sich an meinen Rücken drängte und ich die Bewegungen des Kindes spürte.

Wenn Edwina mich in die Arme nahm, stellte ich mir immer vor, es wären Marias Arme. Doch meine Angst wuchs, dass mich ihre Arme nie mehr umfangen würden.

Bislang hatte ich nichts von meiner Großmutter gehört. Nur zu gern hätte ich geglaubt, sie würde endlich die Finger von mir und Maria lassen, aber im Grunde meiner eigenen schwarzen Seele wusste ich ganz genau, dass sie irgendwann vor meiner Tür stehen würde.

Nein, es war das Beste, wenn Maria dort blieb, wo sie jetzt war, egal, ob mir das gefiel oder nicht.

Doch es kam der Tag, an dem ich es einfach nicht mehr aushielt. Wenn ich diese Folter überleben wollte, musste ich Maria wiedersehen, und sei es auch nur aus der Ferne.

Würde sie so schön sein wie das letzte Mal, in ihrem blassblauen Kleid, das Haar schimmernd wie das Sonnenlicht im Frühling?

Ich stellte mir vor, wie ich vor sie treten würde, wie sie ihre ausdrucksvollen Augen heben und mich anblicken würde, wie ihr Gesicht vor Liebe strahlen würde, wenn sie mich erkannte. Sie würde einen Schrei des Glücks ausstoßen und sich in meine Arme werfen. Und dann wäre all das vergessen, was in den letzten Jahren vorgefallen war, und wir würden froh und glücklich bis ans Ende unserer Tage leben.

Mit diesen Gedanken trottete ich durch den kühlen Morgennebel und setzte mich schließlich neben den knorrigen alten Baum, von dem aus man einen guten Blick auf das Häuschen der Whitefields hatte. Ich wusste, dass die Grubenarbeiter am Ende der Nachtschicht in den erwachenden Tag hinausmarschierten und von ihren Ehefrauen begrüßt wurden. Nicht zum ersten Mal dachte ich an Louise und Richard, an den schrecklichen Todeskampf des Mannes und an das traurige Los seiner Frau.

Ich rechnete nicht mit Wundern.

Doch in jenem Moment begann eine Idee in mir zu keimen.

Natürlich war es völlig unsinnig. Es war der reine Wahnsinn. In mir hatte nie auch nur ein Funken von Menschenliebe gesteckt, ich war immer viel zu sehr mit mir selbst beschäftigt gewesen – im Gegensatz zu meinem Bruder, der Verkörperung von Menschenfreundlichkeit.

Der heilige Clayton.

Oft genug hatte ich ihn dafür verachtet und mich geärgert, dass seine Großzügigkeit seinen Mitmenschen gegenüber mich nötigte, mir einzugestehen, wie tief verwurzelt meine Selbstsucht war. Clayton hatte mich immer daran erinnert, welches ungenutzte Potenzial in mir steckte. Schließlich hatte ich geglaubt, dass ich schlichtweg unfähig wäre, etwas Gutes zu tun.

Doch nun, im ersten Licht des Morgens, das durch den Nebel drängte, regte sich eine schwache Hoffnung in mir, die immer stärker wurde. Mir wurde abwechselnd heiß und kalt, und um mich herum begann alles zu verschwimmen.

Die Heide und der Stechginster zerkratzten mir die Beine, als ich den Hügel hinabstürmte. Ich schreckte ein paar Vögel auf, die sich wild flatternd aus ihren dornigen Nestern in die Lüfte erhoben. Vorbei an der Hütte der Whitefields, vorbei an ein paar Frauen, die ihren Männern entgegengingen, eilte ich auf dem zerfurchten Pfad entlang. Die Frauen drehten sich nach mir um und fragten sich zweifellos, was ich wohl vorhätte, als ich vor Richards Hütte stehen blieb und an die Tür klopfte.

Sie ging einen Spalt auf, und Louise spähte heraus. Ich drängte mich an ihr vorbei in den Raum, in dem es nach frisch gebrühtem Kaffee und Brot duftete. Erleichtert stellte ich fest, dass Richard noch am Leben war. Er wandte mir den Kopf zu und starrte mich so intensiv an, dass mein Herz zu hämmern begann. Ich hatte fast den Eindruck, dass er wusste, warum ich hier war.

»Ich werde an Ihrer Stelle in die Grube gehen«, stieß ich atemlos hervor.

»Was sagen Sie da?« Louise trat neben das Bett, sie wirkte, als traute sie ihren Ohren nicht.

Ich blickte wieder auf Richard. »Die Werksleitung braucht es nicht zu erfahren. Wir schreiben einfach einen Brief, in dem wir ihnen mitteilen, dass Sie wieder gesund sind und es keinen Grund gibt, einen Ersatzmann zu schicken.«

Louises Gesicht rötete sich, und ihr stockte der Atem. »Zumindest würden wir Zeit gewinnen, um die Lage für Sie erträglicher zu machen, wenn er …«, meinte ich.

»Sie verstehen doch rein gar nichts vom Bergbau«, stellte Louise mit zitternder Stimme fest.

»Das kann man lernen.«

Sie lachte höhnisch. »Dafür sind Sie viel zu schwach!«

Ich funkelte sie wütend an. »Madam, beleidigen Sie mich nicht!«

Sie schlug die Augen nieder. »Ich wollte Sie nicht beleidigen, Sir. Aber die Arbeit in der Grube ist grausam, auch für die, die sie gewohnt sind. Sie sind kein junger Mann mehr.«

»Jung hin oder her, ich bin ein Mann!«, erklärte ich gepresst. »Ich bin leistungsfähig, unabhängig davon, was Sie oder der Rest der Welt von mir halten.«

Sie kam langsam auf mich zu und blickte mir fest in die Augen. »Wer sind Sie, Sir, dass Sie sich um uns kümmern? Dass Sie Ihr Leben für zwei Fremde in Gefahr bringen wollen?«

Ich trat ans Fenster und blickte hinüber zum Haus der Whitefields.

Erwachte Maria dort drüben gerade? Ich erinnerte mich daran, wie ihr Gesicht sich rötete, wenn sie lachte; ich dachte an den Glanz in ihren Augen, der jetzt wegen mir verschwunden war.

»Das spielt jetzt keine Rolle. Ich bin einfach nur jemand, der viel bereut.«

***

Ich war tatsächlich schwach, elend schwach. Am Ende des ersten Tages in der Grube bluteten meine Hände, und ich konnte mich kaum noch auf den Beinen halten. Meine Schultermuskeln schmerzten bei jeder Bewegung, als hätte jemand ein Messer hineingerammt.

Endlich sank ich, verdreckt wie ich war, und geschüttelt von einem heftigen Hustenanfall, auf mein Bett. Edwina starrte mich entsetzt an.

»Was in drei Teufels Namen hast du getrieben? Hast du etwa gearbeitet? Du bist ein verdammter Herzog, und da schuftest du Seite an Seite mit einem Haufen von … einem Haufen von …«

Ich wälzte mich auf die Seite und erbrach Staub und Dreck in den Nachttopf.

»Du bist übergeschnappt, Trey. Du bist völlig verrückt geworden. Was willst du damit erreichen?«

Ich schnappte nach Luft. Meine Lungen rebellierten, mein ganzer Körper rebellierte, mein Magen krampfte, als hätte ihm jemand einen heftigen Schwinger versetzt.

Edwina stürzte ans Bett und wollte mich trösten, doch ich schüttelte den Kopf. »Wenn du mich berührst, bring ich dich um!«, keuchte ich.

»Du blutest ja! Oh mein Gott, deine Hände, deine wundervollen Hände!«

»Scher dich zum Teufel!«

Sie erbleichte und sank auf einen Stuhl. »Ich habe dir doch versichert, dass ich dir Geld geben kann.«

»Ich will dein verdammtes Geld nicht!«

Mit brennenden Augen starrte ich auf die Decke. »Verdammt noch mal, das ist die reine Hölle dort unten, pechschwarze Hölle. Es hätte mich nicht gewundert, wenn plötzlich der Leibhaftige vor mir gestanden wäre und mir das Herz aus dem Leibe hätte reißen wollen.«

»Du tust das nur, um deiner Großmutter zu trotzen, oder?«

»Nein!« Ich versuchte, die Arme zu bewegen, doch sie wollten mir nicht gehorchen.

»Es ist doch völlig absurd, dich in dieser Vorhölle umzubringen, nur um einem Mann zu helfen, der dir völlig fremd ist!«

Edwina stand auf und trat händeringend ans Bett. »Du bist ein Herzog!«, flüsterte sie. »Du bist nicht dazu geboren, im Schweiße deines Angesichts und Seite an Seite mit Gemeinen eine Hacke zu schwingen.«

»Zuallererst bin ich ein Mann. Wenn ich nicht wäre, würde Maria jetzt nicht so leiden.«

»Dann tust du es also zur Buße.«

»Nun ja, so etwas wird es wohl sein.« Ich schloss meine brennenden Augen.

Sie strich mir sanft das Haar aus der Stirn. Ihre Finger fühlten sich kühl an auf meiner heißen Haut.

»Du musst doch keinem deine Männlichkeit beweisen, Trey!«

»Ich habe erkannt, dass Männlichkeit nichts mit dem zu tun hat, was ich zwischen meinen Beinen habe, Edwina.« Ich blickte ihr in die Augen. »Es bedeutet, Verantwortung zu übernehmen und etwas zu leisten. Ich habe in meinem ganzen Leben noch nichts geleistet.«

»Aber es muss doch eine andere Möglichkeit geben, etwas zu leisten, ohne sich dabei umzubringen.«

Ich packte ihre Hand mit meinen schmutzigen, blutenden Fingern und musterte Edwina, die auf meine Hand blickte, als ob ihr eine ansteckende Krankheit anhaftete. Als sie versuchte, sich mir zu entziehen, packte ich noch fester zu.

»Was ist denn los, meine Liebe? Darf ich dich etwa nicht mehr berühren, nur weil Schmutz an meinen Händen haftet?«

»Ich finde es widerlich, dass du die Position missbrauchst, die dir im Leben zugedacht ist.«

Ich runzelte die Stirn. »Aha! Es ist also ganz in Ordnung, dass ich den Namen meiner Familie und meinen Stand besudle, dass ich spiele, hure und sonstigen Ausschweifungen fröne. Aber wenn ich Schulter an Schulter mit Gemeinen arbeite, bedroht das mein Erbe. Oh mein Gott, du bist wirklich ein schrecklicher Snob!«

Sie entriss mir ihre Hand. »Sind wir jetzt nicht ein bisschen selbstgerecht, gnädiger Herr? Ausgerechnet du, der früher über ein bettelndes Kind steigen konnte, ohne es auch nur eines Blickes zu würdigen! Glaubst du etwa, wenn du deinen Körper so schindest, wird Gott dir deine Sünden vergeben und dich auf wunderbare Weise belohnen, indem er deine kleine Krankenschwester wieder gesund macht?«

»Du brauchst mir nicht zu sagen, was für ein Schwein ich war, Edwina. Die Erinnerung daran zerfrisst mir das Herz.«

Edwina ging mit raschelnden Röcken zur Tür. Dort blieb sie noch einmal kurz stehen, streckte ihr kleines Kinn überheblich nach vorn und grinste.

»Ich werde Herbert beauftragen, dir ein Bad einzulassen. Du stinkst grauenhaft. Und noch eins: Falls du dir einbildest, dass dich diese Schmierenkomödie auf dieselbe Stufe stellt wie deinen philanthropischen Bruder, dann irrst du dich gewaltig. Du wirst nie so sein wie Clayton. Du machst dich nur zum Gespött der Leute, und zwar noch mehr, als du es ohnehin schon bist.«

***

Die nächsten drei Tage musste ich mir von Herbert aus dem Bett helfen und mich anziehen und abends nach meiner Heimkehr auch wieder ausziehen lassen, weil ich viel zu erschöpft war, um es selbst zu tun. Doch wenn ich in der Grube schuftete und meinen Verstand in Frage stellte, wenn ich die Stimme niederkämpfte, die mich immer wieder anschrie, doch endlich aufzugeben, dann waren es Edwinas Worte, die mich antrieben, die Hacke noch kraftvoller zu schwingen und nur zu stolpern, wo ich sonst hingefallen wäre.

Und immer wieder Maria.

Ich zählte die Stunden, bis meine Schicht vorüber war und ich mich endlich im Kreis der Männer niederlassen und Bertha beobachten konnte, auf ein Zeichen von ihr wartend, dass Maria nun bereit sei, mich zu empfangen.

Die Ungeduld, die mich beim Warten beschlich, schwitzte ich bei der harten Arbeit wieder heraus. Sie wich einem Gleichmut, der mir ebenso fremd war wie die Stärke, die ich allmählich zu spüren begann. Falls nötig, würde ich für immer und ewig auf Maria warten.

Am Ende der zweiten Woche hatte sich auf meinen zerschundenen Händen eine dicke Hornhaut gebildet und unter meinem gespannten Hemd wölbten sich straffe Brust- und Armmuskeln.

Aber nichts freute mich so sehr wie der Tag, als ich meinen Lohn in Louises Hände legen konnte. Sie weinte und zog meine Hand an ihre Wange. Bei der Dankbarkeit, die ich in ihren Augen sah, wurde mir ganz flau.

Wann hatte mich ein Mensch mit etwas anderem bedacht als mit Enttäuschung oder Spott?

Doch das war nicht meine einzige Freude. Ich hatte unter den Männern Freunde gewonnen. Wer meine Bemühungen anfangs noch leicht belustigt betrachtet hatte, respektierte inzwischen mein Durchhaltevermögen. Ich kannte sie mittlerweile alle beim Namen und hatte auch ihre Familien kennen gelernt. Zu meiner großen Besorgnis hatte ich erfahren, dass die Zukunft des Bergwerks in Frage stand und damit der Lebensunterhalt der Grubenarbeiter.

Als wir uns eines Abends nach unserer Schicht noch etwas zusammensetzten, konnte ich den sorgenvollen Gesprächen der Männer lauschen.

»Die Fördermenge ist im Vergleich zum Vormonat gesunken«, erklärte Thomas und starrte düster in sein Ale. »Die Werksleitung ist nicht zufrieden.«

»Die sind doch nie zufrieden«, entgegnete Myron Hepplebom.

Thomas starrte ins Dunkel Richtung Grube. »Gesunken im Vergleich zum Vormonat. Jeden Monat sinkt sie, sie sinkt und sinkt.«

Craig Gosworth knallte seinen leeren Becher auf den Boden.

»Wir sind erledigt! Die verfluchte Grube ist allmählich erschöpft. Sie werden sie dichtmachen, genau wie die, die sie letztes Jahr geschlossen haben. Und was soll dann aus uns werden?«

»Ich werd mal mit Warwick sprechen«, meinte Thomas.

»Ich werd ihn überreden, uns noch ein bisschen Zeit zu geben.«

Myron Heppleborn schüttelte den Kopf. Seine müden Schultern sanken nach vorn. »Wozu die Mühe, Thomas? Wir haben es doch schon seit Monaten kommen sehen. Wir haben versucht, die Augen davor zu verschließen, aber jetzt geht's nicht mehr. Ich geb uns noch 'nen Monat, vielleicht auch zwei oder drei. Aber das war's dann auch.«

Leise fluchend stand Thomas auf und ging. Ich wartete noch kurz, bevor ich ihm folgte. Er hatte sich an einen Baum gelehnt und starrte auf den Feuer speienden Schlot.

»Was werden Sie jetzt tun?«, fragte ich.

»Wie ich schon sagte: Ich werd mit Warwick sprechen und ihn überzeugen, dass die Grube noch nicht erschöpft ist. Noch lange nicht.«

Er blickte mich an. In seinen Augen spiegelten sich die Flammen, die über uns loderten. »Es gibt noch Erz. Ich kann es riechen, es schmecken. Ich spür's dort drinnen.« Er klopfte sich auf den Bauch. »Ich schwör's Ihnen, Trey, dort unten gibt's noch eine Ader, und zwar 'ne große. Groß genug, um den Männern hier den Rest ihres elenden Lebens ein Auskommen zu sichern.«

11

Ich schreckte aus einem seltsamen und höchst beunruhigenden Traum auf: wieder einmal die Grube, die bodenlose, glühende Grube, aus der heraus mich mein qualvoll verzerrtes Gesicht angestarrt hatte. Aber da war noch etwas anderes gewesen, etwas weitaus Alarmierenderes.

Jemand hatte mich gerufen.

Eine Uhr schlug und hallte durchs ganze Haus. In Stunden erst musste ich aufstehen und über die Weiden und den Hügelkamm zum Bergwerk stolpern.

Trotzdem erhob ich mich und trat ans Fenster. Das Feuer aus der Schmelze erhellte die finstere Nacht, ein blassgoldener Schleier am Horizont.

Mach schnell!

Wieder diese Stimme. Ich wirbelte herum und blickte mich forschend im Zimmer um, das bis auf ein paar glühende Kohlen im Kamin dunkel war. Etwas Kaltes streifte mein Gesicht, wie ein kühler Luftzug. Es kroch mir die Beine und den Rücken hoch und streifte meine Ohren, als wollte es mir etwas zuflüstern.

Maria! Beeil dich!

Hastig zog ich mich an. Etwas sagte mir, dass Unheil drohte. Es war etwas passiert, ich spürte es in der Magengrube, es machte mich unruhig, es zerrte an mir. Mein Herz begann zu rasen und auf einmal spürte ich auch wieder das heftige Verlangen, Maria zu sehen und mich davon zu überzeugen, dass es ihr gut ging.

Atemlos kam ich auf dem Hügelkamm an. Ich keuchte, die kalte Luft brannte mir in den Lungen. Die meisten Hütten am Fuß des Hügels waren dunkel, nur hier und da glomm ein Licht hinter einem der Fenster. In der Hütte der Whitefields brannte keines.

Ich lehnte mich an einen Baum, atmete tief durch und schloss die Augen. Wie töricht von mir, mich von einem Traum so beunruhigen zu lassen!

Anfangs bebte es nur ganz leicht, so schwach, dass ich dachte, es wäre nur mein Leib, der vor Kälte zitterte.

Doch dann wurde es stärker und lief durch den Baum, an dem ich lehnte.

Ich blickte nach oben und sah, dass sich die toten Blätter bewegten und raschelten, als würden sie von einem Windstoß erfasst. Aber es wehte kein Wind, es grollte nur etwas unter mir.

Herr im Himmel, was ging hier vor?

Ich sprang auf und sah mich um. Der Berg in der Ferne schien zu beben und sich aufzutun, plötzlich schien die ganze Welt auseinander zu brechen.

Aus dem Grummeln wurde ein Röhren. Eine Explosion erschütterte den Boden. Ätzender Qualm und Gestank drangen aus der Grube, als wären alle Dämonen der Hölle losgelassen worden, und gleichzeitig loderte eine Stichflamme aus dem Schlot der Schmelze.

Es war, als würde die Zeit mit einem grauenhaften Knirschen zum Stillstand kommen. Die Backsteine des Schlots begannen sich einer nach dem anderen zu lösen. Sie wurden in heftigen Feuerstößen nach oben geschleudert und stürzten dann durch eine Wolke aus grauem Rauch und herunterfallender Asche auf die strohgedeckten Dächer der Häuser, die unter den monströsen schwarzen Wolken plötzlich erbärmlich winzig wirkten.

Das Bergwerk. Lieber Gott, die Mine!

Ich rannte, stolperte, rutschte den Hügel hinunter. Meine Augen brannten, meine Nasenlöcher wurden von der heißen Luft und dem fauligen Gestank verätzt. Die Erde unter mir bebte noch immer. Aus den Augenwinkeln sah ich, dass die

Hügel sich wie etwas Lebendiges bewegten und dann in sich zusammenbrachen, als würde ein gigantischer Schlund sich öffnen und die ganze Schöpfung verschlingen.

Instinktiv rannte ich auf die Straße. Ich konnte nichts sehen bis auf die hellen Flammen, die aus dem Boden aufstiegen, Lichtstrahlen, die durch den Rauch hindurch wie Sternschnuppen aussahen.

Und dann hörte ich die Schreie – Schreie des Grauens und des Leids. Um mich herum kreischten Frauen, die ich nicht sehen konnte. Der Qualm der brennenden Dächer verstärkte den ohnehin dichten Rauch, und das Stroh prasselte und brannte wie Zunder.

Plötzlich tauchte Bertha vor mir auf. Ihr Gesicht war grau vor Entsetzen und Angst, aber auch von der Asche des Bleistaubs und vom Rauch. Sie starrte mich mit glasigen Augen an. Dann langte sie sich an den Hals und stieß ein schreckliches Geräusch aus – den Namen ihres Mannes.

»Thomas! Thomas! So helfe doch jemand meinem Mann!«

Hinter ihr brannte das Dach ihrer Hütte lichterloh.

»Maria!«, schrie ich sie an. »Wo ist Maria?«

Sie stolperte davon. Ich versuchte sie aufzuhalten, sie wegzuziehen von dem dichten Rauch, der keine Luft zum Atmen ließ. Doch Bertha schubste mich beiseite, angetrieben von der Angst um ihren Mann, und verschwand in der Rauchwolke.

Maria kauerte in der Ecke des kleinen Raums, ähnlich wie damals in Menson. Um sie herum regnete es brennendes Stroh, der Saum ihres Kleides war schon versengt.

Ich bahnte mir einen Weg durch den Rauch und die Flammen und hob sie hoch. Eng an mich gepresst, um sie vor den Funken und dem Rauch zu schützen, brachte ich sie ins Freie.

Blind durch die schwarze Nacht stolpernd kämpfte ich mich den Hügel hinauf. Meine Lungen brannten, und ich hatte einen Krampf in den Beinen. Droben auf dem Kamm blieb ich stehen und blickte zurück auf das brennende Inferno. Das Donnern und Dröhnen hatte aufgehört, jetzt war nur noch das Prasseln der brennenden Strohdächer zu hören.

Sanft legte ich Maria auf den Boden, nahm ihr Gesicht in die Hände und untersuchte sie nach Verletzungen. Sie sah mich aus verängstigten Augen an und klammerte sich an mein Hemd. Ganz kurz …

Doch ich wandte mich von ihr ab und rannte zurück in das Chaos schreiender Menschen. Die Hütten brannten lichterloh. Ich bahnte mir einen Weg durch eine Wand aus Körpern, die alle zur Grube strömten. Endlich gelangte ich zu Richards Hütte.

Den Arm schützend vors Gesicht gelegt trat ich die Tür auf, stolperte aber sofort wieder einen Schritt zurück. Vor mir türmte sich eine Feuersbrunst auf, die das Innere der kleinen Hütte schon verzehrt zu haben schien.

»Lou!«, schrie ich, verzweifelt bemüht, einen Weg nach innen zu finden.

Sie lag zusammengekrümmt auf dem Bett und hielt ihren Mann in den Armen. Als sie mich kommen hörte, drehte sie den Kopf und blickte mich stoisch an. Ihr Gesicht wirkte furchtlos, ja ruhig, so ruhig, dass sie richtig schön wirkte. Man bekam eine Ahnung, wie sie in ihrer Jugend ausgesehen haben musste. Ein Lächeln spielte auf ihren Lippen, dann verschwand sie hinter einem Hagel aus brennendem Stroh und Holz.

***

»Sie sind alle tot. Alle. Es gibt keine Hoffnung mehr auf Rettung.«

Aus dem Fenster meines Schlafzimmers sah ich ab und zu ein paar Blitze an dem stockfinsteren Horizont wetterleuchten. Ich musste an meine Großmutter denken und wie froh sie sein würde, wenn sie erfuhr, was mit der Grube passiert war. Nun würde kein Gestank mehr die Luft verpesten.

Ich war von oben bis unten mit Ruß bedeckt, und meine Hände waren von der heißen Asche versengt. Zutiefst erschöpft blickte ich auf Maria.

Ich hatte alles Menschenmögliche getan, um den verschütteten Bergleuten und den Männern zu helfen, die kurz nach der Explosion zur Arbeit hatten kommen wollen. Doch kein Mensch hatte mehr helfen können. Ein Funke hatte eine Gasblase entzündet und die hundert Fuß unterhalb liegende Welt und Meilen von Schächten vollständig vernichtet.

»Ich habe getan, was ich konnte«, flüsterte ich heiser.

»Selbstverständlich, mein Schatz.« Edwina nahm ein feuchtes Tuch und begann, meine schwarzen Hände zu schrubben. Sie war so blass, wie ich sie noch nie gesehen hatte.

»Ich glaube nicht, dass du mich verstanden hast, Edwina. Sie sind tot.«

»Ja, ja, das habe ich schon verstanden.«

»Thomas. Myron Heppleborn – er hatte vier Kinder und eine kleine Farm in der Nähe von Haworth. Craig Gosworth hatte gerade geheiratet. Und John Milfords Frau erwartete in ein paar Wochen ihr erstes Kind. Lou und Richard. Sie alle sind tot.«

»Gott sei Dank bist du noch am Leben. Es hätte auch anders kommen können, das ist dir sicher klar. Wenn es ein paar Stunden früher zu dieser Explosion gekommen wäre – mein Gott, ich mag gar nicht daran denken!«

Sie legte den schmutzigen Waschlappen weg. »Ich sage Herbert, dass er dir ein heißes Bad macht.«

»Ich möchte kein Bad. Ich möchte ...« Blinzelnd schüttelte ich den Kopf. Meine Augen brannten. Die Gesichter der Frauen hatten sich in meine Netzhaut eingebrannt, ihre Schreie hallten noch in meinen Ohren. Das Gefühl von Hilflosigkeit verursachte mir noch immer Übelkeit. Und darüber hinaus Angst – die Angst, dass ich Maria beinahe ein zweites Mal verloren hätte. Es lief mir eiskalt den Rücken hinunter.

Nicht zum ersten Mal dachte ich an meinen Traum und an die Stimme, die mich dazu gebracht hatte, aufzustehen und zum Bergwerk zu eilen. War das ein Zufall gewesen?

»Mein Gott«, flüsterte ich. »Wenn ich nicht dort gewesen wäre, dann wäre Maria jetzt tot.«

Edwina seufzte. »Und das wäre natürlich jammerschade.«

Der Blick, den ich ihr zuwarf, war voller Mordlust.

Sie wich mit großen Augen zurück. »Ruh dich aus! Du bist ja völlig erledigt. Ich sage Herbert, dass er dir deinen Tee ins Bad bringen soll.«

Sie ging. Ich trat ans Bett und starrte Maria in die Augen. Enttäuschung schnürte mir die Brust zu.

»Dort draußen auf dem Hügel dachte ich kurz, dass du mich erkannt hättest. Wahrscheinlich habe ich mich geirrt.«

Ich raufte mir die Haare. In mir brodelte es, mir war, als müsste ich gleich explodieren wie das Gas, das sechzig Männer in den Tod gerissen hatte. Einen Moment lang – einen sehr kurzen Moment lang – beneidete ich Thomas, Myron Heppleborn und Craig Gosworth. Immerhin litten sie jetzt nicht mehr unter der grausamen Fügung des Schicksals und herzzerreißenden Enttäuschungen.

In diesem Augenblick donnerte es, und gleich danach explodierte ein helles Licht am Himmel, und den Wolken wurde ein weiterer ohrenbetäubender Donnerschlag entlockt, unter dem die Fenster erzitterten und der Boden bebte.

Maria regte sich. Auf ihr bis dahin leeres Antlitz trat Angst und Verwirrung.

»Paul?«, flüsterte sie. »Paul? Bist du da?«

Ich trat näher. »Maria?«

»Was ist passiert? Dieses Geräusch …«

Ich folgte ihrem Blick hin zu den Schatten hinter dem Licht der Lampe. Natürlich war dort nichts. Was hatte ich erwartet? Paul? Herrgott noch mal, allmählich wurde ich tatsächlich genauso verrückt wie sie.

»Maria! Bitte!«

Sie richtete sich ein wenig auf und runzelte die Stirn. Ihre Unterlippe zitterte. »Was soll das heißen – Bertha ist nicht mehr da?«

»Hör mir zu!«

»Wo bin ich?«

Wieder blickte ich auf die Schatten, starrte auf den Widerschein der Blitze, die sich schimmernd auf der Wand spiegelten. Mir fiel die Stimme ein, und abermals lief es mir eiskalt den Rücken herunter.

»Ich werde nicht ruhig bleiben!«, schrie Maria in diesem Moment und riss mich damit aus meinen Gedanken. Auch sie starrte auf die Wand, während sich ihre Wangen rot vor Zorn färbten.

»Hör auf!«, befahl ich mit all der Autorität, die ich in diesem Moment neben meiner wachsenden Enttäuschung aufbringen konnte. »Hörst du mich? Hör auf damit!«

»Paul? Verlass mich nicht ...«

Ich schüttelte sanft ihre schmalen Schultern. »Verdammt noch mal, hör mir zu!«

»Bertha!«, jammerte sie. »Bertha, bitte ...«

»Sie ist nicht da, verflucht noch mal! Ich fürchte, du musst jetzt mit mir vorlieb nehmen.«

Sie schlug mir ins Gesicht.

»Nein! Fassen Sie mich nicht an!«

Sie schubste mich weg und sprang aus dem Bett, wild mit den Armen herumfuchtelnd, als ob sie im Dunkeln herumstolpern würde.

»Hör jetzt endlich auf!«, schrie ich. Meine Enttäuschung war ebenso riesig wie meine Angst, dass sie endgültig verloren sein könnte für mich. Verloren! Ich drang nicht zu ihr durch. In diesem Moment kam ich mir tatsächlich ebenso verrückt vor wie sie. »Hör mir endlich zu!«

»Hilfe! So helfe mir doch jemand!«

Sie flüchtete sich in eine Ecke, zog die Knie an die Brust, vergrub die Hände in ihrem Haar, schloss ganz still die Augen und begann, sich hin und her zu wiegen. Und dabei summte sie ganz leise *Marias Lied.*

***

Edwina starrte mich entsetzt an, als ich die Hälfte ihres Rosenparfüms in das dampfende Badewasser kippte.

»Das hast du mir in Paris gekauft!«, jammerte sie.

»Ich kaufe dir ein neues.«

»Ach ja? Wovon denn? Von einem Kerzenhalter etwa?«

Ich funkelte sie wütend an. »Im Moment habe ich keinerlei Verständnis für deine Gemeinheiten. Mach dich lieber nützlich. Hilf mir, sie auszuziehen!«

»Das ist ja wohl nicht dein Ernst. Sie ist gefährlich!«

»Ich auch!

Sie starrte mich mit großen Augen an und schluckte. »Das wirst du mir bezahlen, Salterdon.«

»Dann musst du dich in der Schlange meiner Gläubiger anstellen, Edwina. Ich schulde so gut wie jedem in diesem Land etwas.«

Maria lag zusammengekrümmt auf dem Bett und starrte zum Fenster. Ich bedeutete Edwina, sich auf die andere Seite des Betts zu begeben für den Fall, dass Maria wieder einen Fluchtversuch unternahm.

Das tat sie Gott sei Dank nicht. Nachgiebig wie eine Stoffpuppe ließ sie sich von mir das angesengte, rußgeschwärzte Nachthemd ausziehen, und sie wehrte sich auch nicht, als ich sie sanft hochhob und in die Wanne setzte.

Ich hielt sie fürsorglich an den Schultern fest. Der Dampf kondensierte auf meinem Gesicht und tropfte von meiner Stirn auf ihre Brüste. Ihre blasse Haut rötete sich im warmen Wasser. Sie riss erschrocken die Augen auf.

Ich blickte rasch auf Edwina und flüsterte: »Beruhige sie!«

»Ich?«, flüsterte sie zurück.

»Jawohl!«, erwiderte ich ebenso leise, doch entschlossen.

Resigniert trat Edwina näher an die Wanne. »Ganz ruhig, Maria. Alles wird gut!«

Maria wandte sich der Stimme zu und starrte Edwina so angestrengt an, als versuche sie, im Dunkel zu sehen.

»Wir tun dir nichts zuleide.«

»Bertha?«, flüsterte Maria. »Bertha, bist du das?«

Ich nickte nachdrücklich.

»Ja, meine Liebe.« Edwina rang die Hände und verdrehte die Augen. »Ich ... ich bin's, Bertha.«

Maria entspannte sich etwas. Ich holte die Seife und fuhr ihr damit sanft über die Schultern und die im Wasser liegenden Arme. Der Ruß von meinen Händen bildete dunkle Flecken auf ihrer Haut und im Wasser.

»Wo ist Sarah?«, fragte sie plötzlich.

Edwina blickte mich an. Ich zuckte die Schultern.

»Sarah? Was willst du von Sarah?«, fragte Edwina.

»Ich will sie haben. Ich will Sarah.«

»Sie ... sie ist nicht da.«

»Ich will sie!« Maria wehrte mich ab, sodass ich gezwungen war, sie festzuhalten. Sie begann wieder zu zittern. »Sarah!«, schrie sie.

»Tu doch etwas!«, forderte ich Edwina zähneknirschend auf.

»Sag mir, wo sie ist«, meinte Edwina, bemüht, ihre Panik nicht zu zeigen.

»Gib sie mir!«

Bevor ich etwas tun konnte, stemmte sich Maria aus dem Wasser. Ihr schönes Gesicht war so wutverzerrt, dass ich vor ihr zurückwich. In ihren Augen loderte ein Feuer, so heiß wie die Flammen, die vor wenigen Stunden die Grube und das Dorf vernichtet hatten.

Plötzlich packte sie mich an den Haaren. Ihre Finger krümmten sich, ihre Nägel gruben sich in meine Kopfhaut. Sie zog mich mit dem Gesicht voran zu sich in die Wanne. Unwillkürlich atmete ich ein und sog die mit Rosenduft aromatisierte Flüssigkeit in meine Lungen. Mein Kopf drohte zu explodieren.

Edwina schrie.

Ich befreite mich keuchend aus Marias Umklammerung und würgte Wasser hoch, das mir im Hals brannte.

Edwina schrie abermals.

Meine Augen brannten. Wie durch einen Nebel sah ich Maria aus der Wanne klettern. Sie schickte sich an, sich auf Edwina zu stürzen, die Richtung Tür zurückwich.

»Gib sie mir, du widerliches Weib!«, grollte Maria.

»Ich habe sie nicht!«, klagte Edwina. »Trey! Tu etwas. Sie … sie wird …«

Behände sprang Maria Edwina an, die unter der Wucht des Aufpralls zu Boden ging. Maria packte sie an den Haaren und begann, ihren Kopf auf den Teppich zu hämmern.

Ich richtete mich mühsam auf, sprang über die Wanne, packte Maria um die Taille und zog sie weg. Edwina heulte schmerzerfüllt auf, denn Maria, hartnäckig wie eine Schnappschildkröte, ließ nicht von Edwinas Haaren ab und schüttelte deren Kopf wie ein Hund seine Beute.

»Lass sie los!«, schrie ich und versuchte, Edwinas Haare zu befreien.

Fauchend grub Maria ihre Zähne in meine Schulter. Sie bohrten sich wie spitze Messer in meine Muskeln.

Schließlich stieß ich ihr den Ellbogen in die Rippen. Die Luft entwich aus ihren Lungen, und sie ließ von mir ab. Offenbar hatte sie das Interesse an mir wie auch an Edwina verloren. Sie taumelte zurück, drehte sich mit ausgestreckten Armen im Kreis und klagte: »Sarah!«

***

Wer zum Teufel war Sarah?

Der Regen pochte gegen das Dach. Unablässig tauchte Marias Gesicht vor mir auf, als sie diesen Namen rief. Ich hatte keine Angst gesehen, nur eine schreckliche Verzweiflung; es tat mir in der Seele weh, wenn ich mich daran erinnerte.

Sarah.

Ich kramte in meinem Gedächtnis und rief mir die Namen der Ehefrauen aller Bergleute in Erinnerung. Nein, unter ihnen hatte es keine Sarah gegeben. Aber vielleicht hieß eines der jungen Mädchen so, die ich nicht kennen gelernt hatte? Hatte sie sich vielleicht gemeinsam mit Bertha um Maria gekümmert? Wer auch immer es war, sie hatte einen äußerst starken Eindruck hinterlassen.

Als die Sonne hinter den tief hängenden dunklen Wolken aufging, die neuen Regen ankündigten, machte ich mich ein weiteres Mal auf den feuchten Weg. Der Morast und die bittere Kälte, die sich in dichten, eisig feuchten Nebelschwaden auf die Landschaft gelegt hatte, erschwerten mir das Vorankommen. Doch ich spürte die Kälte kaum, ich spürte nur die nagende Hoffnung, dass ich Sarah finden und sie mir helfen könnte.

Das Dorf lag wie ein lebloser Kadaver in der Senke. Die dachlosen Häuser standen da wie Gerippe. Zwischen Brandschutt und Trümmern saßen Männer wie steinerne Relikte aus einer untergegangenen Zeit. Ihre Hacken lagen vergessen neben ihnen, die Schaufeln hatten sie achtlos fallen gelassen. All dies war jetzt nutzlos geworden.

Die Ehefrauen der toten Bergleute huschten wie Gespenster durch die Häuserruinen. Sie zogen ihre erbärmlichen Möbel heraus und stapelten sie auf bereitstehende Karren. Als ich vorbeikam, drehten sich einige nach mir um, und kurz huschte ein Hoffnungsschimmer über ihre verhärmten Gesichter, doch er verlosch sofort wieder, sobald sie mich erkannten.

Das, was von der Hütte der Whitefields noch übrig war, hob sich deutlich von den schwarzen Hügeln im Hintergrund ab. Vorsichtig trat ich näher. Auf der verbrannten Schwelle blieb ich stehen und starrte auf die verkohlten Reste des Stuhls mit der Sprossenlehne, die Pritsche, die schwarzen Metallkochtöpfe auf dem Herd.

Es roch nach schwelender, feuchter Asche.

Bertha kam aus dem Schlafzimmer mit zusammengeknüllten Decken, die wie durch ein Wunder das Inferno, das den Hauptraum verwüstet hatte, überstanden hatten. Als sie mich sah, blieb sie stehen. In den letzten vierundzwanzig Stunden war sie um zehn Jahre gealtert. Der Kummer hatte tiefe Furchen in ihr Antlitz gegraben.

»Bertha!«, stieß ich gepresst hervor. »Es tut mir Leid!

Sie bedachte mich mit einem kurzen Nicken, dann drückte sie das Bündel fester an die Brust. »Ja, mir auch.«

»Kann ich Ihnen beim Tragen helfen?«

»Nein.« Sie schüttelte den Kopf.

»Und was haben Sie jetzt vor?«

»Wegziehen.«

»Wohin denn?«

»Nicht allzu weit weg. Mein Bruder lebt in Bradford. Letztes Jahr ist seine Frau gestorben. Ich glaub, er könnte mich ganz gut gebrauchen, denn er hat 'nen ganzen Stall voll Kinder.«

Sie ließ die Decken auf den Boden fallen und kehrte ins Schlafzimmer zurück. Ich hob das Bündel auf und wartete, bis sie mit einem weiteren Arm voll Sachen kam, offenbar Kleider von Thomas.

»Wo ist Sarah?«, fragte ich.

Sie starrte mich lange an, als wäre sie tief in Gedanken versunken.

»Sarah«, wiederholte ich. »Wo kann ich sie finden?«

Bertha schluckte und blickte sich um. Einen Moment lang wirkte sie, als würden sie die Kräfte verlassen.

»Maria ruft nach ihr.«

»Ach so.« Sie atmete stockend ein. »Wie geht es ihr?«

»Sie ist gewalttätig.«

»Schade.« Bertha blinzelte, dann musterte sie mich scharf. »Ich hab's ja gleich gesagt, sie braucht 'ne Frau, die sich um sie kümmert.«

»Vielleicht kann ihr ja diese Sarah helfen. Maria scheint sehr an ihr zu hängen.«

Tränen traten Bertha in die Augen. Sie kaute an ihrer Unterlippe, dann trottete sie durch die Asche zurück ins Schlafzimmer und kehrte mit einer Puppe unter dem Arm zurück. Sie starrte sie so schmerzerfüllt an, dass ich befürchtete, sie würde gleich in Tränen zerfließen.

Doch schließlich warf sie mir die Puppe zu. »Nehmen Sie sie. Das ist alles, was ich von meiner lieben Tochter noch übrig hab, aber Maria braucht sie mehr als ich. Ich muss bei diesem Ding ja doch immer nur an das denken, was ich verloren hab.«

Ich starrte auf das zerkratzte Gesicht der Puppe, auf die großen, aufgemalten blauen Augen und den verblassten kleinen Mund. Die von ihrem Kopf abstehenden spärlichen Haarfransen sahen aus wie trockenes Stroh.

Verwirrt blickte ich wieder auf Bertha.

»Meine Tochter hat sie Matilda genannt. Thomas hat sie ihr mal gekauft, als er in London war.« Ihre Lippen zitterten. »Meine süße Kleine hat jede Nacht mit der Puppe geschlafen, bis sie gestorben ist.«

Eine Puppe! Immer verwirrter starrte ich auf das liebliche Gesicht. »Diese Puppe ...«

»Das ist Sarah.« Bertha schluckte. »Maria hat sie Sarah genannt.«

12

Die Wirklichkeit – ja, eigentlich das Leben selbst – stürmte wie eine Feuersbrunst auf sie ein; sie blendete sie, weil sie so hell war, und erschreckte sie mit ihren vielen Tönen. Sie schien sich direkt aus ihr selbst heraus zu entwickeln, zumindest aus dem, was von ihr noch übrig war, was noch nicht ins Jenseits abgedriftet war.

So weit sie zurückdenken konnte – und das war nicht sehr weit, denn bevor sie sich auf Pauls Drängen hin gestattet hatte, wie eine Ertrinkende in die Dunkelheit hinüberzugleiten, hatte es nichts gegeben – hatten Stille und Taubheit geherrscht, keine Angst, kein Glück, kein Schmerz. Nur Leid und ... Taubheit.

Maria fragte sich, ob ein seltsames Wunder sie in den Leib ihrer lieben Mutter zurückgeschickt hatte, denn um sie herum schien plötzlich alles heiß und rot zu sein wie Blut. Sie hörte das laute Pochen eines Herzens – es war wohl ihr eigenes, wie sie etwas später bemerkte –, sie fühlte das Blut durch ihre Adern rauschen und spürte, wie sich ihr Herz ausdehnte und zusammenzog und wie dabei ihre Arme und Finger zu prickeln begannen, als würden sie von tausend spitzen Nadeln gestochen.

Nein, nein! Sie mochte es nicht, dieses ... dieses Erwachen. Die Schwärze hatte sie doch am Leben gehalten, sie vor dem völligen Wahnsinn gerettet. Außerhalb dieser Schwärze war das Böse, waren Schmerzen. Und Angst. Oh Gott, die Angst ...

Alles hatte mit einem lauten Brüllen angefangen, das mit herkulischer Kraft durch ihre Dunkelheit gedrungen war. Sie hatte dabei zusehen müssen, wie ihr schwarzer, Trost spendender Kokon Risse bekam wie Glas und Licht und Lärm auf sie eindrangen.

Sie hatte nach Paul geschrien, und er war gekommen, rasch, wie immer, aber gleich darauf war er in einem spiralförmigen Lichtstrudel wieder verschwunden. Sein Gesicht, sein herrliches Gesicht, sonst immer überflutet von ruhiger Seligkeit, hatte auf einmal besorgt gewirkt.

Dann hatte sich Berthas Stimme, die immer so freundlich und beruhigend gewesen war – Maria hatte Bertha für einen Engel gehalten, auch wenn Paul das immer standhaft bestritten hatte – zu einem schrecklichen Klagelaut erhoben. So ein Laut passte wahrlich nicht zu einem Engel. Ganz und gar nicht. Engel erleben keinen Schmerz, keine Pein. Dafür gab es doch schließlich den Himmel – eine Zuflucht vor allem menschlichen Leid.

Mit aller Macht hatte Maria darum gekämpft, sich zu verstecken, wieder in die Leere zurückzusinken und den Schleier der Dunkelheit über sich zu ziehen.

Doch er zerriss.

Nach und nach zeigten sich Risse in den schwarzen Wänden, die sie umgaben. Licht und Geräusche drangen zu ihr durch.

Und nun schlug die verhasste Wachheit über ihr zusammen, geweckt durch ein Bewusstsein, das sich zunehmend in ihr breit machte. Bald würden die Schreie wieder losgehen, das schreckliche Jammern der Verrückten. Dann würden sie wieder anfangen, sie mit den Füßen zu treten und zu schubsen, sie auszulachen, zu verhöhnen und ihr Schmerzen zuzufügen.

Und mit diesen Ungeheuern würden auch die Erinnerungen zurückkehren, schmerzlicher als alles andere, schmerzlicher als das Leid und die Erniedrigungen, die die Monster ihr zufügten.

Maria öffnete ein Auge einen winzigen Spalt und spähte unter den Wimpern hindurch nach draußen. Sie war nicht allein. In ihr schrillten die Alarmglocken. Egal, wie weit sie sich in sich selbst zurückgezogen hatte, sie wusste immer, wann sie nicht allein war. Sie spielten wieder mit ihr, warteten darauf, sie zu erschrecken und daran zu erinnern, dass sie auf immer und ewig in dieser grauenhaften Zelle verrotten würde, nur weil ...

Weil sie ein ganz schlimmes Verbrechen begangen hatte. Schlimmer als Mord, hatte Ruskin gemeint.

Sie hatte es gewagt, einen Adligen zu verführen; ihn für sich einzunehmen und seiner Familie abspenstig zu machen. Seine Ehe mit ihr hätte das Ende der Erbfolge bedeutet, die zweifellos bei Adam und Eva angefangen hatte.

Sie durfte nicht darüber nachdenken!

Wenn sie diese Erinnerungen zuließ, würde sie dem Wahnsinn Tür und Tor öffnen und dem schwarzen Hass, der um sie herumschlich wie der Tod persönlich, darauf wartend, in sie einzudringen, wenn sie nur für einen Moment nicht wachsam war.

Früher, bevor Paul ihr die Dunkelheit gezeigt hatte, war sie vom Hass verzehrt worden. Sie hatte ihre Wut hinausgeschrien wie die Verrückten, die rings um sie in ihren Zellen hockten. Sie hatte Mordpläne geschmiedet, sie, die Tochter eines Vikars, war so tief gesunken wie Luzifer persönlich. Rachegelüste hatten sich durch ihr Denken gezogen wie giftige Efeuranken.

Jetzt konzentrierte sie sich auf ihre Umgebung, wobei ihre Verwirrung wuchs.

Sie hörte den Regen gegen die Fensterflügel prasseln, den Wind in den Bäumen heulen.

Sie merkte, dass die feuchten Wände ihrer Zelle gar nicht feucht waren.

Das einzige Licht in ihrer Zelle war ein winziger Strahl gewesen, der durch den Türschlitz gefallen war, durch den die anderen immer hereingespäht hatten. Doch das Licht, das sie nun auf ihren Lidern spürte, schien nicht durch eine Tür zu dringen. Es schlug so hell über ihr zusammen, dass es sich auf ihren Augen heiß anfühlte und sie tränen ließ.

Wo war sie?

Offenbar träumte sie wieder. Sie stellte sich vor, dass sie aus der schrecklichen kleinen Zelle mit dem schmutzigen Boden und den Ratten als einziger Gesellschaft herausgeholt worden sei.

Vorsichtig hob sie den Kopf. Sofort wurde ihr schwindelig und flau in ihrem leeren Magen. Ihre Umgebung geriet ins Wanken, das Licht – so schmerzhaft – tauchte den Raum und alles darin in eine gespenstische Unschärfe.

Mit Mühe erkannte sie ein paar Möbel: einen mit tiefrotem Samt bezogenen Stuhl, auf dem ein paar mit Quasten verzierte Damastkissen lagen, und reich verzierte Holzschränke, die fast bis zur Decke reichten. Im Kamin knisterte ein Feuer, auf dem Kaminsims standen ein paar Figürchen aus weißem, glattem Porzellan mit winzigen Augen und einem verführerischen Lächeln.

Auf dem Boden lag ein dicker Teppich, auf dem verschlungene Motive in einem dunklen Rot Muster auf einem beigen Hintergrund bildeten.

Zwischen zwei Fenstern hing ein vergoldeter Spiegel, in dem sie eine unheimliche Gestalt mit tief liegenden, glasigen Augen und eingefallenen, blutleeren Wangen erblickte. Das weiße Haar der Gestalt war beinahe so kurz geschoren wie bei einem Mann.

Es war schrecklich, dieses erbärmliche, verängstigte Wesen.

Es starrte sie an wie ein Vorbote des Todes.

In der Nähe regte sich eine andere Gestalt. Maria sah sie durch das gespenstische Licht auf sich zu kommen, ihr Gesicht strahlte einen seltsamen, verschwommenen Glanz aus. Nun konnte sie weibliche Formen ausmachen, die Frau war so schön wie die Figürchen auf dem Kaminsims. Sie hatte langes, rotes Haar und starrte Maria mit Augen an, die ebenso kalt waren wie die der Meißner Porzellanfiguren. Maria spürte – wie immer, wenn Böses um sie war –, dass das Herz dieser Frau etwas Düsteres verströmte.

Sie sank aufs Bett und zog sich wieder in sich selbst zurück. Wenn sie sich nur stark genug konzentrierte, dann konnte sie das Vergessen zwingen, zu ihr zurückzukehren.

Es war da wie ein nächtlicher Schatten. Sie griff danach, zog es über sich wie eine Trost spendende Decke – es war warm und gemütlich. Sie spürte, wie es in ihren Verstand und in ihren Körper sickerte, sie in einer Woge der Gleichmut erfasste, sanft ihr Denken umschmeichelte. Höher und höher stieg die Woge, warme, beruhigende Wellen umspülten sie, bis sie endlich ganz darin untertauchte.

* * *

Ich setzte die kleine Puppe auf einen Stuhl neben das Fenster. Ihr schäbiger Kopf kippte zur Seite. Ihr klumpiger, unförmiger Körper bestand aus einem abgegriffenen, schmuddeligen Baumwollschlauch, der mit Daunenfedern gefüttert war. Bertha hatte die Puppe irgendwann einmal in ein blassrosa Nachthemd gesteckt, das um den Ausschnitt, die Handgelenke und am Saum mit Rüschen versehen war. Die runden blauen Augen starrten mich an.

»Wie ekelhaft!«, stellte Edwina fest. »Erst redet sie mit Geistern, dann will sie mit einer Puppe spielen, die einem toten Mädchen gehört hat.«

»Das Kind war ja nicht tot, als es mit der Puppe spielte«, meinte ich.

»Das macht die Sache nicht besser.«

Ich zuckte mit den Schultern.

»Dieses Ding … dieses Ding da macht mir Angst. Sieh es dir doch nur an! Sein Gesicht hat einen Sprung.«

Ich blickte von der Puppe zu Edwina. »Du fängst schon wieder an, mir auf die Nerven zu gehen!«

Edwina sank auf einen Sessel. »Ich werde hier noch verrückt. Genauso verrückt wie sie. Diese Langeweile ist tödlich.«

»Dann geh doch!«

Edwinas blaue Augen wurden schmal, dann sank sie noch tiefer in den Sessel. »So leicht wirst du mich nicht los.«

»Zu schade!«

»Manchmal hasse ich dich, Trey.«

Ich lächelte sie giftig an.

»Ich habe Hunger.«

»Dann iss etwas!«

»Und was? Die elende kleine Küchenmagd schwört, dass es an diesem armseligen Ort nicht mehr das kleinste Fitzelchen Fleisch gibt – außer Tauben. Wenn ich auch nur noch einen einzigen dieser lausigen Vögel verzehren muss, übergebe ich mich.«

»Schon wieder?«

Ich stand auf und ging zu der Puppe. Wie ich mit einem Blick aus dem Fenster feststellte, war es wieder ein trüber Tag. Dicke dunkle Regenwolken hingen tief über dem Horizont. Durch die Scheiben fiel ein graues, trostloses Licht.

Sanft nahm ich die Puppe hoch, umfasste ihren zerbrochenen Kopf und starrte in ihre Augen.

***

Als es Mitternacht schlug, setzte ich mich an das Pianoforte. Vor mir auf dem Mahagoniholz saß die Puppe, Sarah, daneben stand eine Kerze, deren Schein sich in den aufgemalten Puppenaugen spiegelte und die Tasten gelblich schimmern ließ.

Ich brauchte kein Licht. Ich hatte dieses Lied tausendmal im Dunkeln und millionenfach in meinem Kopf gespielt. Marias Lied, mein Tribut an die Liebe zu einer Frau, die mir einmal die Seele gerettet hatte – und jetzt selbst gerettet werden musste. Warum war ich nur so hilflos?

Ich legte die Finger auf die Tasten. Es waren nicht mehr die Hände des Mannes, der ich einst gewesen war. Sie waren hart und vernarbt. Ob sie wohl noch immer die Tasten liebevoll auf und ab wandern konnten?

Ich schloss die Augen und ließ den Fingern freien Lauf. Jede Note hallte durch den großen Raum und durch mein Herz. Doch die Melodie stimmte mich nicht friedlich, sie schürte meine Enttäuschung, meine Wut und meinen Wunsch, in Marias Zimmer zu stürmen und sie aus ihrer fernen Welt zurückzuholen.

Elende Geduld!

Wie lange würde ich noch geduldig sein können? Ich war ein Mann, der sich immer genommen hatte, was er wollte und wann er es wollte. An mögliche Folgen hatte ich nie gedacht.

»Sarah«, erklang es auf einmal leise.

Meine Hände erstarrten auf den Tasten und ich drehte mich um.

Wie ein Schatten stand sie da am Rand des Kerzenscheins, kaum sichtbar in dem langen roten Nachthemd, das ich von Edwina ausgeliehen hatte. Mit ihrem silbrig schimmernden Haar wirkte sie wie ein Engel.

Das Herz schlug mir bis zum Hals. Ich wollte aufspringen und sie in die Arme nehmen, sie an mich ziehen und ihr Gesicht mit leidenschaftlichen Küssen bedecken.

Doch stattdessen blieb ich sitzen und wagte kaum zu atmen, wie in Gesellschaft eines Vögelchens, das man auf keinen Fall erschrecken will, weil man hofft, es würde sich ein wenig weiter heranwagen und einen an seinem freien Wesen teilhaben lassen.

Langsam fing ich wieder an zu spielen. Das Lied führte sie näher, bis der Schein der Kerze sich in ihren wundervollen Augen spiegelte. Hoffnung stieg in mir auf, die Luft brannte mir in den Lungen.

Sie starrte auf die Puppe, während ihr Tränen über die

Wangen liefen. Dann blickte sie mich mit ihren wundervollen blauen Augen an, die gerahmt waren von herrlich geschwungenen Brauen und langen, blassen Wimpern. Der Schleier des Wahnsinns begann sich zu lüften, durch die Verwirrung schien Erkenntnis zu dringen.

Doch auf einmal begann sie zu keuchen. Sie stolperte rückwärts, wandte sich zur einen, dann zur anderen Seite; ihr Blick irrte durchs Zimmer, bis er wieder zu mir flog. Ihre Augen wurden riesengroß, und ihre Lippen teilten sich. Sie holte tief Luft und atmete dann leise wimmernd aus. Und dann sank sie ohnmächtig zu Boden.

***

Ich lief die ganze Nacht in Marias Zimmer auf und ab und betrachtete sie in ihrem Schlaf, bis ich endlich völlig erschöpft auf einen Stuhl sank und die Augen schloss. Die Puppe saß auf meinem Schoß.

Innerlich jubelte ich, dass Maria eine Art Durchbruch geschafft hatte.

Immer wieder tauchte das Bild vor mir auf, wie sie langsam aus ihrem Wahn erwachte, und es stimmte mich so froh wie die Melodie von *Marias Lied.*

Bestimmt hatte ich es mir nicht nur eingebildet. Der brennende Blick, den sie mir zugeworfen hatte, wenige Sekunden, bevor sie zusammenbrach, erfüllte mich mit Hoffnung. Daneben aber schwelte noch ein anderes Gefühl in mir, etwas Verstörendes, das ich mir nicht einzugestehen wagte. Es verätzte mir den Magen wie Säure und sickerte in heißen Strömen durch meine Adern.

Sarah.

»Wo sind die Kinder?«, hatte Bertha gefragt.

Die Kinder. Die Puppe.

Sarah.

Allmächtiger Gott, war das möglich?

Hatte Maria während ihrer schrecklichen Gefangenschaft einem Kind das Leben geschenkt? Einem Mädchen, das sie Sarah genannt hatte?

Ich hatte mich geweigert, darüber nachzudenken, wie weit die Grausamkeiten gegangen waren, die man ihr angetan hatte. Aber jetzt war der Gedanke da. Verrückte Mitgefangene und brutale Wärter, die sich nichts dabei denken würden, ihre gemeinen Gelüste an einem unschuldigen Wesen wie ihr auszulassen.

Schreckliche Bilder stellten sich ein, bis mir schließlich ein Stöhnen entwich und ich die Hände vor die Augen legte. Ich begann vor Wut zu zittern und musste gegen Mordgelüste ankämpfen. Der Zorn und der Hass, den ich bislang gegenüber meiner Großmutter empfunden hatte, waren nichts im Vergleich zu dem, was nun in mir tobte. Am liebsten hätte ich ihr das Herz aus dem Leibe gerissen.

Endlich dämmerte ich weg, ermattet von den schrecklichen Gedanken und dem emotionalen Krieg, der in mir gewütet hatte.

Edwinas Schreie rissen mich jäh aus dem Schlaf. Kurz starrte ich in Marias wahnerfüllte Augen, bevor ich mich instinktiv wegduckte, und zwar genau in dem Moment, in dem sie mit einem eisernen Schürhaken dort auf den Stuhl einschlug, wo mein Kopf gelegen hatte. Der Stuhl kippte um, ich fiel auf den Boden und drehte mich auf den Rücken. Maria beugte sich über mich. Das Haar stand ihr wirr von ihrem hochroten Gesicht ab. Sie bleckte wutentbrannt die Zähne.

»Mistkerl! Gib sie mir!«

Wieder schwang sie den Schürhaken, der sich neben mir in den Boden grub.

Ich griff danach und hielt ihn fest, während sie nach hinten sprang und ihn mir entreißen wollte.

»Du widerlicher, ehrloser Strolch!«, schrie sie. »Ich werde es nicht zulassen, dass du sie behältst! Hast du mich verstanden? Ich werde es nicht zulassen, dass du sie mir noch einmal wegnimmst!«

Ich zog die Puppe unter meinem Leib hervor und warf sie ihr vor die Füße.

Sie ließ den Schürhaken fallen, bückte sich nach der Puppe, presste sie fest an sich und zog sich ins Bett zurück. Dort kauerte sie sich hin, küsste das Gesicht der Puppe und strich ihr sanft über das struppige Haar.

»Ist ja schon gut«, sagte sie leise weinend. »Mama ist bei dir, mein Schatz.«

Edwina half mir beim Aufstehen. Maria wiegte sich unterdessen hin und her. Tränen strömten ihr über die Wangen, doch sie lächelte und blickte der Puppe liebevoll in die leblosen Augen.

13

Ein weiterer trüber Morgen graute, als ich mich für meine Reise nach Menson anzog.

»Du kannst mich doch hier nicht allein lassen!«, jammerte Edwina. »Was soll ich denn tun, wenn sie wieder einen Anfall bekommt?«

»Halte dich von ihr fern, und halte ihre Zimmertür geschlossen. Wenn es ein Problem gibt, soll Herbert sich darum kümmern.«

Nachdem ich meine Krawatte geknotet hatte, wandte ich mich wieder Edwina zu. »Sie hat die Puppe. Das sollte sie beruhigen.«

»Liebling, was willst du tun, wenn es … wenn es tatsächlich ein Kind gegeben hat?«

»Herausfinden, ob es meines ist.«

»Und wenn es das nicht ist?«

»Dann werde ich wahrscheinlich jemanden umbringen.«

Draußen wartete Maynord schon mit meinem Pferd, aus dessen geblähten Nüstern dampfende Wolken aufstiegen. Es konnte den Aufbruch kaum erwarten, tänzelte hin und her und warf den Kopf zurück, so dass die Kandare an seine Zähne schlug. Mit wehendem Umhang stieg ich auf, während Edwina an der Schwelle stand und die Hände rang.

Auf der mit tiefen Furchen und zahllosen Löchern übersäten Straße nach Menson lag zum ersten Mal eine dünne Eisschicht, was meinen Ritt erheblich erschwerte. Rasch drang mir die bittere Kälte durch Mark und Bein. Erst am frühen Nachmittag tauchte düster und verschwommen im Schneeregen die Irrenanstalt vor mir auf.

Ruskin wunderte sich kaum, als ich seinen überraschten

Helfer beiseite schubste und in sein Büro trat. Der kleine Raum war ebenso finster wie die Zelle, in der ich Maria vor vielen Wochen gefunden hatte. Doch als ich auf ihn zukam, weiteten sich die ausdruckslosen, starren Augen in seinem fleischigen Gesicht, und er stolperte rückwärts gegen die Wand. In diesem Moment fühlte ich mich ebenso verrückt wie die Irren, die in ihren Zellen heulten.

»Was ... was zum Teufel tun Sie denn hier, Euer Gnaden«, stammelte er.

»Wo ist sie?«, fragte ich zähneknirschend. Meine Wut nahm gefährliche Ausmaße an.

»Euer Gnaden?« Er schluckte und blinzelte. »Wen meinen Sie denn? Die Frau etwa? Die haben Sie doch mitgenommen.«

»Langweilen Sie mich nicht mit Ihren kümmerlichen Versuchen, sich dumm zu stellen, Ruskin! Ich bin stundenlang durch diese verdammte Kälte und den Regen geritten. Mir steht der Sinn jetzt wahrlich nicht danach, mich mit einem Idioten zu unterhalten.«

»Ich ... ich bitte um Verzeihung, aber ich weiß überhaupt nicht ...«

»Das Kind, Sie Blödmann! Wo ist es?«

Sein Blick wurde glasig und er begann mit den Zähnen zu klappern. »Das Kind?«

»Marias Tochter. Sarah. Wo steckt sie?«

»Euer Gnaden, Sie verstehen doch gewiss, dass ...«

»Dass ich nicht vorhabe zu gehen, bevor ich nicht das bekommen habe, weswegen ich hier bin. Was haben Sie mit ihr angestellt?«

»Ich weiß nicht ...«

Ich trat kräftig gegen den Schreibtisch. Er kippte um; Papiere und eine Lampe landeten auf dem Boden, Öl floss aus der Lampe und entzündete sich. Die Flämmchen züngelten auf die Papiere zu, die bald lichterloh brannten. Dichter schwarzer Qualm stieg auf.

Ruskin presste sich noch enger gegen die die Wand und zitterte am ganzen Leib.

»Antworten Sie mir!«, fauchte ich.

»Hilfe!«, krächzte er. »Warum hilft mir denn keiner?«

Ich donnerte ihn zweimal gegen die Wand. »Wenn Sie es mir jetzt nicht sagen, Sie mieser kleiner Kerl, dann bringe ich Sie um! Und kein Gericht in ganz England wird mich dafür hängen. Schließlich bin ich ein Herzog.«

Ich umklammerte seinen Hals und begann zuzudrücken.

Er schnappte nach Luft und packte meine Hand. Seine Augen quollen hervor. »Das Kind wurde abgeholt«, krächzte er.

Das Geständnis fühlte sich an, als hätte mir jemand einen Tritt in den Magen versetzt. Es gab also tatsächlich ein Kind! Daran war nun kein Zweifel mehr. Angst und Wut rumorten in mir, als ich ihm in die wässrigen Augen starrte.

»Wessen Kind ist es?«

»Bitte, Euer Gnaden, verstehen Sie doch: Ich verliere meine Stellung ...«

»Besser Ihre Stellung als Ihr Leben.«

»Ihres«, stieß er schließlich heiser hervor. »Es ist Ihr Kind, Euer Gnaden.«

Die Wahrheit erfüllte mich mit schrecklicher Scham. Ich atmete stockend ein. »Und was haben Sie mit dem Kind angestellt?«

»Sie hat es abgeholt. Ihre Großmutter.«

***

Nun musste ich mich also doch direkt mit ihr auseinander setzen. Als ich vor ihrem Stadthaus in Mayfair stand und der rußige Londoner Regen auf meine Schultern trommelte, kämpfte ich mit den Gefühlen, die stets in mir aufstiegen, wenn eine Begegnung mit ihr bevorstand.

Wut und Ekel – aber auch große Angst.

Diese Angst war ebenso schrecklich wie meine Erschöpfung und die Kälte. Selbst mein Wunsch, meiner Großmutter den altersschwachen Hals umzudrehen, war belanglos im Vergleich zu der Bestürzung, die ich stets in ihrer Anwesenheit empfand. Es kam mir vor, als müsste ich es mit einer Hydra aufnehmen. Man wusste nie, ob eines ihrer vielen Gesichter freundlich sein oder beißen würde.

Der Butler begrüßte mich mit einer hochgezogenen Braue und teilte mir mit, die Herzoginwitwe habe gerade Gäste.

»Nicht mehr lange«, knurrte ich und schritt an ihm vorbei durch das Foyer zu dem Raum, in dem eine Schar munter plaudernder Standesgenossen plötzlich in Schweigen verfiel, als sie mich kommen sahen. Sie starrten mich an wie einen bösen Geist, als ich auf der Schwelle stehen blieb. Der Regen tropfte von meinen Kleidern und bildete eine Lache zu meinen Füßen.

»Raus!«, fauchte ich und durchbohrte meine Großmutter mit meinen Blicken. Ihre anfängliche Überraschung wich rasch einem unübersehbaren Zorn.

Klirrend wurden Teetassen abgestellt, dann erhoben sich die Gäste. Sie murmelten noch schnell einige Abschiedsworte und ein atemloses »Euer Gnaden«, bevor sie aus dem Zimmer stürmten. Draußen standen schon ein paar aufgeregte Dienstmädchen, die sich beeilt hatten, die Mäntel zu holen.

Hinter mir tauchte der Butler auf und nahm mir den tropfnassen Umhang ab. Dann verschwand er ebenso rasch, wie er gekommen war, und zog die Türe hinter sich zu.

Meine steife Verbeugung fiel eher spöttisch als respektvoll aus.

»Wie kannst du es wagen«, fing sie wutschnaubend an, »unangemeldet mein Haus zu betreten und meine Gäste zu erschrecken? Hast du mich denn noch nicht genug blamiert?«

»Sie haben nicht die leiseste Ahnung, wie sehr ich Sie blamieren werde, Madam, wenn Sie mir nicht auf der Stelle sagen, was Sie mit meiner Tochter angestellt haben!«

Ihre schmalen Brauen gingen nach oben, und sie reckte das Kinn vor. »Aha. Deine jämmerliche Krankenschwester ist also wieder aus ihrem Wahn erwacht.« Sie grinste. »Zu schade!«

»Ich habe Sie zwar stets für eine herzlose, boshafte Intrigantin gehalten, aber Sie überraschen mich immer wieder.«

Sie musterte mich kühl von oben bis unten und lächelte schmallippig. »Ganz der Vater. Seine Vorliebe für Flittchen war ebenfalls ausgeprägter als seine Intelligenz.«

Meine Augen wurden schmal. »Was zum Teufel wollen Sie damit sagen? Vater hat Mutter sehr geliebt. Er hätte nie ...«

»Ruhe!«

Sie stützte sich schwer auf ihren Stock, den sie mit ihrer knochigen Hand fest umklammerte. Die Augen in dem hageren Gesicht funkelten kalt wie Steine.

»Ich bin einfach zu alt, um deine Streitlust und deine Dummheit länger zu ertragen. Mein Leben lang habe ich versucht, diese Familie daran zu hindern, sich selbst auszulöschen, und was habe ich dafür bekommen? Jahrelang nur Verletzungen und Demütigungen, mehr nicht. Und jedes Mal, wenn ich deinem Vater in die Augen blickte, wurde ich daran erinnert; jedes Mal, wenn ich dich und Clayton ansehe, werde ich bitter daran erinnert, dass ich für den Herzog kaum mehr war als eine unerwünschte Bürde, um die er sich aus reinem Pflichtbewusstsein kümmerte.«

»Ich bin nicht hergekommen, um Ihre gescheiterte Ehe mit Ihnen zu erörtern. Ich will herausfinden, wo Sie mein Kind versteckt haben. Und ich werde so lange bleiben, bis Sie mir diese Information gegeben haben, egal, zu welchen Mitteln ich greifen muss, damit Sie die Wahrheit ausspucken.«

Sie kam mit gebeugten Schultern auf mich zu, den Stock mit jedem Schritt hart auf den Boden setzend. Ich war überrascht, wie alt sie wirkte.

Oft hatten Clayton und ich im Scherz gemeint, sie würde ewig leben, nur um uns eins auszuwischen. Aber in diesem

Augenblick schien der Tod wie ein böser dunkler Geist um sie herumzuschleichen. Ich spürte ihn in der Luft, ich roch seinen fauligen, üblen Gestank. Meist erweichte das Alter selbst die härtesten Seelen, aber dem runzligen Gesicht meiner Großmutter und ihren boshaft glitzernden Augen verlieh es einen nur noch grausameren Ausdruck.

Sie richtete sich auf, so hoch sie konnte, und wich meinem wütenden Blick nicht aus. Auf ihrem Gesicht lag ein seltsam selbstgefälliger Ausdruck. Die schreckliche Ahnung stieg in mir auf, dass sie mir vielleicht gleich gestehen würde, sie habe das Kind ermorden lassen.

»Du willst also die Wahrheit wissen?«, fragte sie. »Bist du Manns genug, sie auszuhalten?«

Ich ballte die Fäuste und bereitete mich auf den Schlag vor. Für mich gab es nicht den geringsten Zweifel, dass ich sie umbringen würde, wenn sie Sarah etwas zuleide getan hatte.

Sie grinste, als könnte sie meine Gedanken lesen. »Ich habe natürlich mir selbst die Schuld gegeben und war bereit, meinem Mann alles zu verzeihen. Zumindest anfangs. Ich verstand, wie enttäuscht und verzweifelt er war.«

»Madam, wo ist meine Tochter? Wenn Sie ihr wehgetan haben …«

»Ich hatte es nicht geschafft, ihm einen Erben zu schenken«, fuhr sie fort. Meine Augen wurden schmal, während ich versuchte, den Sinn ihrer Worte zu enträtseln. »Als mein Mann mir mitteilte, er habe die Tochter irgendeines Barons geschwängert, war ich am Boden zerstört, aber ich beherrschte mich. Wie naiv ich doch war! Sein Vorschlag, ein Jahr ins Ausland zu gehen, bis das Kind geboren wäre, leuchtete mir ein. Schließlich brauchte niemand zu wissen, dass es nicht mein Kind war.«

Es kostete mich enorme Kraft, ihren Worten zu folgen. Was hatte das alles zu bedeuten? »Herr im Himmel, was erzählen Sie da?«, flüsterte ich.

»Ich war sogar dankbar. Wenn er endlich einen Sohn, einen Erben hätte, würde er sich ja vielleicht mit seinem häuslichen Leben zufrieden geben, hoffte ich. Vielleicht würde er mein Opfer und meine Bereitschaft, sein schmutziges kleines Geheimnis zu wahren, sogar so zu schätzen wissen, dass er mir endlich treu bliebe. Haben Sie sich eigentlich nie gefragt, Euer Gnaden« – bei den Worten »Euer Gnaden«, die sie voller Hohn aussprach, zogen sich ihre grauen Lippen zurück und entblößten lange gelbe Zähne – »warum Ihre Eltern keine weiteren Kinder hatten?«

Die Boshaftigkeit in ihrem Kichern passte zu dem Hass in ihren brennenden Augen.

»Weil der Sohn meines Mannes die Gesellschaft von Männern bevorzugte!«

Ich blinzelte. Langsam sickerte die Bedeutung ihrer Worte in mein Bewusstsein, und mir wurde flau. Ich fühlte mich wie eine im Spinnennetz gefangene Fliege, die in die Augen des Räubers starrt, kurz bevor dieser sie verschlingt.

Doch trotz der Angst, die mein Herz schmerzhaft gegen die Rippen schlagen ließ, konnte ich den Blick nicht von ihr lösen, und ebenso wenig konnte ich fliehen.

Sie hob ihren Stock, hakte den Griff um meinen Hals und zog mich so nahe zu sich, dass ich die modrige Ausdünstung ihres alten Körpers riechen konnte.

»Zu dem Zeitpunkt, als wir die Neigung seines Sohnes erkannten, bedeutete mir mein Mann kaum noch etwas. Er hatte die Moral eines Straßenkaters. Deshalb war es mir auch ziemlich einerlei, als er ein weiteres Mal verkündete, er habe irgendein junges Flittchen geschwängert. Auch ich hatte Affären, und immerhin brachte mir meine Position einige Vorteile ein.

Genauso einerlei war mir, dass mein Mann in aller Stille eine Ehe zwischen seinem Sohn, der sich schließlich als Vater von dir und Clayton ausgab, und dem Flittchen arrangierte. Der Herzog würde seine Erben bekommen, und der Mann, den du für deinen Vater gehalten hast, würde weiterhin seine zwielichtigen Beziehungen zu Männern pflegen können.

Und deshalb, Euer Gnaden, wundere ich mich nicht im Geringsten über Ihre Vorliebe für Flittchen und nicht standesgemäße Frauen. Schließlich sind Sie der Sohn meines Mannes.«

Ich stand da wie vom Donner gerührt. Das Blut wich mir aus dem Gesicht, und ich bekam Magenkrämpfe. Die Alte kehrte zu ihrem Sessel vor dem Kamin zurück und ließ sich seufzend und grunzend darin nieder. Ihr Stock glitt auf den Boden. Sie griff nach ihrer Teetasse.

»Dir ist ja wohl klar, was das bedeutet.« Sie kicherte. »Da du ein uneheliches Kind bist, bist du überhaupt kein Herzog. Wenn du nicht von deinem idiotischen Vorhaben ablässt, diese kleine Krankenschwester zu heiraten, dann werde ich aller Welt deine und Claytons Herkunft enthüllen. Deinen Bruder wird dies kaum beeinträchtigen – im Gegensatz zu dir hat er es ja geschafft, sich selbst ein beträchtliches Vermögen zu erarbeiten. Aber dich hält dank deiner Dummheit nur dein Titel über Wasser. Das bisschen Respekt, das du unter deinesgleichen genießt, wird sich im Nu in Luft auflösen. Du wirst ein Ausgestoßener sein, wenn du das nicht ohnehin schon bist. Du wirst keinen Penny mehr dein Eigen nennen. Und du wirst kein Heim mehr haben. Was willst du dann mit deinem elenden Leben anfangen? Willst du dir den Rücken brechen und dich in einer Bleimine abrackern, in der du kaum genug zum Leben verdienst?«

Langsam trat ich hinter sie und starrte auf ihren grauen Scheitel, während sie ungerührt an ihrem Tee nippte. »Sie sind eine elende Lügnerin!« Meine Stimme bebte.

»Ach ja?«

Ich wandte mich ab, trat ans Fenster und blickte auf den geschäftigen Verkehr hinunter. Das Klappern der Pferdehufe und das Knirschen der Kutschenräder wurden gedämpft durch den anhaltenden Regenschleier.

Die Erkenntnis, dass meine Großmutter – nein, nicht meine Großmutter, sondern ein kaltes, herzloses altes Weib, das ebenso wenig mit mir verwandt war wie die Passanten unten auf der Straße – die Wahrheit gesagt hatte, lähmte mich vollständig.

Bruchstückhafte Erinnerungen an meine Kindheit stürmten auf mich ein, Bilder meiner Eltern, die immer einen freundlichen Umgang gepflegt, nie aber ein Zeichen ihrer ehelichen Liebe gezeigt hatten.

Alles, was ich war – wofür ich stand –, war eine Lüge gewesen.

Wenn ich meiner Großmutter den Rücken kehrte, würde mein Titel und der kümmerliche Besitz, den ich noch hatte, wieder an sie fallen.

Als ich mich umdrehte, sah ich, dass sie mich hämisch grinsend beobachtete.

»Miststück!«, fauchte ich zähneknirschend. »Elendes Miststück!«

14

Ich saß auf meinem heftig atmenden Pferd und blickte von dem kargen Hügelkamm auf Thorn Rose mit seinen grotesken, zerbröckelnden Greifenstatuen und den gewundenen, von windzerzausten Kiefern gesäumten Pfaden hinab.

Bier und Selbstverachtung vernebelten mir die Sinne.

Wieder einmal hatte ich mich von der Herzoginwitwe erpressen lassen. Seit ich Maria aus Menson gerettet hatte, hatte ich mir nur etwas vorgelogen, indem ich geglaubt hatte, dass der teuflische Herzog auch altruistische Ideale hegen könnte.

Dass die wahre Liebe alle Hindernisse überwände.

Absoluter Schwachsinn, die idiotische Idee eines Schurken mit einer tiefschwarzen Seele, der sich kurz eingebildet hatte, in ihm stecke ein Funken Güte, und der verzweifelt danach gesucht hatte, weil er hoffte, sich damit vor dem völligen geistigen Ruin zu retten.

Jawohl, ich war der Erpressung der Herzogin erlegen: Ich hatte mein eigen Fleisch und Blut, meine Tochter, und Marias geistige Gesundheit geopfert. Was sonst hätte ich tun sollen?

War es nicht eine Ironie des Schicksals, dass es jetzt an mir lag, meinem Bruder die Peinlichkeit unserer schmutzigen Familiengeheimnisse zu ersparen – ausgerechnet an mir, der sich stets nach Kräften bemüht hatte, Clayton zu demütigen, weil mich seine Güte ständig an die eigenen Versäumnisse erinnert hatte?

Die Nachricht von unserem besudelten Stammbaum würde nicht nur Clayton vernichten, sondern auch seine Kinder. Ich kannte unsere dünkelhaften Standesgenossen nur zu gut. Ein Mann war nur so viel wert wie sein Titel und seine Ahnen. Trotz meines schlechten Rufes hielt mir mein Titel die gierigen Schuldeneintreiber vom Hals.

Ich ritt zum Stall und überließ mein schäumendes Pferd Maynord, der genauso betrunken war wie ich. Auf dem Weg zum Haus erstarrte ich, denn ich hörte Hunde wie verrückt bellen.

»Verflucht!«, murmelte ich, als die zwei zähnefletschenden Schäferhunde um die Ecke schossen und durch das Schneetreiben und den Nebel direkt auf mich zuhielten, die Schwänze gesenkt in Vorbereitung eines Angriffs.

Ich kannte jedes gesträubte Haar auf ihren Rücken und wusste nur zu gut, dass sie mich hassten; die Hunde meines Bruders hatten nämlich die unheimliche Fähigkeit, einen Schurken sofort zu erkennen. Oft genug hatte ich schon damit gerechnet, von ihnen angegriffen und zerfleischt zu werden.

Aber schlimmer noch als ihre gefletschten Zähne war die Erkenntnis, dass Clayton in Thorn Rose sein musste. Er war der letzte Mensch auf Erden, den ich jetzt sehen wollte.

»Aus!«, hörte ich meinen Bruder rufen und sah ihn auf der Schwelle zu meinem Haus stehen, die Lippen zu einem leichten Grinsen verzogen. Offenbar amüsierte ihn meine missliche Lage.

Die Hunde stoppten augenblicklich und verwandelten sich von vierfüßigen Teufeln in schwanzwedelnde Engelchen. Sie blickten derart bewundernd zu ihrem Herrn und Gebieter auf, dass ich Clayton sofort wieder hasste und ihm am liebsten eine Ohrfeige verpasst hätte.

»Sie tun dir schon nichts«, meinte er, während ich vorsichtig um die Tiere herum ins Haus ging.

»Sie würden mir bei der nächstbesten Gelegenheit an die Kehle gehen, das weißt du ganz genau.«

»Tiere spüren es, wenn man sie nicht mag.« Clayton begleitete mich den Korridor hinunter. Die Hunde tappten gehorsam an seiner Seite. »Wie ich sehe, hast du dem *Black Bull* einen Besuch abgestattet.«

»Du warst schon immer ein schlaues Kerlchen, Clay.«

»Das hat nichts mit Schlauheit zu tun. Du bist sturzbesoffen.«

Herbert tauchte auf, freundlich lächelnd und sehr aufmerksam, wie er es immer war, wenn mein Bruder in Thorn Rose weilte. Der elende Diener hielt große Stücke auf Clayton.

Als er die Hand nach meinem Umhang ausstreckte, sah ich ihn scharf an und fauchte: »Verräter!«

Seine grauen Brauen hoben sich. Beleidigt schnaubend entriss er mir den Umhang, machte kehrt und marschierte davon.

»Seit wann bist du denn da?«, fragte ich und bog in die hell erleuchtete Galerie ein. Alle Wandleuchter und Lampen brannten. »Wie ich sehe, hast du Kerzen und Öl mitgebracht.«

»Miracle mag es nicht, wenn es düster ist.«

Ich verspannte mich, als ich den Namen seiner Frau hörte. Wenn Miracle hier war ...

»Onkel Herzog!« Ein kleines weibliches Wesen hüpfte uns entgegen, ein Kind mit einem fein geschnittenen Gesichtchen, das umrahmt war von widerspenstigen feuerroten Locken, die es von seiner Mutter geerbt hatte. Die Augen der Kleinen funkelten wie grüne Edelsteine und strahlten vor Freude, mich zu sehen.

Margaret sauste mit wehenden Schleifchen und Spitzen auf mich zu. Sie schlang die Arme um meine Beine und strahlte mich an. »Onkel Herzog, ich freue mich so, dass du da bist!«

Ich zwang mich zu einem Lächeln und tätschelte ihr den Kopf. »Hallo, Maggie!«

»Hast du mich vermisst?«

Ich warf einen Blick auf Clayton, der die Arme verschränkt

hatte und angestrengt lächelte. »Ziemlich!«, schaffte ich zu sagen.

»Papa hat mir ein Kätzchen besorgt. Würdest du es gern sehen?«

»Selbstverständlich!«

»Toll. Es ist mit Mama und Lady Edwina im Salon. Komm schnell!«

Maggie wirbelte herum und sauste davon. Ihr Lachen klang fröhlich wie kleine Glöckchen.

Ich folgte ihr. Plötzlich war ich stocknüchtern. Oh Gott, hoffentlich hatte Edwina nicht erzählt, warum ich nach Menson geritten war! Ich war zwar ein ausgezeichneter Lügner, aber in diesem Moment war ich mir nicht sicher, ob ich es schaffen würde, meinen Zwillingsbruder zu belügen.

Die Stimmung im Salon wirkte heiter und gelassen. Das Feuer verbreitete eine angenehme Wärme und Helligkeit, die von Dutzenden von Lampen und Kerzen noch verstärkt wurde.

Edwina und Miracle standen auf, als ich eintrat. Ihre Gesichter leuchteten erwartungsvoll. Aber nicht sie waren es, die mich in Bann schlugen, sondern Maria. Sie saß zwischen den beiden Frauen und war so atemberaubend schön wie noch nie.

Sie trug eines von Miracles hübschen Kleidern. Die in ein Tuch gewickelte Puppe hielt sie in der einen Hand, eine Teetasse, an der sie ab und zu nippte, in der anderen. Dabei blickte sie scheinbar völlig gelassen in den Kamin. Nichts erinnerte mehr an das verrückte Weib, das sich noch vor wenigen Nächten mit einem Schürhaken auf mich gestürzt hatte.

In diesem Augenblick wünschte ich mir von ganzem Herzen, dass sie es geschafft hätte. Aber der Anblick der Puppe in ihrer Hand löste in mir eine derart tiefe Verzweiflung und einen so schrecklichen Selbsthass aus, dass ich mich kaum beherrschen konnte.

Miracle sprach mich als Erste an. Das Feuer im Kamin umgab ihr Haar mit einem Lichthof, und ihre Augen funkelten genauso wie die ihrer Tochter. Normalerweise hielt sie wenig von mir, doch heute wirkte sie richtig begeistert, mich zu sehen. Noch bevor sie den Mund aufmachte, wusste ich, dass Edwina den Grund für meine Abwesenheit von Thorn Rose verraten hatte. Sie errötete bei dem bösen Blick, mit dem ich sie bedachte, und zog sich vorsichtig in den gegenüberliegenden Teil des Raumes zurück.

»Raus mit der Sprache!« Miracle packte mich an der Hand und hielt sie so aufgeregt fest, dass meine Finger zu pochen begannen. »Gab es ein Kind, Sir?«

»Nun?« Clayton trat neben mich und sah mich fragend an. Das Blut rauschte mir in den Ohren, Schweiß trat mir auf die Stirn.

»Hast du mein Kätzchen gesehen, Onkel Herzog?«, trällerte Maggie. Ich wandte mich von Clayton ab und blickte auf die Kleine. Sie hielt mir lächelnd ein schwarz-weiß geschecktes Kätzchen entgegen, das sich in ihren Händen wand. »Ich habe sie Pepper genannt. Ist sie nicht wunderhübsch?«

Als ich in Maggies unschuldiges Gesichtchen blickte, wurde ich von einer Empfindung ergriffen, die ich in diesem Augenblick selbst nicht recht zu deuten wusste. Bis dahin hatte ich nie über die bemerkenswerte Schönheit der Kleinen nachgedacht, über ihre Lebhaftigkeit oder die Gründe, warum sie meinen Bruder um den kleinen Finger wickeln konnte. Doch nun wurde mir plötzlich ganz heiß, und ich bekam kaum noch Luft bei der Vorstellung, dass ich selbst irgendwo eine Tochter hatte, die genauso wundervoll war.

Ich schob meinen Bruder zur Seite und schenkte mir an der Getränkeanrichte einen Drink ein. Damit ging ich ans Fenster und schob die Vorhänge beiseite.

Die Scheiben waren beschlagen. Ich wischte sie frei und sah hinaus auf die karge Winterlandschaft, auf die sich rasch eine Schneedecke legte. Ich presste eine kalte, feuchte Hand an die heiße Stirn und spürte, wie erneut der Hass auf die Herzoginwitwe in mir aufwallte. Ihr hämisches Antlitz tauchte vor mir auf und mutete so teuflisch an, dass ich ins Taumeln geriet.

Ich drehte mich um und blickte meinem Bruder in die Augen. Dann trank ich einen großen Schluck Port. »Und wie geht es deinen Söhnen, Clayton?«, fragte ich.

Mein Bruder und seine Frau starrten mich verdutzt an. In all den Jahren ihrer Ehe hatte ich mich nie bei ihnen nach dem Wohlergehen ihrer Kinder erkundigt. Die drei Söhne waren älter als Maggie, sahen aber ebenso gut aus.

Die beiden tauschten einen leicht amüsierten Blick, bevor Miracle leise antwortete: »Danke der Nachfrage. Es geht ihnen gut, Sir.«

Edwina kam mit neugieriger, aber auch besorgter Miene näher. »Willst du uns nicht berichten, was du in Menson erfahren hast, Liebling?«

Ich sah dem Kind zu, das sich ans Feuer gesetzt hatte und mit dem Kätzchen schmuste. »Wie alt sind denn die Jungs inzwischen?«, fragte ich, ohne weiter auf Edwina zu achten.

Clayton räusperte sich. »Sean ist zehn, Jason acht und Michael sieben.«

»Gesund und munter, nehme ich an. Sie treten bestimmt in die Fußstapfen ihres geschätzten Vaters und werden von allen verehrt und bewundert.«

Clayton bedachte mich mit einem scheelen Blick. »Was soll das, Trey? Du hast dich nie im Geringsten für meine Kinder interessiert. Worauf willst du hinaus?«

Edwina legte eine Hand auf meinen Arm und zwang mich, ihr in die Augen zu sehen, die mich wie Messer durchbohrten. Abgesehen von Clay war sie die Einzige, die meine Launen und Gedanken erraten konnte, bevor ich den Mund aufmachte.

Sie lächelte aufmunternd. »Marias Zustand hat sich während deiner Abwesenheit enorm gebessert. Sie ist fügsam wie ein Kätzchen und versteht sich ausgezeichnet mit Miracle.«

»Offenbar ist sie stets fügsam wie ein Kätzchen, wenn ich nicht da bin. Vielleicht würde ich ihr einen Riesengefallen tun, wenn ich einfach verschwände.«

Ich ging zu Maria.

Die Hitze des Kamins und meine wachsende Verärgerung brachten mein Blut zum Sieden. Als ich sah, wie sie das leblose Gesicht der Puppe anlächelte, leerte ich mein Glas in einem Zug, dann fragte ich: »Hättest du das gern, Maria? Wäre es dir Recht, wenn ich ginge? Wenn ich endlich aus deinem Leben verschwände?«

Sie wiegte die Puppe und summte ein kleines Lied, während sie den struppigen Schopf streichelte. Der Blick der leblosen Augen brannte auf meiner Haut, die Puppe schien mich vorwurfsvoll anzustarren. Plötzlich brachen all meine Schuldgefühle auf und mischten sich mit einem Wahn, der der Verrücktheit, von der Marias Geist besessen war, in nichts nachstand.

Getrieben von der Vorstellung, alles zu tilgen, was mich daran erinnerte, dass ich Marias Genesung und vielleicht auch unser Kind meiner und Claytons Zukunft geopfert hatte, entriss ich ihr fluchend die Puppe.

Und warf sie ins Feuer.

Edwina und Miracle schrien überrascht auf, Clayton stieß einen Schwall von Verwünschungen aus, und Maria sprang entsetzt auf und fuchtelte wie eine Blinde in der Luft herum, während sie nach Sarah schrie.

Auch ich konnte meine Grausamkeit kaum fassen. Benommen taumelte ich einen Schritt zurück, doch Marias Schmerz riss mich aus meinem Wahn.

»Oh mein Gott!«, stöhnte ich, als mir bewusst wurde, was ich getan hatte. Ich stürzte zum Kamin und versuchte ungeachtet der Hitze, die mir die Hände versengte, die Puppe herauszuziehen, die bereits Feuer gefangen hatte.

Clayton packte mich am Revers und hielt mich zurück. »Zu spät, du Vollidiot!«, fauchte er.

Miracle versuchte, Maria zu beruhigen, während Clayton mich von ihr wegdrängte. Er war so wütend, dass er die Zähne fletschte. »Du kranker Mistkerl! Was zum Teufel hast du da wieder angerichtet? Ich sollte dir eine Tracht Prügel verpassen, du Trottel! Willst du sie etwa vollends zugrunde richten?«

Zum ersten Mal in meinem Leben hatte ich Claytons Glück und Wohlergehen über mein eigenes und auch über das von Maria gestellt. Doch das konnte er natürlich nicht wissen, und deshalb starrte er mich jetzt so hasserfüllt an, dass ich ihn am liebsten umgebracht hätte.

Ich schlug ihm die Faust so heftig ins Gesicht, dass er zurücktaumelte. Bei dem schrecklichen Geräusch des Aufpralls wurde mir übel. Clayton ging zu Boden, aus seinem Mund sickerte Blut, und seine Augen wurden gläsern von dem Schock.

Wie aus weiter Ferne hörte ich seine Frau aufschreien. Ihr Kreischen ging in Marias anhaltendem Schluchzen und Edwinas aufgeregtem Geplapper unter. Die Hunde sprangen auf und verstärkten den Aufruhr, indem sie beschützerisch knurrten und durchdringend kläfften.

Das war zu viel.

Ich hielt das infernalische Durcheinander einfach nicht mehr aus, mir wurde ganz schwindelig davon. Ich taumelte aus dem Zimmer, stieß Herbert und Iris zur Seite, die in den Salon eilten, und stürzte dann wie von Dämonen gejagt aus dem Haus, hinaus in den beißenden Wind und den Schnee. Die bittere Kälte, die ihre eisigen Speere nach mir schleuderte, spürte ich kaum.

Ich versuchte, meinem Wahn, meiner Beschämung und den besorgten Schreien der Frauen zu entfliehen.

Tief hängende Kiefernzweige schlugen mir ins Gesicht, ich brach durch verkümmertes Buschwerk, verfolgt vom Bild der brennenden Puppe sowie dem schockierten Antlitz meines Bruders.

Schließlich merkte ich, dass ich am Rand eines Teichs bis zu den Knöcheln im Morast des seichten Ufers stand. Hier gab es eine Bank, auf der Maria und ich einst gesessen und den Duft der wilden Blumen sowie die Gelassenheit der über das Wasser gleitenden Schwäne genossen hatten. Auf diese Bank ließ ich mich nun sinken und kühlte meine verbrannten, pochenden Hände, indem ich sie in den Schnee steckte. Die Kälte linderte die schmerzenden Brandwunden zumindest für kurze Zeit.

Ich senkte den Kopf, schloss die Augen und lauschte der Stille.

Ach, wenn ich doch nur die Gedanken in meinem Kopf hätte auslöschen können und damit auch all die Erinnerungen an die kostbaren Momente, als ich Maria in den Armen gehalten und ihren wundervollen Mund liebkost hatte; als ich mit all meinen Sinnen in ihren Geschmack und ihren Geruch eingetaucht war; als ich die köstliche Wärme ihres Körpers gespürt hatte, während die sommerliche Hitze mit derselben Kraft wie die Hitze in unseren Lenden brannte.

Ich weiß nicht, wie lange ich dort saß. Der Schnee in meinen Händen war längst geschmolzen; die Kälte hatte den Schmerz meiner Verbrennungen betäubt und war bis in meine Seele gedrungen. Meine Kleider und mein Haar waren mit Schnee bestäubt. Ich zitterte am ganzen Leib.

Als ich die Augen öffnete, merkte ich, dass Edwina neben mir saß. Sie hatte ihr Cape fest um sich gewickelt und die Kapuze aufgesetzt. In ihren Augen las ich keinen Vorwurf. Edwina würde mich wohl nie verdammen. Abgesehen von Maria war sie die Einzige, die meine Wahnanfälle verstand und sie mir stets verzieh.

»Geht es dir gut?«, fragte sie.

»Ich habe meinen Bruder geschlagen«, sagte ich dumpf. »Meinen Bruder. So oft habe ich ihn schon schlagen wollen und es doch nie getan. Aber heute ist es passiert. Mein Gott, wenn ich je gehofft hatte, einen Funken Anstand im Leib zu haben, so weiß ich jetzt, dass es nicht so ist. Was habe ich mir bloß dabei gedacht, Maria ein solch grausames Schauspiel zuzumuten und dann noch Clayton die Faust ins Gesicht zu schmettern?«

Sie nahm meine eiskalten Hände. »Etwas hat dich aufgeregt, Liebling. Was ist denn passiert?«

Ich zog meine Hände weg, trat ans Ufer und starrte auf das dunkle, stille Wasser, auf dem eine dünne Eisschicht lag.

»Sag mir, Edwina: Würdest du mich noch lieben – hättest du mich überhaupt je geliebt –, wenn ich keinen Titel hätte? Wenn ich nur ein Schmied, ein Schreiner oder ein Bauer mit einer kleinen Schafzucht wäre? Oder ein Grubenarbeiter? Hätte dir mein Körper ebenso viel Lust bereitet, wenn meine Hände Schwielen gehabt hätten?«

»Das ist eine dumme Frage!«

»Da hast du allerdings Recht. Trotz deines schlechten Rufs hättest du mich nämlich keines Blickes gewürdigt, wäre ich weniger als ein Herzog gewesen. Trotz der Tatsache, dass ich finanziell ruiniert bin, hätte mein Titel dir alle Türen geöffnet. Stimmt das etwa nicht?«

»Anfangs mag das so gewesen sein«, erwiderte sie vorsichtig. »Aber seither haben sich meine Gefühle geändert, und ich habe dir gestanden, wie es um mich steht.«

»Du hast mir erklärt, dass du mich liebst, aber ich habe gesehen, wie du dich vor mir geekelt hast, als ich in der Grube gearbeitet habe. Du bist zusammengezuckt, wenn ich dich mit schmutzigen Händen berührt habe.«

»Solch niedere Tätigkeiten sind doch unter deiner Würde, Liebling! Ich fand es widerlich, dass sich ein Mann deines Ranges zu so etwas herabließ. So etwas gehört sich einfach nicht.«

Ich drehte mich um und sah sie an. »Und wenn ich dir jetzt sage, dass ich gar kein Herzog bin – ja, dass meine gesamte blaublütige Ahnenreihe eine Lüge ist –, würdest du dann nach London eilen und dir einen anderen adligen Mistkerl suchen, damit dein Kind ehelich zur Welt kommt?«

»Dieses Gespräch ist lächerlich. Was soll das denn für eine Rolle spielen, Trey?«

»Gib mir eine Antwort!«

Sie machte den Mund auf und dann wieder zu. »Ich ... ich weiß es nicht«, meinte sie schließlich und starrte mich unter mit von Schneeflocken bestäubten Lidern an.

»Das habe ich mir gedacht.«

Ich kehrte ihr wieder den Rücken zu. Erneut kochte die Wut in mir hoch.

Edwina trat neben mich. »Ich fürchte, es ist etwas passiert, was dich schrecklich aufgeregt hat. Sag mir doch bitte, was los ist!«

Ich holte tief Luft. »Es gibt ein Kind«, sagte ich schließlich. »Eine Tochter. Sie kam sieben Monate, nachdem man Maria nach Menson verfrachtet hatte, zur Welt. Die Herzoginwitwe hat sie aus der Irrenanstalt geholt und irgendwohin gesteckt. Ich weiß nicht, wohin.«

»Hast du vor, sie zu suchen?«, fragte Edwina mit zitternder Stimme.

Ich richtete mich auf. »Nein!«, erwiderte ich.

* * *

»Seit wir erwachsen sind, musste ich ständig mit ansehen, wie du den guten Namen und den Ruf unseres Vaters in den Dreck gezogen hast. Ich habe deine Streitsucht ertragen und dein peinliches, abscheuliches Verhalten. Eigentlich ist es mir egal, dass du mich geschlagen hast. Zum Teufel noch mal, das wolltest du doch schon seit Jahren tun. Vielleicht fühlst du dich jetzt besser, nachdem du es endlich getan hast. Und jetzt gestehst du mir, dass Maria ein Kind geboren hat – deine Tochter, dein Fleisch und Blut – und dass du nicht die Absicht hast, sie zu suchen, obwohl es Maria helfen könnte, der Frau, die zu lieben du vorgibst. Noch nie ist es mir so schwer gefallen, dich anzuschauen, Trey. Himmel noch mal, du widerst mich an!«

Mit aufgesprungenen Lippen und einer geschwollenen Wange ging Clayton in meinem Schlafzimmer auf und ab. Ich kauerte vor dem Kamin und starrte in die Flammen, das dritte Glas Portwein in der Hand.

»Na gut«, meinte ich. »Dann verschwinde doch einfach. Geh nach Hause, und nimm deine Frau, dein Kind und die knurrenden Köter mit. Ich habe dich nicht nach Thorn Rose gebeten. Was zum Teufel hast du hier überhaupt zu suchen?«

»Ich wollte sehen, ob ich dir helfen kann.«

»Clayton, der Menschenfreund, der stets Gutes tut. Dem die Heiligsprechung winkt. Du tauchst mit ein bisschen Proviant vor meiner Tür auf, und ich soll deshalb in Jubel ausbrechen. Und dabei erinnert mich deine Großzügigkeit doch immer nur daran, was für ein schlechter Mensch ich bin.«

»Du meine Güte, ich bin dein Bruder! Was soll ich denn deiner Meinung nach tun?«

Er blieb stehen und warf einen Blick voller Wut und Verachtung auf mich. »Als du dich in Maria verliebt hast, dachte ich, nun hättest du endlich eine Chance, Buße zu tun. Ich weiß aus eigener Erfahrung, wie die Liebe einer Frau einen Mann verändern kann. Das hat mir Miracle gezeigt.

Als du unserer Großmutter sagtest, sie könne zur Hölle fahren, und nach Huddersfield geritten bist, um Maria zu suchen, wusste ich, dass du dein Leben ändern könntest, ja, ändern würdest. Ich verstand, wie wütend du warst und wie sehr du darunter gelitten hast, als sie verschwand und du glaubtest, sie hätte einen anderen geheiratet. Als es in den folgenden Jahren vollends mit dir bergab ging, entschuldigte ich dein Verhalten damit, dass dein Herz gebrochen war. Doch jetzt hast du Maria wiedergefunden. Sie ist zwar krank, aber du hast ein Mittel entdeckt, mit dem du sie retten kannst. Du ziehst es jedoch vor, dieses Mittel nicht einzusetzen. Am schlimmsten finde ich allerdings, dass du dich – ganz unabhängig von Maria – nicht im Geringsten um deine Tochter kümmerst, Trey. Damit versündigst du dich gegen Gott. Ich hätte große Lust, mich völlig von dir loszusagen.«

»Tu, was du nicht lassen kannst.«

In diesem Moment ging die Tür auf, und Miracle streckte den Kopf herein. »Kommt schnell, alle beide. Es geht um Maria.«

Als Clayton zu seiner Frau trat, blickte ich in ihre Augen und entdeckte auch dort Wut und Abscheu.

Clayton blieb auf der Schwelle stehen. »Kommst du?«, fragte er.

Ich blieb reglos sitzen. Clayton fluchte halblaut vor sich hin, seine Frau versuchte, ihn zu beruhigen, und sie gingen ohne mich.

Die Wärme des Portweins vertrieb die Kälte aus meinen Knochen. Ich ließ mich noch ein wenig tiefer in meinen Sessel sinken und spürte, wie der Alkohol allmählich alle Empfindungen dämpfte, die Claytons Beschimpfungen und mein eigenes Verhalten in mir ausgelöst hatten.

Natürlich hatte er alles Recht der Welt, sich vor mir zu ekeln. Ich tat es ja selbst.

Oft genug hatte ich mich aus Trotz meinem Bruder gegenüber widerlich benommen.

Doch trotzdem hatte ich immer, wenn ich in sein Gesicht – das getreue Spiegelbild meines eigenen – blickte, gewusst, dass es ein Band zwischen uns gab, das stärker war als das Leben. Aber bevor mich die Herzoginwitwe auf so üble Art erpresste, hatte ich nicht gewusst, wie stark dieses Band tatsächlich war. Ich hatte nicht erkannt, was es in Wahrheit war.

Liebe.

Welch grausame Ironie des Schicksals, dass ich es ausgerechnet in dem Augenblick erkennen musste, in dem ich gezwungen war, zwischen Claytons Glück und seinem guten

Ruf und Maria zu wählen. Wie schrecklich, die eine Liebe zugunsten der anderen zerstören zu müssen! Ich, ein Mann, der sich für unfähig gehalten hatte zu lieben, wurde nun von diesem Gefühl zerrissen.

Endlich erhob ich mich und ging hinaus. Meine Schritte waren schleppend wie die eines Mannes auf dem Weg zum Galgen. Herbert, der vor dem Salon stand, drehte sich weg, als ich ihn ansah. Diese Missachtung gab dem Sturm von Wut und Enttäuschung, der in mir tobte, neue Nahrung. Meine Wangen färbten sich blutrot.

Auf der Schwelle zum Salon blieb ich stehen. Clayton, Miracle und Edwina blickten gebannt auf das herzzerreißende Bild, das Maria lieferte. Ihr Gesicht strahlte vor Glück. Am liebsten hätte ich auf der Stelle kehrtgemacht und wäre verzweifelt geflohen.

Die süße kleine Maggie saß auf Marias Schoß. Sie hatte den Kopf vertrauensvoll auf Marias Schulter gelegt und mit ihren winzigen Händchen Marias Hand ergriffen, die sie nun mit sanften Küssen bedeckte, während sie in Marias strahlendes Gesicht blickte.

»Du darfst jetzt nicht mehr weinen«, flüsterte das Kind. »Versprich mir, dass du nicht mehr weinst! Sonst werde ich ganz traurig.«

»Versprochen«, erwiderte Maria. »Ich werde nie wieder weinen, meine allerliebste Sarah!«

15

Verzweifelt rang Miracle die Hände und sah von ihrem Mann zurück zu mir.

»Was sollen wir denn bitte nur tun? Was um Himmels willen sollen wir tun?«

Clayton warf mir einen Blick zu. »Vergiss es. Ich werde dir meine Tochter nicht verkaufen!«

Ich zog die Brauen hoch, lehnte mich an den Türstock und verschränkte die Arme. Wir hatten tatsächlich ein Riesenproblem.

Ich hatte die Puppe ins Feuer geworfen. Würde ich ihr die kleine Maggie jetzt entreißen, könnte ich Maria vielleicht endgültig vernichten.

Zu guter Letzt war nun die Zeit gekommen alles zu versuchen, um der verängstigten und verwirrten jungen Frau die Wahrheit beizubringen.

Die finsteren Blicke von Maggies Eltern ignorierend, trat ich an Marias Stuhl und kniete mich neben sie.

Die strahlenden Augen des Kindes sahen mich mit einem solchen Verständnis an, dass ich fast das Gleichgewicht verlor.

Ich versuchte zu lächeln – was mir normalerweise nicht leicht gelang – und nahm Maggies Hand. Zum ersten Mal stellte ich fest, wie glatt, weich und klein ihre Finger waren. Mir wurde bewusst, dass ich eigentlich noch nie ein Kind berührt hatte. Ich hatte sie meist nur als Plagegeister wahrgenommen.

Marias helle blaue Augen richteten sich auf mich. Die freudige Erregung, die ihre Wangen gerötet hatte, war der Furcht gewichen.

»Maria«, sagte ich so sanft wie möglich. »Möchtest du einen kleinen Spaziergang mit mir machen?«

»Ganz sicher nicht!«, antwortete sie.

»Nur ganz kurz. Ich verspreche, dich schnell zu Sarah zurückzubringen.«

»Aber warum sollten Sie mit mir sprechen wollen?«

Obgleich ihre Augen hell und blau strahlten, waren sie noch immer von Verwirrung getrübt. Nein, sie erkannte mich nicht. Sie wusste nicht, dass ich sie aus Menson weggebracht hatte.

Welche innere Mauer sie auch immer errichtet hatte, um mit dem höllischen Irrenhaus zurechtzukommen – sie stand noch. Mit neu entfachtem Zorn hätte ich die Frau am liebsten erwürgt, die den Namen meines Vaters für ihre selbstsüchtigen Zwecke missbraucht hatte.

»Siehst du die Freunde dort? Miracle und Clayton? Sie schwören beim Leben ihrer Kinder, dass sie deiner Sarah nichts antun oder sie von dir trennen werden.«

»Ich traue Ihnen nicht, Sir. Um ehrlich zu sein, ich mag Sie nicht!«

Es kostete mich große Mühe, meine Enttäuschung zu verbergen.

»Warum, Maria? Was findest du so abstoßend an mir?«

»Sie ...« – sie blickte weg – »Sie sind viel zu wild. Und hasserfüllt.«

»Habe ich dir wehgetan?«

»Ja.«

Sie nickte, und über ihr unschuldiges Gesicht blitzte der Zorn und trieb ihr die Schweißperlen auf die glatte Stirn. Sie presste Maggie fest an sich.

»Ich ... ich kann mich jetzt nicht erinnern. Aber ich werde mich erinnern und dann wird es Ihnen um so mehr Leid tun.«

Ich nahm ihre Hand. »Ein kurzer Spaziergang, ein freundliches Gespräch – mehr will ich nicht. Es ist Zeit, aufrichtig zu sein, Maria.«

»Nein.« Sie schüttelte den Kopf. »Ich fürchte, Ihre Worte sind nicht aufrichtig. Es sind nur Lügen.«

Ich atmete tief durch. »Paul kann gern mitkommen, wenn du willst.«

Ein Hoffnungsschimmer zuckte über ihr Gesicht, und sie sah sich hastig im Zimmer um. Im Schatten neben dem Fenster kam ihr Blick dann zur Ruhe. Nach kurzem Schweigen nickte sie, wenn auch beklommen.

»Na gut. Aber nur ein kurzer Spaziergang.«

Äußerst widerstrebend übergab sie Miracle das Kind, die erleichtert aufseufzte und zu ihrem Mann zurückeilte.

Mit Herberts Hilfe zogen wir Maria lange Wollstrümpfe und Schuhe mit einer dicken Sohle an. Dann steckten wir sie in einen dicken Pullover und Miracles Umhang, der an ihren schmalen Schultern hing, als ob ein Kind die Kleider seiner Mutter trüge.

Ich nahm ihre kleine Hand und ging zur Tür. Sie sträubte sich und blickte über ihre Schulter, bis sie sicher schien, dass sich ihr spiritueller Begleiter anschloss.

Draußen im Schneegestöber war ich froh, als sie sich enger an mich schmiegte, so wie sie es früher immer gemacht hatte. Wir folgten den Spuren, die Edwina und ich in dem lockeren Schnee hinterlassen hatten, bis wir an die kleine Bank am Teich kamen.

Als ihr Blick auf die Bank fiel, runzelte sie die Stirn, und ihre Mundwinkel gingen nach unten. Ihr Atem beschleunigte sich.

Ich legte den Arm um sie, zog sie an mich und wärmte sie. Ich befürchtete, sie könnte jeden Augenblick das Weite suchen.

»Erinnerst du dich an diesen Ort?«, fragte ich sie.

»Nein«, sagte sie mit einem entschiedenen Kopfschütteln, wobei ich spürte, wie sie zitterte.

»Wir sind oft hierher gekommen.«

Sie schloss die Augen.

»Ich hielt deine Hand. Ich küsste dich. Wir liebten uns auf dieser Wiese da.«

»Nein. Sie lügen mich an!« Wieder schüttelte sie den Kopf und zog sich ans Bankende zurück. »Auf Sie würde ich mich nie einlassen, Sir!«

»Maria!« Ich schluckte. »Ich bin Sarahs Vater.«

Ihre Augen öffneten sich weit, und ihr Blick flog über den vereisten Teich.

Ihr Atem ging in schnellen dampfenden Stößen. Sie rang nervös die Hände.

»Sie lügen.«

»Du bist als Krankenschwester nach Thorn Rose gekommen. Um mich zu pflegen. Du hast mich geheilt, Maria, und wir haben uns verliebt.«

Sie sprang auf und starrte mich an, die kleinen Hände zu Fäusten geballt.

Dann blickte sie weg auf ein Wäldchen mit geduckten Tannen.

»Er lügt. Sag mir, dass er lügt. Nein! Sogar du, mein eigener Bruder, verteidigst es, dass er mich hierher gebracht hat?«

Langsam stand ich auf.

»Nein!«, schrie sie und hielt sich die Ohren zu. »Er hat mich nicht geliebt. Er hat mich weggeschickt. Sie hat es mir gesagt. Weggeschickt, um den Bastard zu verstecken, den er in mich gepflanzt hat.«

»Nein!«, rief ich.

»Er hat eine andere gewählt. Er hat eine andere geheiratet!«

»Ich habe *dich* gewählt, Maria. Es war meine ...« Die Wörter wollten mir kaum über die Lippen gehen. »Die Herzoginwitwe schickte dich weg. Ich dachte, du wärst nach Huddersfield gegangen. Ich dachte, du hättest einen anderen geheiratet. Ich hatte keine Ahnung von dem Kind.«

Sie wich zurück; die Wirklichkeit sprengte die Mauer ihres Leugnens. Erinnerungen stürmten auf sie ein. Verzweifelt begann sie sich im Kreis zu drehen und den Geist ihres Bruders zu suchen, der nicht mehr da war.

Sie wich zum Teich zurück. »Satan! Teufel! Du wusstest von dem Kind. Du wusstest es! Du hast mich an diesen schrecklichen Ort verfrachtet; niemand sollte etwas erfahren.«

»Nicht ich, Maria, ich ... ich habe dich geliebt.«

»Das Kind da im Haus, das ist nicht meine Sarah, nicht wahr?«

Ich schluckte und senkte den Blick. »Nein, es ist das Kind meines Bruders, Maria.«

Der Ausdruck herzzerreißenden Schmerzes zog über ihr Gesicht, und sie raufte sich die Haare mit ihren zarten Fingern.

»Was hast du mit ihr gemacht?«, schrie sie. »Was hast du mit meiner Sarah gemacht?«

Den schneidenden Wind und Schnee nicht mehr fühlend, ging ich vorsichtig auf sie zu. »Ich schwöre dir, dass ich deiner Tochter nichts angetan habe, Maria. Unserer Tochter.«

»Wo ist sie dann? Gib sie mir jetzt!«

Schuld senkte sich auf mich wie eine schwere Last, als müsste jeder Knochen meines Körpers bersten. Maria hatte alles Recht der Welt, mich zu verabscheuen. So sehr wie in diesem Augenblick hatte ich mich selbst noch nie verabscheut.

Die Kälte durchschnitt mich wie ein Messer und stach mir in die Augen.

Der starre Ausdruck unerträglichen Schmerzes auf Marias Gesicht trieb mich in den Wahnsinn.

»Verdammt!«, schrie ich, die Hände zu Fäusten geballt. »Hör mir zu! Ich hatte nichts damit zu tun ...«

Sie drehte sich weg und lief auf den zugefrorenen Teich. Dort sank sie mit dem um ihre Beine baumelnden Umhang bis über die Knöchel im Schnee ein.

Ich rief wie verrückt ihren Namen. Entsetzt hörte ich das

Eis brechen. Maria versuchte in einem verzweifelten Sprung, das schneebedeckte Ufer zu erreichen.

Zu spät.

In einem kurzen schrecklichen Augenblick verschwand sie in dem schwarzen, frostigen Loch, das sich in dem dünnen Eis aufgetan hatte.

Ich stürzte los, stolperte, riss mir den Umhang von den Schultern und brach durch das Eis.

Ich fühlte, wie die eisige Kälte meine Beine umfing, dann die Hüfte und die Taille. Die Zähne zusammenbeißend, griff ich nach Maria.

Sie entglitt meinen tauben Fingern und verschwand in dem dichten Wasser. Ich tauchte erneut nach ihr und tastete blind um mich, bis ich sie fand.

Nach Luft ringend, zog ich Maria ans Ufer. Die beißend kalte Luft verstärkte den Scherz in meinem erstarrenden Körper.

Wir lagen inmitten des weichen Schnees, zitternd ob der bitteren Kälte, die selbst die Schneeflocken, die uns ins Gesicht trieben, warm erscheinen ließ.

Sie blieb stumm, als ich begann, ihre Stirn zu küssen, ihre Augen, ihre Wangen. »Maria«, flüsterte ich, »was sollen wir tun?«

Aber Maria blieb stumm und schlaff in meinen Armen. Ich sah, wie die Schneeflocken an ihren langen Wimpern haften blieben und ihre Lippen küssten.

Da näherten sich uns rasche Schritte.

»Um Gottes willen!«, rief Clayton.

Er beugte sich über uns, riss meinen Umhang vom Boden hoch und wickelte ihn fest um Maria, die er mir aus dem Arm nahm.

Dann zog er seinen eigenen Umhang aus. Als ich zu stehen versuchte, warf er mir das Kleidungsstück um die Schultern und wiederholte: »Um Gottes willen! Das ist der blanke Wahnsinn.« Mit leiserer Stimme und mir in die Augen blickend, sagte er: »Ich fürchte, ihr gehört beide nach Menson.«

Ich widersprach nicht. Ich fürchtete, dass er Recht hatte.

***

Das Kaminfeuer half kaum, die Kälte zu vertreiben, die mir noch immer in den Knochen steckte. Ich starrte in die Flammen, als mir mein Bruder ein Gläschen Portwein in die Hand drückte. Herbert stand an meiner Seite und musterte mich, als ob ich geistesgestört wäre.

Clayton wandte sich an ihn.

»Bist du blöd, Mann? Was zum Teufel starrst du dir die Augen aus dem Kopf? Bring meinem Bruder lieber trockene Kleider von oben, bevor er sich den Tod holt!«

»Was habt ihr mit Maria gemacht?«, fragte ich heiser.

»Edwina und Miracle kümmern sich um sie.«

»Es ist zwecklos. Ich bin ein Satan, ein Teufel. Ihr Ruin. Sie wird mir nie vergeben. Nie.«

Clayton setzte sich neben mich. »Sieh mich an.«

Widerstrebend gehorchte ich.

»Ich möchte die Wahrheit von dir wissen. Und alles über das Kind.«

Meine kalten Lippen schürzend, sah ich ihm in die Augen. »Vertrau mir, Clayton. Vertrau nur einmal in deinem Leben darauf, dass ich das Richtige tue.«

»Trey, was du für richtig hältst, ist viel zu oft reichlich seltsam.«

»Du brauchst mich nicht daran zu erinnern, dass ich ein Narr bin. Ich war mir dessen noch nie so bewusst.«

»Ich weiß wirklich nicht, warum ich mich weiter mit dir abgebe.«

Ich senkte den Blick, und als ich am Portwein nippte, spürte ich, wie die Hitze mein Gesicht rötete. »Wir sind Brüder. Ein Herz und eine Seele …«

»Nein.« Er runzelte die Stirn. »Trey, du hast keine Seele.«

Die Worte trafen mich unbarmherzig wie ein Faustschlag.

Ich stand auf und musste wieder heftig zittern, sobald ich das behagliche Feuer verlassen hatte. Ich ging zum Fenster und sah in die schwarze Nacht hinaus. Im glitzernden Schnee, der sich am Fensterkreuz sammelte, spiegelte sich das Kaminfeuer.

»Gott, wie musst du mich hassen«, sagte ich.

Keine Antwort.

Ich wandte mich halb zu meinem Bruder um, der mir den Rücken zukehrte.

Der Schmerz der Zurückweisung fraß an mir ebenso bitter wie Marias Hass. Ich, der ich nie einen Pfifferling auf eine andere Meinung gegeben hatte.

»Ich liebe dich«, sagte ich.

Clayton drehte sich um und starrte mich stumm an.

»Was ist?« Ich hob mein Glas und ließ den Portwein darin kreisen. »Ist das so schwer zu glauben?«

Noch immer sagte er nichts.

»Wahrscheinlich. Ich bin wahrlich kein guter Bruder gewesen, besser gesagt: Mensch. Ist es denn undenkbar, dass sich ein Mann ändern kann? Was auch immer es bedeutet, aber ›Ich liebe dich‹ habe ich in meinem Leben nur zu einer anderen Person gesagt. Zu Maria. Ach, zu lieben, ohne auf Gegenliebe zu stoßen ... Aber es ist nur gerecht bei all den Menschen, denen ich übel mitgespielt habe.«

»Ich hasse dich nicht«, sagte Clayton ausdruckslos.

»Nein?« Ich lächelte. »Du hasst mich nicht. Du liebst mich nicht. Du fühlst nichts. Ich fürchte, das ist beunruhigender, als gehasst zu werden.«

Ich leerte gerade das Glas Portwein, als Herbert mit trockenen Kleidern zurückkehrte. Er sah mich nicht an, während er mir half, mich auszuziehen und Hemd und Hose anzuziehen. Dann sammelte er die nassen Kleidungsstücke ein und verließ wortlos den Raum.

Clayton starrte in die züngelnden Flammen, als ich mich wieder auf den Stuhl neben ihn setzte. Ein Weilchen schwiegen wir. Ich hörte die große Standuhr in der Diele achtmal schlagen. Dann vernahm ich ein Murmeln. Miracle und Edwina unterhielten sich draußen, während sie näher kamen.

Eine sehr blasse Edwina betrat den Raum und knetete die Hände. »Die junge Frau möchte dich sehen, Schatz.«

Clayton und ich sahen uns an. Dann räusperte ich mich.

»Bist du sicher, dass sie kein Messer unter der Decke verbirgt?«, fragte ich.

»Sie scheint sehr ruhig zu sein.«

»Aber ist sie bei Verstand?«

Edwina hob eine fein geschwungene Braue und musterte mich lange. Dann zuckte sie die Schultern.

»Sie redet kein wirres Zeug, wenn du das meinst.«

»Hat sie Sarah erwähnt?«

»Nein.«

»Hat sie mich erwähnt?«

Sie nickte. »Kurz.«

Ich starrte sie wütend an und wartete. »Nun? Was hat sie gesagt?«

»Solche Worte sind viel zu lästerlich, um von einer Lady wiederholt zu werden.«

Als Clayton prustete, wurde Edwina rot.

Sie raffte die Röcke und trat ans Feuer, wo sie mit zusammengekniffenen Augen meinen Bruder fixierte. »Ich vermute, dass keiner von euch einen Gedanken darauf verschwendet hat, was diese Katastrophe für mich bedeutet.«

»Nein«, sagten wir wie aus einem Munde.

Sie schniefte und drehte uns halb den Rücken zu. »Dass ich gezwungen sein würde, dem Mann, den ich liebe, dabei zuzusehen, wie er herumscharwenzelt und sich wegen einer rotznäsigen Krankenschwester grämt – der Tochter eines armseligen Vikars, einer Geisteskranken. Es ist unerträglich! Meine Zukunft steht auf dem Spiel.«

»Verschone uns, Edwina! Ich bin nicht in der Stimmung für einen deiner Auftritte.«

»Oder deine Selbstbezogenheit«, fügte Clayton hinzu, woraufhin sie große Augen bekam.

»Meine Selbstbezogenheit?«

Sie warf den Kopf zurück und zeigte mit dem Finger auf mich. »Dein Bruder ist die Selbstbezogenheit in Person! Ich kenne keinen selbstsüchtigeren Menschen als ihn. Und jetzt soll ich so tun, als würde mich diese Katastrophe kalt lassen? Der Mann, den ich heiraten wollte, lässt mich am Altar stehen ...«

Clayton schüttelte den Kopf. »An dieser so genannten Hochzeit war doch nichts echt. Du hast einen Namen für das Kind gebraucht, das du leichtsinnigerweise mit Gott weiß wem gezeugt hast, und mein Bruder brauchte Geld. Ihr wart füreinander doch nur Mittel zum Zweck.«

Ein Sturm von Gefühlen wetterleuchtete in ihren Augen. Ihre aufgesetzte Verachtung schwand langsam aus ihrem Gesicht wie schmelzendes Wachs.

Als ihr Blick zu mir zurückkehrte, wurde ich wieder Zeuge der Gefühle, die sie in der Zeit unserer Liebschaft vor mir verborgen hatte. Und diese jähe Erkenntnis traf mich wie ein Dolchstoß.

Ich verstand.

Alles.

Ich wusste um die Traurigkeit, die in ihren feuchten Augen glänzte, um das schmerzhafte Schwellen ihres verwundeten Herzens.

Ich stand auf und nahm sie in die Arme. Sie bebte, auch wenn sie es verzweifelt zu verbergen suchte.

»Ich verstehe«, flüsterte ich ihr ins Ohr und streichelte ihr Haar.

»Ja?« Sie schluckte. »Natürlich. Das ist ja der Jammer, gnädiger Herr. Der verdammte Witz an dieser Sache, nicht wahr?«

Sie stieß mich zurück, schob das Kinn vor und schenkte mir ein schwaches, brüchiges Lächeln.

»Ist es nicht verrückt, dass wir jetzt entdecken müssen, dass wir ebenso verletzbar sind wie alle anderen? Das Herz von Amors Pfeilen zerfetzt. Es wäre wahnsinnig komisch, wenn es nicht so außerordentlich bedauernswert wäre.«

Sie begab sich zur Tür. »Wenn du mich fragst, Schatz – ich schlage vor, dass du bei der jungen Frau da weitermachst, wo du aufgehört hast. Nur wenige Frauen können dir widerstehen, wenn du Witterung aufgenommen hast. Mach ihr den Hof. Preise sie. Gib ihr das Gefühl, das Wichtigste in deinem Leben zu sein. Natürlich liegt dir an nichts so viel wie an ihrem Glück.«

Sie legte eine Hand auf ihren runden Bauch und ging.

16

Aus Marias Augen blickte mich nicht länger der Wahnsinn an.

Als ich vor ihr stand und den Widerschein des Feuers in ihrem Gesicht sah – auf ihren harten, wie blauer Diamant glänzenden Augen –, sehnte ich mich fast nach dem Vergessen, das der Wahn ihr gewährt hatte.

»Was haben Sie mit meiner Tochter gemacht?«, fragte sie.

»Unserer Tochter, Maria.«

»Nein!« Sie schüttelte den Kopf, und ihre dünnen Finger krallten sich in die Armlehnen. »Es war nicht mehr Ihr Kind, als Sie mir eine andere vorgezogen und mich weggeschickt haben. Welch stattliche Belohnung haben Sie denn von Ihrer Großmutter erhalten, Euer Gnaden?«

»Ich bin Herzog. Sie hätte mir nicht viel bieten können, was ich nicht schon hatte.«

Ihre Lippen kräuselten sich, und ihre Augen wurden schmal. »So viel ich weiß, hatten Sie einen Hang zu Huren und zum Spiel. Ein paar Hundert Pfund würden sicher helfen, einige Schulden zu begleichen.«

»Maria ...«

»Und natürlich Ihr makelloser Stammbaum. Gott bewahre, dass ein Bastard, von einer einfachen Bürgerstochter zur Welt gebracht, das blaue Blut der Hawthornes verunreinigt.«

Ich lächelte kalt zurück, obgleich ich bei der Ironie ihrer Worte die Zähne zusammenbeißen musste.

»Ich versichere dir, ich wäre nicht der erste Blaublütige mit einem unehelichen Kind. Meine erlauchten Standesgenossen haben ohne Zweifel ebenso zahlreichen illegitimen Nachwuchs wie sie verzogene Lieblinge haben, die die Sekunden zählen, bis ihre Väter den letzten Atemzug getan haben.«

Ihr Blick folgte mir, als ich mich auf einen Stuhl in ihrer Nähe setzte.

Maria legte den Kopf schief und taxierte mich selbstgefällig.

»Die Jahre haben es nicht gut mit Ihnen gemeint, gnädiger Herr. Sie sind hager und werden grau. Ihr ausschweifendes Leben hat Ihre Stirn gezeichnet.«

Sie beugte sich zu mir und grub die Finger in die Armlehnen. »Ich bin froh.«

»Maria, sei vernünftig …«

»Vernünftig? Erkennen Sie Wahnsinn, wenn er Ihnen begegnet? Und Hass? Sie erwarten, dass ich vernünftig bin, und dabei musste ich die letzten Jahre zahllose Grausamkeiten, Hunger und Demütigung erleiden!

Ich musste in stinkendem Unrat gebären und hilflos zusehen, wie mir mein Kind aus den Armen gerissen und weggenommen wurde! Und nun erwarten Sie, dass ich vernünftig bin? Wenn Sie das ernstlich von mir erwarten, dann sind Sie verrückter, als ich es jemals gewesen bin.«

Ich sah weg und mein Gesicht brannte ob ihrer verächtlichen Worte. »Es tut mir Leid.«

»Es tut Ihnen Leid.«

Kurz brach sich der Wahnsinn wieder Bahn und blitzte in ihren Augen. Sie bebte und atmete in schnellen, hörbaren Stößen.

»Es tut Ihnen Leid. Lachhaft! Haben Sie wirklich erwartet, dass ich Ihnen deshalb vergeben würde?«

»Nein.« Ich schüttelte den Kopf.

»Ich werde Ihnen nie vergeben! Ich werde Sie verfluchen, solange ich lebe. Ich lebe für den Augenblick, an dem Ihnen das Herz aus dem Leib gerissen wird – zerfressen von Furcht, Verwirrung, Enttäuschung und Leid. Ich würde es eigenhändig herausreißen, wenn ich nur könnte, und vor Freude jubeln, während es in meinen blutbeschmierten Fingern mit seinem letzten verzweifelten Schlag zuckte.«

»Oh Gott.« Ich stand auf.

Maria sprang auf und schlug mir mit solcher Wucht ins Gesicht, dass ich zurücktaumelte.

Noch einmal schlug sie zu und noch einmal. Jeder Schlag vertiefte den wilden, bohrenden Schmerz.

Ich stand nur da, die Beine gespreizt, und schmeckte das Blut auf meiner Zunge.

Schließlich fiel sie erschöpft auf einen Stuhl und bedeckte das Gesicht mit den Händen.

»Hinaus! Hinaus!« Sie weinte und wiegte sich vor und zurück.

Ich sehnte mich danach, sie zu berühren, mich ihr zu Füßen zu werfen und sie anzuflehen, die Wahrheit anzuhören – vor allem aber, mir zu vergeben.

Nicht meine Vergehen hatten uns in diese bejammernswerte Situation manövriert, sondern die Machenschaften der Herzoginwitwe.

Als ich mir das Blut vom Kinn wischte, sah ich in Marias Augen: Dort kam mir keine Liebe mehr entgegen und kein Mitgefühl – in ihnen leuchteten nur Wut und Hass.

»Wenn ich an deinem grauenhaften Los schuld wäre, warum hätte ich dich dann aus diesem bedrückenden Ort retten sollen? Warum hätte ich dich nach Thorn Rose zurückbringen und mich um deinen Körper und deine Seele kümmern sollen?«

»Vielleicht hat das schlechte Gewissen unter Umständen an Ihnen genagt?«

»Hätte dich ein Mann mit einem Gewissen jemals an einen solchen Ort gebracht? Wäre ich wirklich die Bestie, die dich der Brutalität in Menson ausgeliefert und dich deines Kinds beraubt hat, würdest du noch immer vor den Händen deiner Peiniger zurückschrecken und in deinem leeren Wahn leben, mit dem Geist deines Bruders reden …«

»Hören Sie auf!« Sie hielt sich die Ohren zu, und ihre blutleeren Lippen bebten.

Ich zwang mich wegzusehen.

Gewissen.

Wie konnte ich es bloß wagen, an eine solche Möglichkeit zu denken? Wenn ich ein Gewissen hätte, würde ich jetzt bereits nach unserer Tochter suchen.

Aber hier stand ich und spielte das unschuldige, unverstandene Opfer, während die Frau, die ich liebte, von der Sorge um ihr Kind verzehrt wurde.

Was für ein verabscheuungswürdiger Betrüger ich doch war.

***

Ich zerfleischte mich mit qualvollen Selbstvorwürfen. Es war die reine Folter.

Qual, verfeinert zu einer irren, selbst zugefügten Grausamkeit, ließ mich die ganze Nacht auf und ab laufen. Noch immer machte mich die Kälte des eisigen Wassers zittern, aus dem ich Maria gerettet hatte.

Die Kälte kroch mir unter die Haut und nagte an meinen Knochen. Mein Blut wurde dick, bis mein Herz zu einem erdrückenden Gewicht in meiner Brust wurde. Trotz der Flammen des Kaminfeuers, die an der Dunkelheit leckten, füllte Kälte das ganze Zimmer.

Mein wachsender Ärger speiste die Empörung, dass mir Maria selbst in ihren lichten Momenten zutraute, sie solchen Qualen und Schmerzen ausgesetzt zu haben. Ein einziges Wort von ihr, ein einziger Blick hätte mich umbringen können, ohne dass auch nur ein Tropfen meines Blutes vergossen würde.

Es war alles so sinnlos. Es war töricht, eine Versöhnung mit ihr auch nur anzustreben.

Wegen der Herzoginwitwe hatte ich mir die einzige Frau,

die ich jemals geliebt hatte – und jemals lieben würde – zur Todfeindin gemacht. Das fühlte ich in meinem Innersten.

Ich hustete und zitterte. Trotz der Kälte, die durch meinen Körper kroch, traten mir Schweißperlen auf die Stirn. Hitze hatte begonnen, sich in meine Brust zu winden; ihre Greifer krochen durch meine Lunge und fingen an, stärker und immer stärker zu pressen. Kurz bevor sich das Morgenlicht durch die unfreundlichen, schneegeladenen Wolken gekämpft hatte, brach ich schließlich auf meinem Bett zusammen, erschöpft vom fieberhaften Hin- und Herlaufen und der wachsenden Last des Atmens.

Die Kerzen waren heruntergebrannt und das Kaminfeuer war ausgegangen bis auf ein bisschen Glut, die ersterbend noch einmal aufglühte und zischte. Die Stunden vergingen. Das Kondenswasser auf den Fensterscheiben war zu Eisblumen erstarrt.

Dennoch fühlte ich ein Brennen.

* * *

Verfluchte Klarheit!

Die Stunden vergingen, und die Tage krochen einzeln vorüber. Maria sehnte sich verzweifelt nach dem Wahnsinn, der ihr erlaubte, sich in ihre Phantasie zu flüchten.

Dort schenkte ihr der zärtliche Kuss des Vergessens inneren Frieden. Frieden vor der Angst, dem Schmerz, dem Kummer – und dem Hass. Nur in diesem Vergessen würde Paul zu ihr kommen.

Paul, welch eine Torheit! Seine Gegenwart war nichts als eine aus dem Wahn geborene Verirrung gewesen. Paul, der einzige Mensch in ihrem Leben, der sie je wirklich geliebt hatte.

Nein, ihre Mutter hatte sie nicht geliebt – ein schwaches und bedauernswertes Wesen, das solche Angst vor ihrem Mann hatte, dass sie bloß zusammensackte und zitterte, wenn er den Kindern seine geliebten Predigten von ewiger Verdammnis hielt.

Nein, ihr Vater, der grimmige Vikar von Huddersfield, hatte sie nicht geliebt – und auch seinen Sohn nicht. Sie wurden nur verabscheut und gescholten. Ausgeburten des Teufels, gezeugt von seiner Lüsternheit.

Wie verzweifelt musste sie gewesen sein, um zu glauben, dass ein Mann wie Hawthorne sie wirklich liebte. Wie naiv, um zu glauben, dass er sich den Verpflichtungen seines Titels und seines Geschlechts versagen und sein Leben der Tochter eines bloßen Vikars widmen würde.

Ach, aber sie hatte ihn geliebt. Trotz der Verrücktheit, die ihn einmal in ein wildes Tier verwandelt hatte.

Nein, er war nicht verrückt gewesen, aber er hatte unter einer Geistesschwäche gelitten, verursacht von einer Wunde, die ihm Straßenräuber beigebracht hatten. Die hatten ihn ausgeraubt und für tot gehalten. Alle Welt hatte gedacht, er wäre verrückt – nur sie nicht.

Sie hatte ihn sogar dann noch geliebt, als die Kutsche der Herzoginwitwe sie von Thorn Rose weggebracht hatte. Wie oft hatte sie, in ihrer düsteren Zelle verrottend, an die Nacht zurückgedacht, als sie der blasswangigen alten Frau gegenübergestanden hatte. Ihr Hass war so greifbar gewesen, dass Maria in ihrer Gegenwart hatte zittern müssen.

»Du wirst ihn ruinieren. Du wirst ihn zum Gespött machen. Man wird sich über eure Kinder lustig machen, sie verhöhnen. Sie werden von Ihresgleichen verachtet durchs Leben gehen. Wenn du ihn wirklich liebst ... Wenn du sein Glück aufrichtig wünschst ... Er liebt dich nicht. Das weißt du doch. Er empfindet nichts anderes als Dankbarkeit dafür, dass du ihn gesund gepflegt hast. Diese ... diese Lust, die er spürt, ist nur das körperliche Verlangen eines männlichen Tieres. Was wirst du tun, wenn er schließlich die wahre Natur seiner Gefühle erkennt? Wirst du dich damit bescheiden, ungeliebt in der Abgeschiedenheit von Thorn Rose zu schmachten, während er sich mit seinen Mätressen vergnügt?«

Die Alte hatte den Kopf schief gehalten und sie mit einer solchen Bosheit angefunkelt, dass es Maria einen Stoß versetzt hatte.

»Vielleicht mache ich auch zu viel Aufhebens. Ich glaube ohnehin nicht, dass er dich heiraten wird. Möglich, dass er dich in einem Stadthaus in Mayfair einquartiert, um zwischen deine reizenden jungen Schenkel zu krabbeln, wenn er sich in London aufhält. Aber eines Tages wird er deiner überdrüssig wie all seiner anderen hübschen kleinen Schlampen. Er wird dir kein Geld mehr geben, und wo bleibst du dann? Wie willst du überleben? Kein ehrbarer Mann wird die Hure eines andern heiraten.«

Sie hatte ihre dünnen Lippen verächtlich geschürzt.

»Geh, junge Frau, und zwar jetzt. Kein Abschied, verschwinde einfach. Bis du in Huddersfield ankommst, wird er dich vergessen haben, wie so viele andere. Lass dir das eine Lehre sein, damit du den gleichen Fehler nicht ein zweites Mal machst. Ich kenne keinen Mann, der zu lieben fähig wäre. Sie lieben bloß die Brunst, nichts sonst.«

Die Tür ging auf, und Maria blieb stehen. Die Frau namens Edwina betrat das Zimmer, ein Frühstückstablett in der Hand. Sie stellte es auf den Tisch neben das Tablett, auf dem sich das noch unberührte Essen befand, das eine Bedienstete am Vorabend gebracht hatte.

Edwina würdigte Maria keines Blicks, als sie sich anschickte, das Zimmer wieder zu verlassen.

»Wer sind Sie?«, fragte Maria.

Die Frau erstarrte.

Langsam wandte sich Edwina um und sah sie direkt an. Ihre gewohnte Verachtung für Maria war einem kummervollen Ausdruck gewichen. Sie legte eine Hand auf ihren runden Bauch und verzog mit leicht geöffnetem Mund das Gesicht.

»Sind Sie Salterdons Frau?«, fragte Maria. – »Frau?« Ihre Lippen bebten. »Du schreckliches kleines Biest! Wie kannst du es wagen, die Unwissende zu spielen? Du weißt ganz genau, wer ich bin. Bitte verschone mich mit deinen Verrücktheiten; du bist so klar bei Verstand wie ich.«

»Antworten Sie mir!«

»Und warum sollte ich?«

»Ich frage mich, ob Sie der Grund dafür sind, warum ich die letzten Jahre in Menson schmachten musste.«

Marias Blick glitt wieder zu Edwinas Bauch; erneut durchfuhren sie Schmerz und Wut. »Das Kind. Es ist von ihm, nicht wahr?«

Edwinas Augen wurden schmal, als Maria sich ihr näherte.

»Kann sein, dass Sie nur seine Hure sind.« Sie lachte. »Kann sein, dass die Herzoginwitwe damals, in jener Nacht, die Wahrheit gesagt hat.«

»Ich weiß nicht, wovon du sprichst. Bleib mir vom Leib!« Edwina wich zurück zur Tür.

»Wo ist Salterdon? Ich möchte ihn sehen.«

»Warum? Damit du ihm wieder die Augen auskratzen kannst?«

»Nun, ich finde ihn auch allein.«

»Das wirst du nicht tun!«

Edwina stellte sich in die Tür. »Lass ihn in Frieden. Du hast genug Schaden angerichtet. Wärst du nicht gewesen, wären wir jetzt verheiratet.«

»Ach.« Maria lächelte. »Also bist du doch eine seiner Huren.«

Edwinas wilder Blick traf Marias Herz wie eine Lanze. Ihre eigene Hingabe, das blinde, beklemmende Gefühl, das sie einst für Salterdon empfunden hatte, schnitten ihr so schmerzhaft ins Herz, dass ihr die Tränen in die Augen traten. Und Edwina bemerkte sie, da Maria sie nicht zurückhalten konnte.

»Bleib ihm fern«, befahl Edwina mit zitternder Stimme. »Ich werde es nicht zulassen, dass du ihm noch mehr antust, als du ihm bislang schon angetan hast.«

»Ich? Ihm etwas antun?« Maria hob das Kinn, ohne sich die heißen Tränen von den Wangen zu wischen. »Dieser Gedanke ist grotesk!«

»Er stirbt.«

Diese Worte ließen Maria jäh innehalten.

Die Hände geballt und mit tränenüberströmten Wangen schluchzte Edwina auf. »Ich fürchte, es ist ihm egal, ob er lebt oder stirbt – und du bist daran schuld!«

In diesem Augenblick spielten Marias Nerven verrückt, sie verlor die Beherrschung.

»Was redest du da, Frau? Sprich! Nein, du wirst nicht sprechen, es ist ja eine Lüge, nur eine seiner schmutzigen Machenschaften. Ich glaube dir nicht. Sag mir schon, wo er ist!«

»Er wird seit drei Tagen von einem Fieber heimgesucht, gegen das wir nichts ausrichten können. Wir haben den Arzt aus Haworth kommen lassen. Aber Jules Goodbody ist ein Stümper, ein betrunkener Idiot. Er hat uns allen Ernstes nahe gelegt, Vorkehrungen zu treffen, um seinen Leichnam demnächst in der Familiengruft aufzubahren. ›Ruft den Vikar‹, hat er uns gesagt. ›Betet für seine Seele, denn wenn jemand der Vergebung seiner Sünden bedarf, dann der Herzog.‹«

Edwina ging auf Maria zu.

Maria spürte Edwinas Hitze. Edwinas zitternde Hand umklammerte Marias Hand wie in einem Schraubstock, ihre kurzen Nägel gruben sich in Marias Handfläche.

»Das gefällt dir doch sicher. Du willst doch, dass er stirbt. Gib es zu!«

Maria konnte nicht antworten. Warum? Warum nur ließ die Möglichkeit von Salterdons schmerzhaftem Ableben ihr Herz so schwellen?

Nein, das war kein Schmerz. Sie verabscheute ihn.

Gefühlloser, lügnerischer Satan!

Nein, sie liebte ihn nicht mehr. Es war verrückt, dass sie sich etwas aus ihm gemacht hatte. Verrückt, seinen Worten inniger Liebe geglaubt zu haben. Verrückt, bei seiner Berührung dahingeschmolzen zu sein. Verrückt, sich von ihm zu dem Glauben verleiten zu lassen, er würde alles aufgeben, um sie zu heiraten.

Ihr Herz war zerrissen. Ein Gefühl des Hasses wuchs in ihr und schnürte ihr die Kehle zu; sie konnte nicht schlucken. Das Gefühl ließ sich als Glut in ihren Augen nieder und brachte Tränen hervor, die sie erfolglos bekämpfte.

»Er soll nicht sterben!«, schrie sie plötzlich. »Er darf nicht sterben!«

Edwina bekam große Augen. Ein seltsamer Verdacht durchzuckte sie und veranlasste sie, eine Hand an den Mund zu legen.

»Du liebst ihn noch immer«, flüsterte sie.

Diese Worte verblüfften Maria. Sie schüttelte so wild den Kopf, dass ihr die Tränen über die Wangen spritzten. Ihre Gedanken verwirrten sich.

»Nein, ich liebe ihn nicht mehr. Es ist …«

Sie schluckte und verwischte mit zitternder Hand die Feuchtigkeit über ihre Wangen.

»Es ist nur … er darf nicht sterben. Noch nicht. Nicht bevor er mir verraten hat, wo sich meine Tochter aufhält.«

Maria stieß Edwina zur Seite und floh durch die offene Tür.

17

Sie zögerte kurz. Ihr war, als wäre sie durch eine Pforte in eine Vergangenheit gestolpert; eine Vergangenheit, die sie vor langer Zeit tief in ihrem Wahn vergraben hatte; Erinnerungen bestürmten sie.

Alles war ihr nun vertraut.

Sie kannte den Weg zu Salterdons Schlafgemach. Die Erinnerungen hämmerten in ihrem Schädel. Wie oft war sie damals die Galerie entlanggeeilt, getrieben von der Leidenschaft, ihn zu heilen.

Ohne Furcht vor seiner Verrücktheit trieb es sie Tag für Tag, sein Gesicht anzusehen. Sein Gestammel und sein wüstes Wesen bereiteten ihr nichts als Freude.

Die Welt hatte ihn für ein wildes Tier gehalten.

Doch … doch damals hatte sie noch die Kraft gehabt, um mitzufühlen.

Damals hatte sie hinter seine monströse Fassade geblickt, seine Verletzlichkeit erkannt, seinen Schmerz, seine Qual – sie hatte erkannt, dass in dieser Brust ein Herz schlug, das unverstanden war.

Halt! Hör auf, diesen abscheulichen und ungebetenen Erinnerungen nachzuhängen!

Sie liebte ihn nicht mehr.

Es kümmerte sie nicht, dass er litt. Das war die Strafe Gottes für das, was er ihr angetan hatte.

Sie würde die Wahrheit über ihre Tochter aus ihm herausbringen. Mehr nicht!

Als sie die Halle durchquerte, bemerkte sie die Bilder an den Wänden: längst verstorbene Vorfahren, harte Männer und herausgeputzte Frauen, gepudert und mit Schmuck behängt, deren finsterer Blick im Leben so leblos gewesen war wie im Tod.

Sie ging an einer riesigen Eichenuhr vorbei, deren Gehäuse von der Zeit und vom Polieren ganz abgewetzt und schwarz geworden war. Genau in dem Moment schlug sie.

Der tiefe Ton hallte in der leeren Halle wider und schien mit seinem Messinghammer an ihr Herz zu schlagen. Plötzlich erfüllte eiskalte Luft wie aus einer Gruft den Gang. Die brennenden Wandleuchter warfen ein eigenartiges, kreisendes Licht, als hätte sie ein unsichtbares flüchtiges Etwas gestört.

Endlich erreichte Maria sein Schlafgemach.

Einen Augenblick blieb sie mit der Hand am Türknauf stehen.

Die Erinnerungen brannten nun heller, blendend in ihrem Glanz.

Sie gab sich einen Ruck und betrat das Zimmer.

Die Besucher, die dem Kranken Gesellschaft leisteten, sahen sie aus blassen Gesichtern an; ihre Augen weiteten sich, als wäre ein Geist erschienen.

Doch niemand sprach.

Clayton stand am Bett seines Bruders, seine Frau daneben. Iris beugte sich über Trey und kühlte mit einem feuchten Tuch sein schweißnasses Gesicht.

Vorsichtig bewegte sich Maria durch die Schatten hin zu Treys Krankenbett.

Darauf war sie nicht vorbereitet.

Sie hatte nicht gedacht, dass sie bei seinem Anblick so zittern würde.

Ja – die Wut hatte sie geschüttelt, und sie hatte in seiner Gegenwart vor Angst, Schmerz und Ekel gezittert. Aber das, was sie jetzt empfand, war verräterisch und verwirrend.

Panik ergriff sie.

Eine Faust aus heißem Stahl packte ihr Inneres, die Gefühle prallten heftig aufeinander. Liebe und Hass standen sich unversöhnlich in ihrer Brust gegenüber, ihre Gedanken suchten verzweifelt nach einem Ausweg.

Ergreife die Flucht! Jetzt!

Er ist schuld an deinem Elend!

Er ist der Grund, warum dein Leben ein nicht enden wollender Albtraum geworden ist.

Erst einmal in ihrem Leben hatte sie in das finstere Antlitz des Todes geblickt – kurz bevor die Seele ihres geliebten Bruders Paul aus seiner irdischen Hülle geschlüpft und dem Himmel zugestrebt war.

Clayton und Miracle machten Platz und ließen Maria näher treten.

Sie sah Iris in die Augen und bemerkte dort glitzernde Tränen. Dann machte auch Iris Platz und presste das feuchte Tuch an ihren riesigen Busen.

Nein, er hatte noch nicht aufgegeben. Flache Atemzüge hoben und senkten seine Brust. Es klang, als würde Eisen gegen Eisen knirschen.

Hilf ihm, flüsterte es aus dem Schatten des großen Zimmers. Sie erschrak.

Paul! Er war also doch noch bei ihr, kein ihrem Wahn entsprungener Geist.

Doch wie unerhört, wie beängstigend war es in diesem Moment.

Maria, du musst ihm helfen. Nur du, du allein, kannst ihn retten.

Das weckte ihre Instinkte als Krankenschwester. Sie drehte sich abrupt um und zeigte auf die spärlichen Flammen im Kamin.

»Schürt das Feuer!«, befahl sie, und an Iris gewandt: »Hol ein paar der dicksten Bettdecken, und leg sie auf ihn. Und der Rest von euch, hinaus. Raus!«

»Glauben Sie, ich lasse meinen Bruder mit Ihnen allein?«, fragte Clayton. »Guter Gott, Frau, Sie haben versucht, ihn umzubringen …«

»Würde ich den Mann umbringen, ohne erfahren zu haben, wo sich meine Tochter aufhält?«

Mit zugekniffenen Augen blickte sie von einem blassen Gesicht zum anderen. »Es sei denn, *ihr* wisst die Wahrheit über meine Tochter. Ist dem so? Ihr habt den Teufel im Leib, wenn Ihr mir nicht ehrlich antwortet.«

Sie starrte finster auf Clayton. »Antworten Sie, verdammt noch mal! Was haben Sie zu sagen?«

Er richtete seinen grauen Blick fest auf sie. »Wir wissen nicht mehr als du, Maria. Wir haben gerade erst von dem Kind erfahren ... wie Trey. Nur meine Großmutter kennt das Geheimnis. Mein Bruder trägt an all dem keine Schuld.«

»Sie sind ein verdammter Lügner.«

Maria wandte sich ab. »Natürlich verraten Sie mir die Wahrheit jetzt nicht ... ich würde ja gehen und ihn sterben lassen. Mögen eure Seelen in der Hölle schmoren. Raus jetzt! Solange ihr nicht verschwunden seid, werde ich keinen Finger für ihn rühren.«

Claytons Frau nahm ihn sanft am Arm. »Komm mit, Clayton. Lass sie allein.«

»Du bist genauso verrückt wie sie, wenn du glaubst ...«

»Mann, dein Bruder befindet sich auf der Schwelle zum Tod. Sie kann jetzt nicht viel anderes tun, als ihm zu helfen.«

Clayton trat hinter Maria. »Und was dann? Werden Sie ihm die Wahrheit von seinen sterbenden Lippen abpressen und ihn dann mit diesem Kissen ersticken?«

Er legte eine Hand auf ihre Schulter, und sie fuhr zusammen.

Sie wäre von ihm weggerückt, wenn sein Griff sie nicht wie mit Zauberkraft gebannt hätte.

»Ich habe dich gekannt, als du unschuldig warst und freundlich, als du nur an das Gute im Menschen geglaubt hast. Du hast in der rauen Schale meines Bruders einen Menschen erkannt, der fähig war, dich zu lieben. Selbst dieser verlorenen Seele hast du dich noch erbarmt.«

»Und was hat es mir gebracht?«, fragte sie. »In Gemeinheit begraben zu werden.«

Schweigen.

Schließlich ging er.

Maria lauschte, wie sich das Zimmer leerte. Kurz darauf kam Iris mit den Decken zurück und breitete sie über Salterdon. Dann folgte Herbert, der das Feuer schürte, bis die Flammen aus dem Kamin züngelten. Salterdons Gesicht begann von Schweiß zu glänzen, und das Zimmer erstrahlte in rotem Licht wie der Schoß der Hölle.

Nachdem die Diener gegangen waren, setzte sich Maria auf einen Hocker am Fußende des Bettes. Die Hitze ließ sie schwitzen und brannte ihr in der Lunge. Sie legte die ineinander verkrampften Hände in den Schoß.

Dann hörte sie, wie er aufstöhnte.

Sie trat an seine Seite.

Als sie ihn ansah, begann sein wächsernes, farbloses Gesicht zu glühen. Der Schweiß tränkte sein Haar und perlte von seinen Wangenknochen.

Wie schwach und elend er aussah!

Sie drehte sich rasch weg und legte die Hände vors Gesicht. Froh sollte sie sein ob seines Leidens. Und doch …

Welch abscheuliche Gefühle nagten an ihr, welch ungebetene Erinnerungen erwachten mit beängstigender Deutlichkeit.

Sein Lächeln … seine sanften Berührungen … sein zärtlicher Kuss.

Hilf ihm. Wieder dieses vertraute Flüstern, nur näher, so nah, dass sie die Worte wie einen Hauch auf ihrer Wange spürte.

Hastig drehte sich Maria um. Das Zimmer blieb leer.

»Zeig dich!«, rief sie.

Schweigen.

»Warum versteckst du dich plötzlich vor mir, Paul?«

Schweigen.

Sie ging zum Fenster und zerrte die schweren Vorhänge zur Seite.

Die Hitze hatte das Eis an den Scheiben schmelzen lassen. Dahinter lag die Nacht, dunkel, eisig und still.

»Wo bist du? Zeig dich! Beweise mir, das es dich wirklich gibt und du keine Ausgeburt meines Wahnsinns bist!«

Verlass dich auf deinen Glauben.

»Glauben? Bruder, den habe ich schon vor langer Zeit verloren.«

Nein, du hast den Glauben nicht verloren, Maria. Allein dein Glauben hat dich am Leben gehalten.

Maria schloss die Augen und lehnte die Stirn an die Fensterscheibe.

»Du hast mich am Leben gehalten. Niemand sonst. Und dennoch verspottest du mich jetzt. Du zeigst mir nicht dein wunderbares, geliebtes Gesicht. Warum willst du mir jetzt nicht helfen? Wenn es stimmt, was die anderen sagen, und der sterbende Mann hier nicht schuldig ist und mich nicht diesem schrecklichen Irrenhaus ausgeliefert hat, warum hast du mir das nicht gesagt? Warum willst du mir nicht die Wahrheit über meine Tochter verraten, wenn es dich wirklich gibt?«

Sie wandte sich wieder dem leeren, überhitzten Zimmer zu. »Ich werde dir sagen, warum: Weil es dich nicht gibt. Nicht mehr, seit du vor vielen Jahren in meinen Armen gestorben bist. Du bist nichts weiter als das Hirngespinst einer Verrückten.«

Wieder Schweigen.

Sie blickte hastig im Zimmer umher, eine wachsende Panik drohte sich ihrer zu bemächtigen.

»Paul? Paul! Bist du da? Ich ... ich habe es nicht so gemeint. Verlass mich nicht. Ich möchte einfach nur die Wahrheit wissen. Ich möchte verstehen.«

Maria wartete in der Stille, die immer bedrückender wurde.

Schließlich drehte sie sich um und ging zögernden Schritts zum Bett. Sie fühlte sich schwerfällig und steif.

Ihr Herz war eisig und leer wie die Nacht jenseits des Fensters.

Elender Glauben! Der Glauben hatte ihr Leid verursacht, er hatte sie dazu gebracht, endlose Tage und Nächte in ihrer schmutzigen Zelle auf- und abzuwandern und zu einem Gott zu beten, der sie verlassen hatte.

Warum? Warum? Warum?, hatte sie in die Dunkelheit geschrien.

Sie, die ihr junges Leben lang immer nur freundlich und duldsam gewesen war.

Sie, der nie auch nur ein unfreundliches Wort über die Lippen gekommen war, die selbst dem abscheulichsten Insekt nie etwas zuleide getan hatte.

Sie, die der Grausamkeit und Herrschsucht ihres Vaters immer mit Geduld und Verständnis begegnet war.

Aber nach einem quälenden Kampf, der sich so lange hingezogen hatte, dass selbst der Tod ein Segen gewesen wäre, hatte sie sich von diesem toten, geistlosen Glauben abgewandt und sich mit großer innerer Ruhe dem Wahnsinn ergeben.

Salterdon warf den Kopf hin und her, sein Fieber von der überhitzen Luft geschürt.

Hilf ihm.

Maria hielt sich die Ohren zu, als ob sie damit die Stimme in ihrem Kopf auf einfache Weise zum Verstummen bringen könnte.

Berühr ihn.

»Nein, das werde ich nicht! Mich ekelt vor diesem Mann.«

Er ist verloren. Verloren. Es gibt keine Hoffnung und keinen Glauben mehr für ihn …

»Dann lass ihn sterben.«

Rette ihn, Maria. Rette dich!

Plötzlich gingen Salterdons Augen auf. Er starrte sie mit

glasigen, brennenden Pupillen an. Seine Lippen öffneten sich und er flüsterte: »Maria.«

Und ihr schien, als höre sie etwas wie Musik.

Diese Melodie hatte ihr Denken Monat um Monat verfolgt, immer und immer wieder war sie in ihrem Geist erklungen; sie hatte sie beruhigt und durchbohrt, und sie hatte zärtliche Bilder heraufbeschworen, die ihr das Herz zerrissen hatten.

Marias Lied.

Er hatte es komponiert, vor langen Jahren, zu jener Zeit, als er seiner geistigen Kräfte beraubt und unfähig war, sich auf andere Art mitzuteilen.

Er hatte auf die einzige ihm mögliche Art die Hand nach ihr ausgestreckt. Jeder Anschlag auf dem Klavier hatte ihre Seele zärtlich berührt.

Welcher Teufel spielte jetzt mit ihr?

Sie hastete zur Tür und stieß sie auf, dann ging sie in den leeren Korridor.

Keine Musik. Sie erklang nur in ihrem Kopf – wieder einer dieser gemeinen Streiche ihrer Erinnerung.

Maria ging zurück ins Zimmer und ließ sich auf einem Stuhl neben Salterdons Krankenlager nieder. Seine Augen schlossen sich wieder, und sein Körper wand sich unter der Hitze, die schwer auf ihm lastete und ihn gleichzeitig von innen verzehrte. Sein Atem rasselte bei jedem Zug.

Die Standuhr draußen schlug Mitternacht. Die Zeit verging.

Später schlug es ein Uhr, dann zwei.

Jede Stunde stand sie auf und schürte das Feuer. Sie spürte, wie seine Hitze sie versengte und ihre Kleidung in Schweiß tränkte; am liebsten hätte sie das Fenster aufgerissen, um ihr eigenes Leiden zu lindern.

Und wieder schlich eine Stunde vorüber, und sie fiel in einen Dämmerschlaf.

Plötzlich küsste ein Frosthauch ihr die Wange, und sie erwachte beunruhigt. Sie stand auf, wie von einer unsichtbaren Kraft emporgehoben. Kalte Finger im Nacken führten sie zu Salterdons Bett.

Er lag ruhig da mit weit geöffneten, stieren Augen und einem farblosen Gesicht.

Der Herzog, Freund, Geliebter, Feind, war tot.

Eine wirbelnde Dunkelheit schien sie zu umfassen, und ein bestimmtes Gefühl begann sich in ihrer Brust zu regen. Furcht. Ja. Schmerz. Nein, nein, kein Schmerz. Ganz sicher kein Schmerz.

Doch sie hatte nicht die Kraft, den verräterischen Schmerz zu leugnen. Rasch stieß sie ein Gebet aus.

»Lieber Gott im Himmel, verschone ihn!«

Sie legte ihm eine zitternde Hand auf die Stirn … noch warm, warm. Sie schloss die Augen.

»Lieber Gott im Himmel, verschone ihn!«

Draußen strich der Wind durch die Äste und ächzte wie tausend tote Seelen. Dieser schreckliche, aber auch wunderbare Ton füllte das Zimmer, und Maria schrie auf, wieder und wieder, und flehte die körperlosen Engel an, den einst so zärtlich geliebten Gebieter ihres Herzens zu retten.

Die Fensterscheiben bebten. Die Flammen im Kamin loderten mit neuer Kraft, und ihr Leuchten sprang über die Wände wie tanzende Nymphen.

Furchtbare Kräfte bedrängten sie. Feuer und Wind, der Gesang der Seelen. Er schoss ihr durch den Körper und die Arme hinab.

Als sie den Kopf zurückwarf, erstrahlte über ihr eine Erscheinung in blendend weißem Licht.

Paul! Seine strahlend blauen Augen lächelten ihr zu. Sein geliebtes Antlitz – so klar – war so wunderschön wie Gott selbst.

Glaube mir, Maria. Er hat dich noch nicht verlassen. Zweifle nie an mir. Ich lebe in dir und du in mir. Ich werde dir noch Wunder zeigen.

Die Erscheinung verblasste und wurde in einem weißen Strudel in unendliche Ferne gezogen, wo sie verging. Er war verschwunden. Der Wind war verschwunden, die singenden Seelen – alles war verschwunden.

Der Mann unter ihrer Hand bewegte sich. Seine Lider flatterten.

Salterdon lebte.

Dankbarkeit stieg auf in Marias Herz, und sie fiel neben dem Bett auf die Knie, die Hände vor der Brust gefaltet.

Die Tür des Schlafgemachs flog auf, und Schritte kamen rasch näher.

»Was zum Teufel geht hier vor?«, verlangte Salterdons Bruder zu wissen.

Miracle stürzte an Maria vorbei und eilte an Treys Bett. »Die Kraft seines Fieber ist gebrochen!«

»Gott sei Dank!«, erklärte Clayton.

Maria schloss die Augen und flüsterte: »Gott sei Dank!«

18

Maria blieb die ganze Nacht an Salterdons Bett, während er schlief.

Der Sonntagmorgen brach strahlend an, von Schnee und Eis glitzernd.

Maria blickte erschöpft auf die schneebedeckte, glitzernd weiße Landschaft, als Clayton und Miracle ihre schweren Mäntel überzogen und sich für die Kirche bereitmachten. Deren Spitze funkelte wie ein Leuchtturm des Himmels am hellen Horizont.

»Heute Morgen gibt es sehr viel, wofür wir uns bedanken müssen«, sagte Miracle.

»Edwina, bist du sicher, dass du dich uns nicht anschließen willst?«, fragte Clayton.

Maria drehte den Kopf und betrachtete Edwina im Spiegel an der Wand.

Das blasse Gesicht dieser Frau schien genauso übermüdet wie ihr eigenes. Und da war noch etwas: Trauer und Verzweiflung zeichneten ihre gefurchte Stirn. Ihre Schultern hoben und senkten sich erkennbar, als sie kräftig durchatmete, um zu antworten.

»Ich bin mir sicher, dass das Dach einstürzen würde, wenn ich einen Schritt über die Schwelle setzte. Ich glaube nicht, Clayton.«

»Wie du willst.«

Clayton trat hinter Maria und legte ihr eine Hand auf die Schulter. »Wir bleiben nicht lang. Ist das in Ordnung?«

Sie nickte und blickte wieder starr auf den Kirchturm in der Ferne.

Ich werde dir noch Wunder zeigen.

»Gut. Wir sehen uns gleich wieder. Und – danke nochmals, Maria!«

»Ihr müsst euch bei Gott bedanken«, erwiderte sie.

»Natürlich.«

Clayton und Miracle verließen das Zimmer, in dem nun Schweigen herrschte.

Maria sah zu, wie die Kutsche, gezogen von sich aufbäumenden Pferden, das Landgut verließ und bald am Horizont verschwand.

Sie öffnete das Fenster und erlaubte der frischen Luft, ihre Wangen zu küssen, indem sie das Gesicht der Sonne entgegenstreckte und die Augen schloss.

Nun drang der schwache Klang von Kirchenglocken an ihr Ohr und das Krächzen der Saatkrähen, die die eingefallenen Mauern um das Haus säumten.

Ihre glänzenden schwarzen Flügel glitzerten wie Diamanten im Sonnenlicht.

»Mir ist kalt«, fuhr Edwina sie an.

Maria schloss das Fenster und kehrte diesem Idyll den Rücken. Erneut trat sie an Salterdons Bett.

Sie streckte die Hand aus, um seine Stirn zu berühren.

Nein, sie würde ihn nicht berühren. Ihre Gefühle waren zu heftig und verstörend. Der blinde Hass, der die letzten Jahre an ihr genagt hatte, war verschwunden. An seine Stelle war das ungebetene Gefühl vergangener Zärtlichkeit getreten.

Wankelmütiges Herz!

Verfluchte Klarheit!

»Du liebst ihn wieder, nicht wahr?«, fragte Edwina mit einem klaren Blick.

Maria blickte Edwina in die Augen – so voller Verzweiflung –, dann auf den runden Bauch. Ein frischer, stechender Schmerz traf ihr Herz.

»Natürlich.« Edwina kam näher. Ihre Lippen zitterten. »Es ist in mancher Hinsicht nicht leicht, ihn zu lieben. Aber wir lieben ihn. Ja, wir lieben und wir hassen ihn. Er ist eine …

Sucht. Geliebtes Gift. An Männern wie Salterdon ist etwas, das uns anfleht, das wilde Tier zu zähmen. Wir streben nach dem Unmöglichen.«

Edwina hielt kurz inne und legte eine Hand auf ihren Bauch.

»Bewegt sich das Kind?«, fragte Maria.

»Ja.«

Edwina stellte sich neben sie ans Bett. Maria konnte sich nicht beherrschen und legte ihre flache Hand auf den gerundeten Bauch der Frau.

Und wie zur Antwort bewegte sich das winzige Wesen unter ihren Fingern.

Edwina schnappte nach Luft, ein Schauer durchlief sie, und sie zuckte zusammen.

»Es ist eine Junge«, flüsterte Maria.

»Woher weißt du das?«

»Ich fühle, wie sein Herz schlägt. Es ist kräftig und wild. Wann ist es so weit?«

»Im April.«

Maria ging wieder zum Fenster. Die Gefühle schnürten ihr für einen Augenblick die Kehle zu.

»April. Auch Sarah wurde im April geboren. Das ist ein guter Monat für eine Geburt.«

Schweigen. Dann ...

»Ich weiß von Sarah.«

Langsam drehte sich Maria um.

»Ich weiß alles über sie – die ganze Zeit schon.«

Maria starrte in Edwinas Augen, und ihr Atem stockte vor Schreck.

Edwina holte tief Luft und atmete langsam wieder aus. Ihre Schultern sanken, als sie den Blick abwandte. »Das Kind ist tot, Maria.«

Ein scheußlicher Schmerz erwachte in ihr. Sie presste die Hände an die Brust, das Zimmer begann sich zu drehen.

Plötzlich umfingen sie Edwinas Arme und führten sie zu

einem Sessel, in den sie sich fallen ließ. Sie legte die Hände vors Gesicht.

»Trey wusste es natürlich auch. Wir alle wussten es. Wir haben nicht gewagt, es dir zu sagen. Du warst in einer zu schlechten Verfassung. Er hatte Angst, dass dich die Nachricht umbringen würde.«

Edwina ließ sich neben ihr auf die Knie nieder und nahm Marias Hände.

Unter Tränen erzählte sie weiter, mit jedem Wort Marias Leben vernichtend. Sarah tot? Gütiger Gott ...

»Das Kind starb ein paar Wochen nach der Geburt. Und auch wenn du es nicht glaubst, aber man hat sich bis zum Schluss gut um sie gekümmert.«

»Nein!« Maria schluchzte. »Nicht meine geliebte Sarah!«

»Es tut mir Leid. Du musst mir glauben.«

Maria sprang auf und floh zum Fenster. Sie riss es auf und atmete die kalte Luft in großen Zügen ein.

»Wir standen vor dem Altar, als uns die Krankenschwester Nachricht gab, wo du zu finden wärst – Treys Großmutter wusste die ganze Zeit über, dass du in Menson warst. Die Herzoginwitwe musste alles gestehen: dass sie dich dort lebendig begraben hatte, dass dort ein Kind geboren worden und dann gestorben war.«

Die Krähen erhoben sich von den Mauern in einer großen schwarzen Wolke schlagender Flügel. Die Kirchenglocken waren verstummt.

»Natürlich war es seine Pflicht, dich sofort aus diesem schrecklichen Irrenhaus zu befreien. Er hatte dich doch einmal sehr geliebt. Aber irgendwann hat er sich von dir gelöst, und wir haben uns verliebt. Ich verstehe vollkommen, wie es dir gehen muss.«

»Nein! Nein, du wirst nie verstehen können, wie es mir geht.«

»Natürlich tu ich das. Bin ich jetzt nicht in derselben Lage? Ich trage das Kind des Mannes in mir, den ich liebe, dessen

Zuneigung ich so dringend brauche. Deine Anwesenheit hat ihn verwirrt. Er glaubt, für deinen Seelenzustand verantwortlich zu sein.«

Edwina trat hinter sie. »Ich bitte dich, Maria, verlasse Thorn Rose! Lass ihn los, und erlaube ihm, wieder zu lieben. Ich bitte dich im Namen unseres Kindes, unseres … Sohnes. Du bist noch jung, ich hingegen …«

»Halt!«

Maria ballte die Fäuste und zitterte.

Über Edwinas Wangen strömten die Tränen der Verzweiflung. »Es tut mir so schrecklich Leid.«

»Wo ist sie begraben? Sag es mir! Wo ist meine Tochter begraben?«

»Ich … ich weiß es nicht. Was spielt das noch für eine Rolle? Sie ist jetzt beim lieben Gott. Bei Paul.«

»Paul?« Marias Augen wurden schmal, und Edwina wich zurück.

So plötzlich die Verzweiflung in ihrem Herzen aufgetaucht war, so plötzlich fühlte sie in sich nur mehr eine seltsame Taubheit. Es war ihr nicht länger wichtig, in Edwinas flehende Augen zu blicken. Es war ihr nicht länger wichtig, das Gesicht ihres alten Freundes, Geliebten und Vaters ihrer süßen verstorbenen Sarah zu betrachten.

Maria verließ das Zimmer. Sie spürte kaum die Kälte des langen Korridors, als sie sich steif und mit hochgezogenen Schultern zu ihrem Zimmer begab. Dort waren die Vorhänge vorgezogen, und der Kamin war schwarz und leer.

Vor Kälte zitternd stand sie in der Mitte des Zimmers, die Arme an die Brust gepresst. Das Ungeheuer Wahn und Verblendung lauerte wieder in ihrem Geist und winkte mit knöchernen Fingern.

Komm mit mir, Maria. Hier ist es sicher, warm, dunkel. Keine Schmerzen mehr, keine Erinnerungen.

Glaube mir, Maria!

»Paul, Paul, warum hast du mir das nicht gesagt?«

Maria, komm. Kein Leid mehr, keine Lügen. Ich werde dir noch Wunder zeigen.

»Elende Wunder!« Weinend warf sie sich auf das Bett und schloss ihre Augen.

***

»Miss? Miss Ashton?«

Maria öffnete die Augen und blinzelte verschlafen. Es war hell und kalt.

Sie drehte sich auf den Rücken und sah in Iris' weit aufgerissene Augen.

Das kleine, rundliche Dienstmädchen stand neben dem Fenster, dessen Vorhänge zurückgezogen waren. Sie rang die Hände und betrachtete Maria aus der Entfernung. »Ich störe Sie nur höchst ungern, Fräulein. Aber es ist jemand gekommen, der Sie sprechen möchte.«

Maria runzelte die Stirn und setzte sich auf. Ihr brummte der Schädel, und ihre Augen brannten.

Wie lange hatte sie geschlafen? Nicht lange. Noch drang die Morgensonne goldglänzend durch die Fenster, die nach Osten wiesen.

»Jemand will mich sprechen?«

Das Dienstmädchen nickte. »Ja. Er meint, es sei sehr wichtig.«

»Wer ist es?«

»Hat er nicht gesagt, Fräulein. Nur, dass es eine Sache auf Leben und Tod ist.«

Wer würde ihretwegen hierher kommen?

Warum?

Misstrauisch glitt sie aus dem Bett.

»Hier.« Iris griff nach dem Wollschal, der über eine Stuhllehne geworfen war. »Am besten wickeln Sie sich darin ein. Es ist schrecklich kalt. Ich leg ihn um Ihre Schultern, Fräulein, Sie zittern ja so furchtbar. Sie dürfen mir nicht wieder krank werden. Seine Gnaden würde mir bei lebendigem Leib die Haut abziehen.«

Der schwere, warme Schal war willkommen. »Wie geht es dem Herzog?«

»Er schläft tief und ruhig. Lady Edwina ist natürlich bei ihm.«

Etwas widerwillig folgte Maria dem Mädchen aus dem Zimmer, den Gang entlang und die Treppen hinab. Ihr Blick heftete sich auf den Mann, der in Mantel und Hut gehüllt mit seinen schmutzigen Stiefeln auf dem Marmorfußboden der Halle hin und her schlurfte.

Iris verdrückte sich schnell, als Maria auf der letzten Stufe zögerte.

Der Mann starrte sie aus dem Schatten seines Hutes an.

»Wer sind Sie?«, fragte Maria.

»Ich bin hier, um mit Fräulein Ashton zu sprechen, Maria Ashton.«

»Was wollen Sie von ihr?«

Er trat näher. »Ich werde mit Fräulein Ashton sprechen, wenn Sie nichts dagegen haben.«

Maria richtete sich kerzengerade auf und stieg die letzte Stufe hinab. »Ich bin Maria Ashton.«

Unter seiner eingehenden Prüfung wurde sie rot und leicht verlegen.

»Nein, Sie sind nicht Maria Ashton aus Huddersfield«, sagte er schließlich. »Ich kenne das Mädchen. Sie sind es nicht.«

Maria kam näher und kniff die Augen etwas zusammen, um sein zerfurchtes, wettergegerbtes Gesicht in Augenschein zu nehmen. »Ich bin Maria Ashton. Aus Huddersfield.«

»Tochter des Vikars?«

»Ja.« Sie nickte.

Er trat noch näher. Jetzt konnte sie die Stoppeln seines grauen Bartes sehen und den Geruch von Bier und Tabak wahrnehmen.

»Verdammt will ich sein, Sie sind's tatsächlich«, sagte er. »Ich hätte Sie fast nicht erkannt. Was zum Teufel ist mit Ihnen passiert?«

»Wer sind Sie? Und warum sind Sie hier?«

»Ich heiße Ralf, Ralf Joiner. Erkennen Sie mich denn nicht?«

»Nein.«

»Ich kümmere mich für Ihren Vater, den Vikar von Huddersfield, um den Grund und Boden der Kirche.«

Ihr Vater.

Nein, sie erkannte den Mann nicht. Sein Name kam ihr nicht im Entferntesten bekannt vor. Sie wurde wieder misstrauisch und warf einen Blick zur Tür, durch die Iris verschwunden war.

Als er sie mit einer harten, narbigen Hand am Handgelenk packte, verschlug es ihr den Atem, und sie versuchte zurückzuweichen. Er aber hielt sie verzweifelt fest.

»Ich hab eine Botschaft von Ihrem Vater«, sagte er fast flüsternd.

Sie versuchte sich loszureißen, während die Angst ihr Herz schneller schlagen ließ. »Ich glaube Ihnen nicht. Lassen Sie mich los!«

»Fräulein, Ihr Vater verlangt nach Ihnen. Ihr Vater …«

»Lassen Sie mich los, oder ich schreie!«

»Er stirbt, Mädchen.«

Maria beruhigte sich.

»Ja, er ist schwer krank. Das ganze Dorf scheint krank zu sein.«

Er blickte an Maria vorbei nach oben.

Sie drehte sich um und sah Edwina, das Gesicht aschfahl, die Finger in ihren Samtrock verkrampft.

»Das ist ein Trick, nicht wahr?«, wollte Maria nun endlich wissen.

»Ich weiß nicht, wovon du sprichst«, erwiderte Edwina.

»Es ist wahr, Mädchen.«

Sie sah wieder zu dem Mann, der seinen Hut abnahm. »Erkennen Sie mich nicht, Fräulein Ashton? Ich kümmere mich um den Kirchhof, und ich und meine Söhne heben die Gräber auf dem Friedhof aus. Ralf, Mädchen. Ihr Bruder Paul hat mich immer Graber genannt.«

Ein Gefühl der Verzweiflung keimte in Maria auf. Sie studierte sein altes Gesicht. Ja! Ja, jetzt kehrte die Erinnerung zurück.

Wie sehr er die letzten Jahre doch gealtert war! Einst ein kräftiger Kerl, wirkte er mit seinen gebeugten Schultern jetzt beinahe zerbrechlich.

»Woher weiß mein Vater, dass ich hier bin?«, fragte sie.

»Ich weiß es nicht. Er hat mich nur an sein Krankenbett gerufen und dringend verlangt, rasch nach Haworth und Thorn Rose zu eilen. Er sagte, Sie seien hier. Er müsse Sie sehen, bevor er stirbt.«

Er trat von einem Bein aufs andere und spielte mit dem Hut in seinen Händen. »Ich bin mit seiner Kutsche hergekommen, Fräulein. Wenn wir uns beeilen, sind wir noch vor Anbruch der Nacht da.«

Ihr Vater lag im Sterben.

Wie seltsam sie die Worte berührten. Sie hatte ihn verabscheut und verflucht, ihn für das elende Leiden ihrer Mutter verantwortlich gemacht. Und dennoch … ein merkwürdiges Gefühl ergriff sie, als sie daran dachte, dass er nun im Sterben lag.

Langsam drehte sie sich um und blickte auf Edwina.

Was war mit Salterdon?

Aber bitte, was bedeutete das noch?

Alles, was sie einst verbunden hatte, war tot.

Tot!

Sarah, ihre gesegnete, wunderschöne Sarah, war von ihr gegangen.

Alles war vergangen. Vor ihr, in einem smaragdgrünen Samtrock und mit ihrem von Salterdons Baby geschwollenen

Bauch, stand eine Frau, deren Augen zeigten, wie sehr sie unter den Umständen litt.

Sie wandte sich an den alten Mann. »Also gut. Brechen wir auf.«

***

Pauls Geist hatte Marias Schmerz über den Tod ihrer Mutter gelindert. Er hatte ihr versichert, dass die teure Tote ihren Platz zwischen den Heiligen im Himmel gefunden hätte. Dort hatte sie gewiss Trost und Frieden gefunden – fernab der Tyrannei ihres Gatten.

Ihre Mutter war nicht glücklich gewesen. Selten hatten Maria und ihr Bruder ein Lächeln auf ihren Lippen gesehen. Ihre finstere Miene hatte die Kinder aber nicht geängstigt, sondern eher traurig gestimmt. Sie war ebenso sehr wie ihre Kinder eine Gefangene der Tiraden über Tod und Verdammnis gewesen, in denen sich der Vikar ständig erging. Sie hätte ein so viel besseres Leben verdient.

Diese sehr schweren Gedanken gingen Maria durch den Kopf, als sie und Ralf die viel befahrene Straße entlangrumpelten.

Kanäle wanden sich durch die südlichen Pennines wie schwarze, seidig glänzende Schlangen. Auf den fruchtbaren kleinen Hügeln scharrten die Schafe im Schnee und schnupperten nach rauem Gras und Ginster zum Fressen. Im Frühling würde ihre üppige Wolle dann geschoren und in den Spinnereien von Huddersfield verarbeitet werden. In ganz England wurde diese Wolle als die feinste Wolle verkauft, die man für Geld bekommen konnte.

Warum war sie hierher zurückgekehrt? Sie war aus Huddersfield geflohen, um der dauernden Quälerei durch ihren Vater zu entgehen. Eigentlich sollte es ihr gleichgültig sein, ob er lebte oder starb.

Wie konnte er wissen, dass sie in Thorn Rose weilte?

Hatte er all die Jahre ihrer Gefangenschaft in Menson gewusst, dass sie dort unter verrückten Kriminellen dahinvegetierte?

Warum sollte sie jetzt auf seinem Totenbett seine Qualen lindern, nachdem er seiner Familie ein Leben lang nur Leid und Angst gebracht hatte? Warum sollte sie ihm jetzt seine Schuld vergeben?

Dunkelheit senkte sich auf sie, und es war bitterkalt. Endlich hielt der Wagen vor dem Tor von Marias ehemaligem ärmlichem Zuhause. Es war kaum mehr als ein Häuschen, dessen Dach mit Efeu und kahlen, verschlungenen Ästen überzogen war.

Seine düstere, geschwärzte Fassade und seine dunklen Fenster spiegelten das metallene Firmament wider. Auf die verwitterte Tür war ein gelbes Kreuz gemalt.

Sie kannte dieses Symbol. Das gleiche Kreuz hatte auf ihrer Tür geprangt, als vor langer Zeit die Krankheit durch Huddersfield gefegt war und ihrem geliebten, armen Paul das Leben genommen hatte.

Rasch sah sie sich die anderen Häuschen an, die um das Haus ihres Vaters standen. Sie waren ebenfalls dunkel, hinter den Fenstern schimmerte nur wenig Licht. Und auch auf ihren Türen leuchtete das gelbe Kreuz, das den herannahenden Tod verkündete.

Widerstand regte sich in ihr.

Sie hatte gehofft, den Vikar nie wieder zu sehen. Er hatte sie eine Hure geheißen, lange bevor sie wusste, was der Ausdruck bedeutete. Sie, rein wie ein Kind nur sein konnte, wurde Hure genannt, nur weil sie als weibliches Wesen auf die Welt gekommen war.

Hatte er sie für eine letzte Strafpredigt, mit der er ihre Seele geißeln wollte, hierher bringen lassen? Würde er ihre Seele mit seinem letzten Atemzug der Hölle überantworten?

Die Hölle konnte unmöglich furchtbarer und quälender sein als Menson.

Mit einem tiefen Atemzug setzte sie sich in Bewegung. Ihre Stiefel knirschten im Schnee, als sie an das alte Tor trat, das bei jedem schneidenden Windstoß aufschwang und quietschte.

Die verfallende graue Steinmauer, die das Häuschen umgab, war ringsum von Raben gesäumt, die wie schwarzuniformierte Soldaten aussahen. Sie hatten ihre Federn aufgeplustert, um sich gegen die Kälte zu schützen. Plötzlich bauschte eine Brise Marias Umhang, und die Krähen stiegen mit Gekrächze und Flügelschlagen in den Himmel auf.

Als sie immer wieder das Haus umkreisten, dämmerte in Maria die grausige Erkenntnis, dass sie warteten. Sie warteten auf den Tod des Vikars von Huddersfield.

Sie warteten, um seine Seele in die ewige Verdammnis zu geleiten.

Maria klopfte nicht, sondern stieß die Tür auf und betrat den Raum, in dem nur eine Lampe auf einem Tisch brannte, ein mageres Flackern, das die Luft kaum wärmte.

Das Häuschen war noch immer so, wie sie es in Erinnerung hatte: ein kleiner Raum mit weiß getünchten Wänden und einem Teppich, der den Boden nicht ganz bedeckte. Einige einfache, aber bequeme Stühle standen da, zwei waren zum Feuer gerückt und zwei an den Tisch, an dem sie immer bei strengstem Schweigen gegessen hatten. An der Nordseite befand sich eine Standuhr, deren Zeiger auf ein paar Minuten nach sieben wiesen. Daneben stand ein Geschirrschrank mit Mutters wertvollstem Besitz – zerbrechlichem, weißem Porzellan, das sie von ihrer Mutter geerbt hatte.

Rechts von dem kleinen Raum, in dem Maria mehr aus Schreck denn Kälte wie festgefroren stand, befand sich eine Treppe. Das Geländer war entfernt worden, nachdem der Vikar bemerkt hatte, dass die Kinder Spaß daran hatten, darauf hinunterzurutschen. Oben kamen drei enge, fensterlose Schlafkammern, in denen sich jeweils eine Bettstatt und eine Kommode befanden.

Der Gestank des Todes überfiel Maria, der Geruch von Staub und Verfall. Rasch hielt sie sich eine Hand vor die Nase und richtete ihre Aufmerksamkeit auf das Bett, das an die Feuerstelle geschoben worden war.

Hass stieg in ihr hoch, als sie den Vater erblickte, seinen blassen, ausgezehrten Körper und seine Hände, zerbrechlich wie die eines Skeletts. Und seine Augen – Abgründe von Angst und Verzweiflung, die mit einer solch verzweifelten Intensität an ihrem Gesicht hingen, dass sie am liebsten geflohen wäre.

Kein wahrer Mann des Glaubens würde solche Angst vor dem Tod haben.

Keuchend packte er sie mit einer kalten Hand am Handgelenk und flüsterte: »Vergib mir!«

19

Hinter Maria schloss sich die Türe, und sie war mit dem Mann allein, den sie den größten Teil ihres Lebens verabscheut und gefürchtet hatte.

»Maria, du bist gekommen«, sagte er, nach Atem ringend. »Ich habe Gott darum angefleht.«

Sie entwand ihm den Arm und wich zurück, ihren Umhang fest um sich gezogen. Die Kälte und das Gespenst des Todes, das sie in der Nähe seines ausgemergelten Körpers spürte, ließen sie frösteln.

Eine knorrige Hand hob sich in ihre Richtung. Überwältigt von seiner Scheinheiligkeit zuckte sie zurück. Nie hatte er die Hand freundlich gegen sie, ihre Mutter oder Paul erhoben.

Sie ballte die Fäuste und kämpfte gegen das übermächtige Bedürfnis an, sich umzudrehen und fortzugehen, um ihn allein in seinem Elend sterben zu lassen.

»Komm näher, Mädchen. Du brauchst dich nicht mehr vor mir zu fürchten. Siehst du denn nicht, dass es mit mir zu Ende geht?«

Er hustete Blut. »Komm näher. Neben mich. Stell dich neben mich. Mir bleibt nicht viel Zeit.«

»Warum jetzt?«, fragte sie fordernd, ohne seiner Aufforderung zu folgen. »Warum haben Sie die letzten Jahre nicht auch nur einen Augenblick an mich gedacht? Haben Sie nicht gewusst, dass ich …«

»Vergib mir! Mehr will ich nicht.«

Er blinzelte sie an, schlaff, keuchend, ein blutleerer Kadaver mit eingesunkenem Mund und stumpfen Augen.

»Ihnen vergeben?« Sie schüttelte den Kopf. »Sie rufen

nach mir, obwohl Sie wissen, dass Sie damit mein Leben gefährden?«

»Ich konnte nicht allein sterben.«

»Wo ist Ihre Gemeinde jetzt?«, fragte sie. »Haben sie schließlich doch erkannt, was für ein grausamer Bastard Sie sind?«

Seine Augen verengten sich kurz, und er drehte den Kopf weg. »Grausames Kind.«

»Kind? Ich bin kein Kind mehr, Sir. Ganz im Gegenteil.« Ihrem Vorsatz zum Trotz näherte sie sich dem Bett. »Sehen Sie mich an!«

»Nein, das werde ich nicht. Der Hass in deinen Augen schmerzt mich. Ich bitte nur um Vergebung. Um mit einem reinen Gewissen zu sterben.«

»Einem reinen Gewissen? Haben Sie sich mit Ihrem elenden Körper auf die Gräber Ihres Sohnes und Ihrer Frau geworfen und sie um Vergebung gebeten? Haben Sie je an sie gedacht, für sie gebetet, seit Sie ihre armen Leichen beerdigt haben? Haben Sie jemals auch nur eine Totenklage für sie angestimmt?«

»Ach, du grausames Mädchen.«

»Ja.«

Maria beugte sich über ihn und nickte. »Ich bin grausam, Sir. Wenn ich Ihnen von meinem Leben erzählen würde, das in den letzten Jahren die reine Hölle war, würden Sie mir mit der Faust drohen und erklären, dass meine Qual eine Strafe Gottes für meinen kindlichen Ungehorsam sei – dafür, dass ich mich mit meinem jungen Körper zwischen Sie und meine Mutter geworfen habe, um sie vor Ihren Schlägen zu schützen.«

Sie nahm sein ausgezehrtes Gesicht in die zitternden Hände und zwang ihn, sie anzublicken.

»Sagen Sie mir: Woher wussten Sie, dass ich in Thorn Rose war?«

Schweigen, dann …

»Von dort hast du deiner Mutter das letzte Mal geschrieben, Mädchen.«

Salterdons Worte fielen ihr wieder ein – dass er nach Huddersfield gekommen sei, um nach ihr zu suchen, nachdem sie das Herrenhaus verlassen hatte.

Lügen? Alles nur Lügen?

Sie wendete sich ab und sank auf den kleinen Stuhl mit der Sprossenlehne, der neben dem Bett stand. Erschöpfung und Verzweiflung lasteten wie Blei auf ihren Schultern.

Das Bild Lady Edwinas, schwanger mit dem Kind des Herzogs, erschien vor ihrem inneren Auge und schnürte ihr die Kehle zu.

Irgendwo – und sie würde vielleicht nie erfahren wo – lag ihr eigenes Kind begraben, und keine einzige Träne war um seine arme Seele vergossen worden.

Die Minuten dehnten sich zu endlosen Stunden. Es wurde kälter, und die Glut in der Feuerstelle wurde grau von der erkalteten Asche.

Sie hörte das schreckliche Keuchen ihres Vaters und zuckte bei seinen Hustenkrämpfen zusammen.

Schließlich stand sie müde auf und trat langsam aber festen Schrittes ans Bett.

Wie eingefallen und elend er aussah. Die Wut, die sie so heftig gepackt hatte, wich aus ihrem Herz. Sie berührte seine Hand und erschauerte nicht, als sich seine Finger um ihre schlossen.

Mit geschlossenen Augen versuchte sie, eine Verbindung zu Paul aufzunehmen. Aber da war nichts – keine geflüsterte Antwort, keine himmlischen Vorboten wie für Salterdons Seele.

»Maria?«

Sie öffnete die Augen, drehte sich um und blickte in das vertraute Gesicht von John Rees.

»Lieber, gnädiger Gott im Himmel!«, rief er, bleich vor Verwunderung.

John Rees – der Mann, in den sie einst unsterblich verliebt gewesen war. Mit der unschuldigen Reinheit einer Jungfrau hatte sie ihn angebetet und nachts in ihre Kissen geweint. Sie hatte gewusst, dass ihm Gott und die Kirche immer wichtiger sein würden als die Liebe zu einer Sterblichen.

Damals hätte sie alles getan, um ihm seinen zwanghaften Glauben abspenstig zu machen. Deshalb hätte sie auch überglücklich sein müssen, als er unerwartet in Thorn Rose erschienen war. Und obgleich er gewusst hatte, dass ihre Seele von dem leidenschaftlichen Verlangen nach dem Herzog besudelt war, hatte er sich vor den Altar der Liebe gekniet und sie angefleht, das Herrenhaus zu verlassen und ihn zu heiraten. John Rees hatte sie so sehr geliebt, dass er ihre Verfehlungen verzieh. Dennoch hatte sie ihn abgewiesen.

Denn damals hatte sie erkannt, dass das, was sie für John Rees empfunden und für Liebe gehalten hatte, nicht die tiefe Leidenschaft einer Frau für den Mann war, mit dem sie den Rest ihres Lebens zu verbringen trachtet.

Maria zwang sich zu lächeln und hob das Kinn. »Ja, John, ich bin es.«

Er lehnte sich schwer gegen die geschlossene Tür. Mit weit aufgerissenen Augen und vor den Mund gehaltener Hand murmelte er: »Oh, mein Gott! Guter Gott. Ich dachte ... wo warst du?«

»Thorn Rose.«

Er musterte sie forschend und schüttelte den Kopf. »Nein, das glaube ich nicht. Ich sehe Marias Geist, der gekommen ist, ihren Vater zu holen. Ja? Ja!«

Er fiel auf die Knie, faltete die Hände und stammelte unter Tränen Gebete.

Sie eilte zu ihm, kniete sich vor ihn hin und umfasste sanft seine Hände. »Beruhige dich, John! Ganz ruhig! Ich bin kein Geist, ich bin aus Fleisch und Blut, das schwöre ich dir!«

Zitternd sah er ihr wieder in die Augen. »Es ist unmöglich. Ich kann es nicht glauben. Dennoch ...«

Seine Finger berührten ihr Gesicht und fuhren ihre Wange entlang. Sie kannte seine Gedanken, er musste sie nicht aussprechen.

Sie war nicht mehr die Unschuld mit den rosa Wangen, die er einst zur schönsten Frau erklärt hatte, die Gottes Erde zierte. Ja, er musste sie für ein Gespenst halten, so hager und geschoren wie sie war.

Sie war keine Schönheit mehr.

Und keine Unschuld.

Sie war nicht mehr die Frau, die seiner Anbetung würdig war.

Bei der Sanftheit, mit der er sie berührte, stiegen auch ihr die Tränen hoch. Wie lange war es her, dass sie jemand so zärtlich gestreichelt hatte? Sie drückte ihre Wange an seine Hand und genoss die Wärme, die wie ein Feuer ihrem Herzen zuraste.

»Ich kann es nicht glauben«, flüsterte er noch einmal. »Ich verstehe nicht …«

»Ich werde dir alles erzählen, John. Es ist eine gemeine, traurige Geschichte, und ich fürchte, dass du mich noch mehr verachtest, wenn ich sie fertig erzählt habe.«

»Dich verachten?«

John umklammerte ihre Hand. »Maria, es gibt keine Sünde, die du begangen haben könntest und die ich und Gott dir nicht vergeben würden.«

»Na gut, komm her und leiste mir Gesellschaft, während ich mich um meinen Vater kümmere.«

***

Als ihr Vater schlief, gestand sie John alles. Einst Vaters hoch geschätzter Kurat, war er ein freundlicher junger Mann, der davon träumte, die Seele eines jeden armen und sündhaften Teufels in England zu retten. Wie immer betrachtete er sie mit Mitgefühl und Liebe – und mit Verlangen.

Ja, es stand noch in seinen braunen Augen. Ein Dämon, der ihn begleitete und gegen den er ankämpfte, seit er alt genug war, Lust und Verlangen zu verspüren. Doch ihr Vater hatte seine Auffassung von der Liebe zwischen Mann und Frau schrecklich verzerrt.

Zu oft hatte sie in Johns Bemerkungen die Worte des Vikars über Entbehrung und die Sünde des Fleisches nachklingen hören. Der Gedanke, wie ihre Mutter zu enden, hatte sie schaudern lassen. Sie war einmal eine lebenslustige, schöne junge Frau gewesen, voller Liebe und Verlangen nach dem Ehemann, der sie letzten Endes gekreuzigt hatte. Er hatte sie für eine Hure gehalten und ihre eigenen Kinder für Nachkommen des Dämons Lust.

Sie drängten sich an das kümmerliche Feuer, während Maria ihre Beichte beendete – und nichts verschwieg.

Wie sie sich gegen alle Moral dem Herzog ergeben hatte.

Wie sie von der Herzoginwitwe in der Irrenanstalt lebendig begraben worden war.

Wie sie Sarah geboren hatte und dann dem Wahnsinn verfiel, als man ihr das Kind wegnahm – das letztlich starb.

Er hörte ihr wortlos zu. Als sie ihm mitteilte, dass ihr teures Kind gestorben sei, strömten ihm die Tränen über die Wangen. Ihn schauderte, er stöhnte und vergrub sein hübsches Gesicht in den Händen.

»Mein Gott, mein Gott«, stammelte er. Sein Körper erbebte unter Schluchzern, die er verzweifelt zu kontrollieren suchte.

»Liebste Maria, wie sehr du gelitten hast! Ich gäbe mein Leben dafür, um dich und dein Herz die Schrecken vergessen zu lassen, die du erlitten hast.«

Sie zog seinen Kopf an ihre Schulter und streichelte sein Haar. »Es ist vorüber, John. Ja, ich habe gelitten, aber das habe ich wohl auch verdient, weil ich dem Herzog nachgab.«

»Ich hätte mich härter mühen sollen, um dich dazu zu bringen, mich zu lieben.«

»Süßer, lieber John! Es wäre nie gut gegangen mit uns. Ich bin, was ich bin, und du …«

»Hör auf damit! Hör auf! Ich erlaube dir nicht, dich selbst schlecht zu machen. Nicht vor mir und nicht vor Gott. Und nicht im Hause deines Vaters.«

Abrupt stand er auf und rannte im Zimmer herum wie ein Gefangener.

Den einen Moment raufte er sich die Haare, im nächsten ballte er die Fäuste und ging zum Bett ihres Vaters. Er blickte auf das reglose Gesicht des Sterbenden.

»Gib dem Hurensohn ja keine Genugtuung!«, presste er zwischen den Zähnen heraus, während er seinen verhangenen Blick wieder auf Maria richtete.

In diesem Augenblick erkannte sie John Rees nicht wieder. Nein, so kannte sie ihn nicht, den sanften, gottesfürchtigen Mann, dessen Gesicht nun erhitzt und zu einer verächtlichen Grimasse verzerrt war.

Kurz, nur ganz kurz sah sie den Wahnsinn in seinen Augen aufblitzen.

Chaos und Aufruhr.

Sie sprang hoch und rief: »Bitte! Ich habe ihm vergeben, John, und du musst das auch.«

»Vergebung? Ha!« Er drehte sich schroff zur Seite. »In den letzten Jahren gab es Zeiten, Maria, da trachtete ich danach, ihn eigenhändig umzubringen.«

»John!«

»Gott, vergib mir!«

Er starrte die Decke an, und Tränen liefen ihm über die Wangen. »Ich habe mich vor Seinen Altar in den Staub geworfen, so oft, dass ich es nicht mehr zählen mag. Ich habe Ihn angefleht, mir die schrecklichen Gedanken gegen deinen Vater zu vergeben, die an meinem Verstand und meinem Gewissen nagten. Ja, ich habe ihn verflucht. Ich verfluchte ihn dafür, dass er mich als Mann verdorben und dich in die Arme Salterdons getrieben hat. Ich verfluchte ihn für die endlosen

Qualen, die er deiner bemitleidenswerten Mutter angetan hat, sogar noch als sie ihre letzten Atemzüge tat. Ich verfluchte ihn für seine Scheinheiligkeit. Ich verfluchte ihn für die Grausamkeit gegenüber seiner Gemeinde, die glaubte, seine verdrehten Ansichten von Gott bedeuteten die Verdammnis für ihre Seelen.«

Seine Stimme war zu einem zitternden Flüstern geworden, als er langsam auf sie zuging.

»Ja, ich habe an meinem Glauben gezweifelt, an meiner Berufung. In meinem Elend habe ich sogar an meiner Entscheidung gezweifelt, im Amt zu bleiben. Wäre ich ein anderer gewesen, einer mit den Gedanken und Gefühlen eines gewöhnlichen Mannes, hätte ich dich vielleicht nie verloren. Vielleicht hättest du mich geliebt, wäre ich ein Mann gewesen, in dem der Ehrgeiz nach anderem als nach Gott loderte. Ein Bauer zum Beispiel, oder ein Soldat, ein Kaufmann. Ein Mann, den du geachtet hättest.«

Seine Augen wurden dunkel. »Aber ich habe erkannt ... ja, ich habe erkannt, das ein Bauer, ein Soldat oder ein Kaufmann nie deine Sehnsüchte und Erwartungen hätte erfüllen können. Nicht mehr. Das junge Mädchen, das einst die bescheidensten Dinge schätzte, verlangte nach dem Überfluss des Adels.«

Maria blickte in dem einfachen Zimmer umher und dann wieder zu John.

»Das stimmt nicht, John.«

Er zeigte auf ihren Vater.

»Er hat mir gesagt, du seist tot, Maria. Ja, das hat er. ›Tot‹, sagte er und hat deine Seele verflucht.«

Sie zuckte zusammen und wandte sich wieder zum Feuer.

John trat hinter sie und legte ihr eine Hand auf die Schulter.

»Weißt du, ich habe nach dir geforscht – nachdem Salterdon nach Huddersfield gekommen war, um dich zu suchen.«

Maria schloss die Augen, erschüttert von der Wahrheit

und der Erleichterung, dass Salterdon wirklich nach ihr gesucht hatte.

»Ich habe monatelang nach dir gesucht, Maria. Überall, sogar in London. Dann habe ich aufgegeben. Es tut mir Leid. Was hätte ich tun sollen? Meine Gemeinde brauchte mich, und ich ... ich musste weiterleben. Wenn ich gewusst hätte ...«

»Du konntest es nicht wissen, John. Es war richtig, dass du dein Leben weitergelebt hast.«

Er nahm den Schürhaken und starrte ins Feuer. Bevor er weitersprach, stocherte er in der Glut. Endlich sagte er tonlos: »Ich habe geheiratet, Maria.«

»Geheiratet?«

Der Feuerschein spiegelte sich in den Tränenspuren auf seinen Wangen. Sein Gesicht drückte eine Trauer aus, die ihr den Atem nahm.

Sie ergriff seine Hand, die bei der Berührung zitterte. Trotz ihrer eigenen Anspannung bemühte sie sich darum, begeistert zu klingen.

»Du hast geheiratet, John? Wen denn? Kenne ich sie?«, fragte sie lächelnd.

»Nein, du wirst sie nicht kennen – Jane Myles, aus Edgerton. Dort hatte ich eine Zeit lang eine Stellung als Vikar. Ein sanftes, schlichtes Mädchen – nicht so hübsch wie du.«

Er atmete tief durch. »Sie hat sich sofort in mich verliebt, glaube ich, und ich war so erschüttert wegen dir ... Ich mochte sie sehr gern, obgleich ich nicht in sie verliebt war. Aber sie war lieb und gut, eine wundervolle Gefährtin ...«

»Die perfekte Frau für einen Vikar?«

»Ja.« Er nickte und zerrte am Kragen seines geistlichen Gewands, als sei er ihm plötzlich zu eng geworden.

»Wo ist sie? Ich würde sie gern ...«

»Sie ist tot.«

Er drehte sich weg.

»Tot. Oh, John, das tut mir aber Leid!«

John ging zu einem der Fenster und starrte in die Nacht hinaus, eine Hand gegen die graue Scheibe gepresst. »Als mir dein Vater sagte, dass du tot seist, war ich am Boden zerstört. Jane und ich hatten erst ein paar Monate zuvor geheiratet. Ich hatte ihr natürlich auch schon von dir erzählt, denn ich war von Anfang an ehrlich zu ihr. Ehrlich, wenn nichts sonst. Süße, gutherzige Jane. Damals habe ich sie verloren. Ja, von da an starb sie, jeden Tag ein bisschen mehr.«

»Das verstehe ich nicht.«

Er ging zum Bett, auf dem ihr Vater grau wie Asche in den weißen Laken lag.

Lange rührte sich John nicht und sagte auch nichts. Nur das leise Knistern des Feuers und der rasselnde Atem ihres Vaters waren im Zimmer zu hören.

John schien so blass wie der sterbende Kranke und fast so leblos.

»Er sagte mir, du seist tot«, wiederholte er. »Weißt du, wie intensiv ich mit dem Gedanken spielte, Salterdon umzubringen? Ich hatte in meinem ganzen Leben noch keinen Menschen gehasst, ich hatte bis dahin noch nicht einmal einen Anflug von Wut verspürt. Einfältiger Narr, der ich war, hatte ich immer geglaubt, selbst dem Teufel vergeben und seine Seele retten zu können – so frömmlerisch war ich in meinen Überzeugungen.«

Langsam hob er den Blick und sah Maria mit rotgeränderten und geschwollenen Augen an. »Sag mir ehrlich, Maria. Liebst du ihn noch?«

Sie blinzelte und schluckte. Verzweiflung stieg in ihr auf.

Ja, Verzweiflung.

Verzweiflung, dass sie gezwungen sein würde, die Gefühle einzugestehen, die sie noch immer für Salterdon empfand; Verzweiflung, dass sie gezwungen sein würde, sie einem Mann zu gestehen, der sie mit so viel Liebe betrachtete, dass es ihr das Herz brach.

»Richtig.« Er räusperte sich und rang sich ein kleines Lächeln ab. »Natürlich liebst du ihn noch. Bitte, keine Entschuldigungen! Ich habe nichts anderes verdient, nach all dem, was ich Jane angetan habe. All die Jahre, die sie mich innig geliebt hat und leise in die Kissen schluchzte, während ich von dir träumte. Aber ich musste es wissen.«

»Es tut mir Leid. Hätte er sich wirklich von mir abgekehrt, wie ich zuerst glaubte …«

»Hör auf.« Er nahm eine zusammengelegte Decke vom Fußende des Bettes und kam näher. »Du frierst. Hier, das wird dich wärmen.«

Sie lächelte ihn an, als er ihr die Decke sanft um die Schultern legte und ihr dann eine Haarsträhne aus der Stirn strich.

»Ich verdiene dich nicht. Auf der ganzen weiten Welt gibt es keinen Mann, der die Liebe und Zuneigung von Maria Ashton verdient. Salterdon kann sich äußerst glücklich schätzen.«

»Das mit ihm ist vorbei, das musst du wissen, John. Er hat sein Leben weitergelebt. Bald wird er Frau und Kind haben und sie zärtlich lieben. Ja, er kann sich äußerst glücklich schätzen, und ich wünsche ihm alles Gute.«

John saß mit gefalteten Händen und gesenktem Blick auf einem Stuhl vor dem Feuer. Er lachte leise.

»Du wärst die perfekte Frau für einen Vikar: verzeihend bis zum Umfallen. Du hättest es mehr als ich verdient, diesen Kragen zu tragen. Du und ich, gemeinsam hätten wir Wunder vollbringen können.«

Sie trat neben ihn und legte eine Hand auf seine Schulter. Schweigend sahen sie zu, wie die Flammen zwischen dem Feuerholz tanzten.

Ihre Gedanken kehrten wieder zu Trey zurück: die Erinnerung an sein Gesicht, seine sanften Berührungen, die einst ihr Herz und ihren Körper vor Freude zum Klingen gebracht hatten.

John legte eine Hand auf die ihre und sah ihr in die Augen. Er hielt ihren Blick fest, während die unterschiedlichsten Gefühle wie seltsame Schatten über sein Gesicht huschten.

»Glaubst du, dass er sie liebt?«, fragte er. »Lady Edwina?«

»Ich weiß es nicht, John.«

»Wenn da nicht das ungeborene Kind wäre – wärst du in Thorn Rose geblieben und hättest um ihn gekämpft?«

»Ich …«

»Liebt er dich noch? Tut er das?«

»Was spielt das noch für eine Rolle? Ich werde nicht zwischen ihm und der Frau stehen, die ihn liebt und die sein Kind unterm Herzen trägt.«

»Ja, er liebt dich. Wenn nicht, hätte er dich nicht aus dieser Hölle gerettet. Er hätte nicht Wochen über Wochen gekämpft, um dich wieder ins Leben zurückzubringen. Ich erinnere mich an seine Qual, als er in Huddersfield auftauchte und herausfand, dass du nicht da warst. Und an die folgenden Monate, als er immer wieder herkam, um dich verbissen zu suchen. Ein Mann, der so stark liebt, gibt nicht so leicht auf. Außerdem hätte er diese Frau längst geheiratet, wenn er sie lieben würde. Aber er hat auf dich gewartet.«

Stirnrunzelnd schüttelte Maria den Kopf. »Es spielt jetzt keine Rolle mehr.«

Seine Hand schloss sich fester um die ihre, und er starrte wieder ins Feuer. Es verstrich eine ganze Zeit, bis er schließlich sagte: »Ich muss dir etwas gestehen. Ich hätte es dir schon früher sagen sollen, schon als ich Jane das erste Mal erwähnte.«

Sie wartete schweigend.

»Ich wollte dich nicht aufregen, wenn man bedenkt …«

»Was, John?«

Er atmete stoßweise. »Ich habe ein Kind.«

»Ein Kind.« Maria schluckte und presste die Hände fest zusammen.

»Ja.« Er nickte.

Sie sank auf den Stuhl neben ihm.

»Eine Tochter«, bekannte er leise. – Tränen stiegen ihr in die Augen, sie konnte sie nicht zurückhalten. Dieses Eingeständnis ließ den Schmerz wieder aufleben, den sie seit Sarahs Verlust gespürt hatte, und die Trauer, die sie ergriffen hatte, als ihr Lady Edwina erzählt hatte, dass das Kind tot sei.

Ein Schluchzen entkam ihr, und sie schlug die Augen nieder. Sie versuchte ihr Bestes, um das Gefühl zu schlucken, das ihr die Kehle zuschnürte, wischte sich die Tränen von der Wange und zwang sich seinetwegen zu einem Lächeln.

»Das ist wunderbar«, brachte sie schließlich hervor. »Wirklich wunderbar, John. Ich bin so glücklich für dich. Wie heißt sie?«

Er sah ihr in die Augen. »Maria«, sagte er.

20

Ich erwachte aus einem Nebel.

Verzweifelt hatte ich versucht, die Jahre zu vergessen, als ich wenig mehr als ein Krüppel gewesen war. Die Erinnerungen daran stürmten auf mich ein, während ich in meinem dunklen, warmen und behaglichen Zimmer lag.

In jener albtraumhaften Zeit hatte ich zusammengekrümmt in meinen Laken gelegen, unfähig zu reden oder mich zu bewegen, meine Gedanken wie Gefangene in meinen Kopf eingesperrt.

Dann war Maria gekommen, um mich zu retten.

Maria mit ihrem Engelsgesicht, dem Strahlenkranz ihres blassen Haares und ihrer Stimme wie Engelsmusik.

Sie hatte mich aus meinem entsetzlichem Wahn herausgeholt und in mir den Willen geweckt, für meine schnelle Genesung zu kämpfen.

Ich brauchte sie jetzt ebenso sehr wie ich sie damals gebraucht hatte.

All meine Kraft zusammennehmend flüsterte ich: »Maria?«

»Trey?«

Eine Gestalt näherte sich mir schattenhaft. Ich konzentrierte mich ganz auf das Gesicht meines Bruders, der mich mit einem solch feierlichen Ernst anblickte, dass mir das Herz bis zum Halse schlug.

Er griff nach meiner Hand und lächelte leicht. »Du hast es überstanden, das Schlimmste zumindest. Iris hat dir etwas zu essen gebracht. Eine Scheibe Weißbrot und etwas Marmelade.«

»Ich bin nicht wieder schwachsinnig?«, fragte ich.

»Nun …« Clayton grinste. »Ich denke, darüber könnte man streiten.«

Er half mir, mich aufzusetzen, und schüttelte meine Kissen auf. »Heute Nacht ist es sicher wieder nasskalt, und es tobt ein gemeiner Sturm. Frierst du? Henry soll dir mehr …«

»Wo ist Maria?«

Clayton drehte sich um, als die Tür aufging und Edwina hereinschwebte. Ihr Gesicht strahlte im Licht der Lampen, die überall im Zimmer verteilt waren.

»Toll!«, rief sie, als sie meiner ansichtig wurde. »Du siehst fantastisch aus, Liebling!«

Sie stellte sich zu mir ans Bett. Ihre Augen blitzten, während sie meine Hand nahm und auf ihren gewölbten Bauch legte.

Ich sah weiterhin nur meinen Bruder an, der sich auf einem Stuhl am Kamin niederließ und die Beine übereinander schlug, ein Glas in die Hand nahm und Edwina musterte. Etwas an seiner Nüchternheit irritierte mich ganz gewaltig.

»Das Kind bewegt sich, Trey. Spürst du es?«

Noch immer sah ich meinen Bruder an. »Wo ist Maria?«

Edwina seufzte. »Maria, Maria, Maria. Muss jedes unserer Gespräche mit Maria beginnen?«

»Wo ist sie? Ich möchte sie sehen.«

Clayton nippte an seinem Glas und blieb stumm.

Schließlich blickte ich zu Edwina hoch.

Ihr Lächeln schien mir gezwungen und ihr Blick wurde durchdringend.

»Du musst wieder gesund werden, Liebling. Du warst sehr krank. Du bist schwach und musst essen.«

»Ich werde keinen verdammten Bissen anrühren, bevor ich Maria nicht gesehen habe.«

Sie nahm eine Scheibe Weißbrot und führte sie an meine Lippen.

»Schieb's dir sonst wo hin«, fuhr ich sie an und stieß es weg.

Ich schickte mich an, die Decke wegzutreten und mich aus dem Bett zu stemmen. Doch alles begann sich zu drehen, und plötzlich war Clayton da, der mit aller Macht versuchte, mich wieder auf die Matratze zu drücken.

»Du tust dir keinen Gefallen …«

»Scher dich weg, zum Teufel!«

Ich schubste ihn zur Seite und kam unsicher auf die Beine, musste jedoch an einem der hölzernen Bettpfosten Halt suchen, weil sich das Zimmer langsam in meinem Kopf drehte und mir schwindelig wurde.

»Es stimmt etwas nicht, das spüre ich.«

Ich packte Clayton an seinem Hemd und zerrte ihn näher. »Was habt ihr mit ihr gemacht? Sag schon, Mann!«, fauchte ich zornig.

»Ich hab ihr kein verdammtes Haar gekrümmt. Wer, glaubst du, bin ich?«

»Dann lass mich sie sehen. Bring sie zu mir.«

»Sie ist gegangen«, kam Edwinas Stimme kalt wie der heulende Sturm.

Gegangen.

Schwankend drehte ich mich um.

Edwina war vom Bett zum Kamin zurückgewichen und rang die Hände. »Sie ist gegangen, Trey. Sie ist weg.«

»Erklär mir das!«

»Ein Mann kam, aus Huddersfield. Ihr Vater liegt im Sterben. Vor seinem Tod wollte er wohl noch mit ihr ins Reine kommen.«

Ich sah meinen Bruder an.

»Das stimmt«, sagte Clayton.

»Als wir gestern von der Kirche nach Hause kamen, war sie fort. Iris hat das Gespräch mitbekommen und uns sofort davon berichtet.«

»Du hast Maria mit dieser Hexe hier allein gelassen?« Wütend deutete ich auf Edwina.

»Wie kannst du es wagen!«, schrie sie.

»Halt den Mund!«, fuhr ich sie an, dann fragte ich Clayton: »Wer war der Mann? Wie um alles in der Welt konntest du nur glauben, dass das nicht wieder eine der Machenschaften unserer Großmutter ist?«

Clayton riss sich los und trat einen Schritt zurück.

»Du glaubst es also nicht«, stieß ich wutentbrannt hervor.

»Ich bezweifle, dass Großmutter so töricht wäre.«

»Töricht?« Ich brach in ein derart irres Gelächter aus, dass es Edwina den Atem verschlug und Clayton blass wurde.

»Unsere Großmutter ist nicht töricht, Clay. Sie ist das Böse in Person. Sie ist eine verdammte Wahnsinnige – und dennoch marschierst du in die Kirche und lässt Maria hier schutzlos und angreifbar zurück? Dieses verkommene alte Miststück hatte wahrscheinlich einen beauftragt, der bei der ersten Gelegenheit ...«

»Es tut mir Leid.«

Clayton versuchte wieder mich aufs Bett zu drücken.

»Es tut dir Leid?«

Unter Aufbietung meiner letzten Kräfte stieß ich ihn zur Seite. Er wich so heftig zurück, dass er dabei den Nachttisch umstieß.

Erschöpft sank ich aufs Bett, wobei ich den Bettpfosten noch immer umklammert hielt.

Ich lehnte nun meine Stirn dagegen und schloss die Augen. Krankheit und Fieber hatten mich geschwächt, ich atmete mühsam.

»Ich hätte das alte Miststück umbringen sollen, als ich die Gelegenheit dazu hatte.«

Die Tür flog auf und Miracle stürzte herein.

Maggie hing mit aufgerissenen Augen an ihrem Rockschoß.

»Was ist denn hier los?« Sie rannte zu Clay.

»Hinaus!«, knurrte ich so drohend, dass Miracle in der Bewegung erstarrte und die Kleine schützend an sich zog. »Und bring das Kind von hier weg. Sofort!«

Clayton nickte. Miracle nahm das Kind hoch und eilte aus dem Zimmer.

»Wenn du noch einmal so mit meiner Frau und meinem Kind sprichst, lass ich dich hier in deinem elenden Sumpf verfaulen, du Bastard«, schimpfte Clayton.

»Gut. Bestens. Scher dich zum Teufel. Ich hab sowieso genug von deinem scheinheiligen Geschwätz. Und nimm dieses Miststück gleich mit, wenn du gehst.« Ich deutete auf Edwina.

»Sehr wohl. Wenn du willst, dass ich aus deinem Leben verschwinde, Trey, so sei es denn.«

Clayton machte auf der Stelle kehrt und stürmte aus dem Zimmer. Er ließ Edwina zurück, die sich furchtsam im Schatten duckte. Langsam richtete sich mein Blick auf sie.

»Du hast mich gehört. Raus! Ich habe deine Gesellschaft lange genug ertragen.«

»Aber Liebling ...«

»Halt den Mund!«, fauchte ich und nahm alle Kraft zusammen, um aufzustehen. Schritt für Schritt näherte ich mich ihr und schnitt ihr dabei den Weg zur Tür ab.

»Du kannst mir keine Angst einjagen, Salterdon.« Sie reckte das Kinn. »Das haben deine Wutanfälle noch nie vermocht.«

»Du bist ein törichtes Weib! Ein Wutanfall ist nichts im Vergleich zu dem, was gleich über dich hereinbrechen wird.«

»Du wirst es nicht wagen, mich zu schlagen. Ich trage ein Kind in mir.«

»Was kümmert's dich? Du hast dich dein ganzes Leben lang für keinen anderen Menschen interessiert, Edwina.«

Sie wich einen Schritt zurück und bekam große Augen. »Du musst gerade reden!«

Als ich in ihr gerötetes Gesicht starrte und ihr nervöses Zittern bemerkte, regte sich in mir ein Verdacht.

War ich tatsächlich so töricht gewesen?

Die Möglichkeit trat mir immer deutlicher vor Augen, während Erinnerungen der letzten Monate auf mich einstürmten – wie Edwina immer wieder an meinen Lieblingsplätzen aufgetaucht war, sich meiner angenommen und mich verführt hatte. Und dabei meine Schwächen genutzt hatte, um mich zu manipulieren.

Warum hatte ich das nicht durchschaut?

Edwina hätte keinerlei Skrupel gehabt, ihr Kind zur Welt zu bringen und es dann dem niedrigsten Bettler von London oder Paris zu überlassen. Warum also hatte sie plötzlich so verzweifelt nach einem Vater gesucht, um ihr Kind ehelich zur Welt zu bringen?

»Ich überlege gerade …« Ich neigte den Kopf und näherte mich ihr unerbittlich.

»Hast du bei dieser ganzen Intrige etwa mit meiner Großmutter unter einer Decke gesteckt?«

»Ich weiß nicht, wovon du sprichst, Trey.«

»War ich töricht genug zu glauben, dass unsere Beziehung irgendetwas anderes war als eine Machenschaft meiner Großmutter? Sie wollte mich verheiraten, damit ich über meine Besessenheit von Maria hinwegkomme!«

»Offenbar hat dich das Fieber wieder verwirrt.«

»Das glaube ich kaum.«

Sie konnte nicht weiter zurückweichen, und als sie Anstalten machte, auf einer Seite wegzustürzen, packte ich sie mit einer Hand am Arm. Mit der andern umfasste ich ihren schlanken Hals und zwang ihren Kopf so weit zurück, dass sie mir in die Augen sehen musste.

»Sei jetzt ganz, ganz vorsichtig, Edwina! So geschwächt bin ich nicht, dass ich dir den Hals nicht wie einen morschen Zweig brechen könnte. Und nun sag mir die Wahrheit – alles!«

»Ich – ich bekomme keine Luft!«

Ich lockerte meinen Griff ein wenig, zog sie jedoch näher. »Alles!«

Tränen füllten ihre Augen und liefen ihr die Wangen hinab. Sie nickte. »Ja. Ich werde dir alles sagen, wenn du mich loslässt. Bitte!«

Mein Zorn wuchs, als ich merkte, dass ich, der die meiste Zeit damit verbracht hatte, andere zu manipulieren, so hinterhältig übertölpelt worden war.

Schließlich folgte ich ihrer Bitte. Hustend und nach Atem ringend griff sie sich an den Hals, der vom Abdruck meiner Fingerspitzen gerötet war. Dann wich sie zur Wand zurück und flüsterte mit belegter Stimme: »Ich glaube, du wirst einen Schluck brauchen. Soll ich Herbert rufen?«

Ich nickte, sank in einen Sessel und starrte blind auf das im Kamin tanzende Feuer. Mir war eiskalt. Ich fror bis auf die Knochen und begann zu zittern.

Edwina läutete nach Herbert und setzte sich dann in einen Sessel neben mich. Ihr saphirblauer Rock fiel in weichen Falten über ihre Knie bis zum Boden. Die kräftige Farbe ließ ihr Haar so feuerrot erscheinen wie die Flammen, die immer wieder aus der Glut züngelten.

Wir warteten schweigend, bis die Tür aufging und Herbert erschien.

Sein Blick war verschleiert, sein weißes Haar stand ihm in wirren Büscheln vom Kopf.

»Der gnädige Herr wünscht einen Drink. Schenk reichlich ein«, wies Edwina den schläfrigen Diener an. Er entfernte sich mit einer leichten Verbeugung.

War ich bereit für die Wahrheit? Die ganze Wahrheit? Hatte ich die seelische Stärke, Edwina nicht gleich mit bloßen Händen zu töten?

Ich bezweifelte es.

Eine schwache Erinnerung regte sich in mir und wurde stärker, bis es mich mit Macht in die quälenden Tage zurückversetzte, als ich im Wahn lag und Maria zum ersten Mal nach Thorne Rose gekommen war.

Sie trug ein weiches, fließendes weißes Baumwollgewand

und hielt eine flackernde Kerze hoch in der Hand, als sie wie eine Erscheinung auf mich zuschwebte, das vom Mond beschienene Haar im Kerzenlicht schimmernd.

»Schlafen Sie, Euer Gnaden?«, flüsterte sie und beugte sich über mich. Sie betrachtete mein Gesicht und meine Augen, während sich die Flamme in ihrer Hand in ihren Augen spiegelte. Ihr Geruch umfing mich, süß, rein und weiblich. Ich war benommen und verzweifelt, doch als der gewohnte Zorn in mir wach werden wollte, bannte mich etwas an ihrem kindlichen Aussehen. Ich lag ruhig da und atmete kaum, als wäre ein scheues Reh in meiner Nähe, das fliehen würde, wenn ich auch nur blinzelte …

Sie wirkte so erschrocken, so zögerlich. Ich fragte mich, warum nur?

Meinetwegen natürlich. Ich war ein Ungeheuer.

Dennoch glättete der Engel die Decke über meiner Brust und berührte dann mit den Fingern leicht mein Haar auf dem Kissen.

»Ich bin mir sicher, dass Sie nicht grausam sein wollen, Euer Gnaden. Es sind nur der Zorn und der Glaube, dass Gott und die Menschen Sie im Stich gelassen haben. Vertrauen Sie darauf, Sir, dass dem nicht so ist …«

»Bis Morgen, gute Nacht Euer Gnaden«, sagte sie sanft und fuhr mit der Hand über meine Lider, um sie zu schließen. Ich öffnete sie erst wieder, als sie mit dem Licht das Zimmer verlassen hatte.

Im Dunkeln liegend dachte ich:

Geh nicht. Bitte … geh nicht!

»Euer Gnaden?«

Ich blinzelte die Erinnerungen weg und bemerkte, dass Herbert mit einem Glas Port neben mir stand.

»Ist das alles?«, fragte er.

Ich nahm das Glas und nickte. Erst als er gegangen war, wandte ich mich wieder Edwina zu.

Mit einem Gesicht so blass wie die Porzellankacheln neben dem Kamin und ohne zu blinzeln starrte sie mich an.

»Deine Großmutter erfuhr von Lord Rutherford von meiner Schwangerschaft«, begann sie. »Er ist der Vater meines Kindes, Trey. Ich wusste es schon die ganze Zeit. Aber was sollte ich tun?«

»Rutherford ist verheiratet.«

Sie nickte. »Vermutlich sogar glücklich. Das glaubt zumindest seine unbedarfte junge Frau. Deine Großmutter war sich der Freundschaft zwischen dir und mir wohl bewusst und sie befürchtete, dass du eines Tages die Wahrheit über Maria erfahren würdest – ich meine, wo sie war. Sie wollte nur, dass du durch eine Heirat gebunden wärst, wenn es so weit käme. Deshalb bot sie mir Geld an, wenn ich dich in eine Ehe locken könnte. Das war keine unangenehme Aussicht. Ich brauchte einen Ehemann ...«

»Rede weiter.«

Sie schluckte und nickte. »Das ist alles. Ich brauchte einen Ehemann. Du brauchtest Geld ... ich – wir alle – waren verblendet genug zu glauben, dass du Maria vergessen würdest, wenn du erst einmal verheiratet wärst, und dass du die nagende, zwanghafte Hassliebe zu ihr überwinden würdest. Wie ich dir schon gestanden habe, habe ich mich dann tatsächlich in dich verliebt.«

»Wo ist meine Tochter?«

Es herrschte Schweigen. Edwina rutschte nervös in ihrem Sessel hin und her.

»Wo ist Maria? Was hat Großmutter mit ihr gemacht?«

»Ehrlich, so viel ich weiß, ist sie von hier nach Huddersfield aufgebrochen. Wenn deine Großmutter irgendetwas mit ihrem Verschwinden zu tun hat, weiß ich nichts davon. Wie sollte ich auch? Ich bin dir nicht von der Seite gewichen, seit wir nach Thorn Rose gekommen sind. Das weißt du doch, Trey. Das *weißt* du.«

»Warum hast du sie nicht aufgehalten, Edwina?«

»Warum?« Sie stieß ein kurzes, ungläubiges Lachen aus. »Warum sollte ich? Ich war überaus froh, sie von hinten zu sehen.«

Ich trank meinen Port aus und stellte das Glas auf den Boden, ohne den Blick von ihr zu nehmen. »Wo ist Sarah?«

»Trey ...«

»Antworte, verdammt!«

»Sie ist tot.«

Tot.

Ich sank in meinem Sessel zurück und sah, wie Edwina die Hände vors Gesicht schlug, als ob sie alles versuchte, sich vor mir zu schützen.

»Du lügst«, sagte ich tonlos.

Sie schüttelte den Kopf. »Es tut mir so Leid, Liebling.«

Mein Blick wurde schmal, als ich zwischen den Zähnen hervorstieß: »Wenn das wirklich stimmt, warum hast du mich dann nicht aufgehalten, als ich nach London fahren wollte, um meine Großmutter zur Rede zu stellen.«

»Du hättest mir nicht geglaubt, Trey. Du hättest geschworen, dass das nur wieder eine der Machenschaften sei ...«

»Doch vor allen Dingen ...« Ich beugte mich über sie und sagte in einem drohenden Ton, bei dem sie sich tief in ihren Sessel duckte: »Warum sollte meine Großmutter mir nicht gestanden haben, dass Sarah tot ist?«

»Ich ... ich weiß es nicht. Vielleicht ...« Sie dachte angestrengt nach und rieb sich zitternd die Schläfe. »Ich weiß es nicht. Ich habe keine Ahnung, was zwischen dir und deiner Großmutter vorgeht, Liebling. Wie sollte ich auch?«

Meine Kräfte schwanden. Ich fiel entkräftet in meinen Sessel zurück. *Warum nur?* Es war mir unverständlich. Die Herzoginwitwe würde sich über den Tod meiner Tochter diebisch freuen. Sie hätte sich lang und breit darüber ausgelassen, wie glücklich wir uns alle schätzen dürften, dass sie gestorben war und unserer Familie damit Skandal und Demütigung erspart hatte.

Als ich nicht aufhörte, wütend in Edwinas verängstigte Augen zu starren, traf mich die Erkenntnis wie ein Schlag. Und als ob sie es wüsste, sank sie in Erwartung dessen, was folgen würde, noch tiefer in ihren Sessel und grub die Finger in die Armlehnen.

»Du hast es ihr gesagt.«

Edwina schluckte.

»Du hast Maria erzählt, dass das Kind tot ist, nicht wahr, Edwina? Das würde erklären, warum sie gegangen ist. Maria wäre nie aus Thorn Rose geflohen, wenn sie geglaubt hätte, dass ich ihr dabei helfen könnte, Sarah zu finden. Bestimmt verachtet sie mich, aber sie hätte nie auf die Chance verzichtet, dass ich unsere Tochter irgendwo aufstöbern könnte. Du Miststück! Du herzloses intrigantes Miststück! Du bist um keinen Deut besser als meine Großmutter. Eine grausame, herzlose, intrigante Schlampe.«

»Was wirst du nun machen?«, fragte sie mit einem Anflug von Panik in der Stimme.

»Ich reite nach Huddersfield. Und wenn Maria wirklich dort ist, werde ich sie nach Hause bringen.«

»In deinem Zustand reitest du nirgendwo hin. In zwei Wochen wärst du tot, wenn nicht früher.« Sie neigte boshaft den Kopf. »Und was soll es bringen, wenn du auf dem Bauch zu ihr kriechst? Sie verabscheut dich, Salterdon. Das hat sie mir selbst gesagt.«

Ihre Augen wurden schmal, und sie beugte sich zu mir.

»Wenn ein Mann so besessen liebt, wie du Maria liebst, warum hast du dann nicht Himmel und Hölle in Bewegung gesetzt, um deine Tochter zu finden – wenn du glaubst, dass sie lebt? Du verbirgst etwas. Ich weiß es. Wir alle wissen es. Warum wärst du sonst wie der Teufel von Thorn Rose losgeritten, um herauszufinden, ob es da ein Kind gibt, und dann zurückgekehrt ohne jeden Ehrgeiz, es aufzuspüren? Was ist das für ein Mann, der einer Frau, die um ihr verlorenes Kind trauert, diese Information vorenthält?«

Ich lehnte mich im Sessel zurück und schloss die Augen. »Hinaus! Ich will dich nie wieder sehen, Edwina. Iris soll dir beim Packen helfen. Ich möchte, dass du gleich morgen mit meinem Bruder und seiner Familie verschwindest.«

»Na gut.«

Sie stand auf und ging zur Tür. Dort blieb sie stehen und drehte sich noch einmal zu mir um.

»Und was passiert, wenn du nach Huddersfield gehst und sie dort findest? Du wirst sie nie dazu bringen, dich wieder zu lieben. Sie verachtet dich nicht nur, weil sie glaubt, dass du dabei geholfen hast, sie nach Menson zu verbannen. Nun hasst sie dich auch für Sarahs Tod. Sie gibt dir daran ebenso viel Schuld wie deiner Großmutter.«

»Hinaus!«

»Fahr zur Hölle!«, schrie sie und schlug die Tür zu.

21

Sechs Monate später

Zu guter Letzt würde ich also allein sein. Völlig allein.

Als ich an diesem Frühlingsmorgen im wilden, ungepflegten Garten ruhte, sah ich Herbert mit gesenktem Blick und hängenden Schultern näher kommen.

Hinter ihm stand ein Fahrzeug, das ihn von Thorn Rose zu seinem neuen Dienstherrn, Warwick of Braithwaite, bringen sollte.

»Euer Gnaden«, grüßte er mich mit einer leichten Verbeugung und einem gezwungenen Lächeln. »Kann ich noch etwas für Sie tun, bevor ich mich verabschiede? Irgendetwas?«

»Ja.« Ich nickte und deutete auf einen Stuhl gleich neben mir. »Setzen Sie sich einen Augenblick. Nur einen Augenblick.«

Er setzte sich steif und wirkte ziemlich unglücklich. Ein warmer Lufthauch zauste sein weißes Haar.

Ich bedachte ihn mit einem freundlichen Blick. »Sie müssen sich nicht schuldig fühlen, Herbert!«, meinte ich leicht ironisch.

»Es ist nicht recht, Euer Gnaden, Sie hier ganz alleine zurückzulassen, ohne dass sich jemand um Sie kümmert. Ein Mann Ihres …«

Ich hob die Hand, um ihn zum Schweigen zu bringen.

»Es hat keinen Zweck, wenn wir beide verhungern. Sie haben mir die letzten Jahre gut gedient.«

»Ich bin Ihnen sehr dankbar für die Empfehlung an Warwick, Euer Gnaden.«

»Graf Warwick ist ein guter Mann und kommt aus einer

vornehmen Familie; ihr respektabler Stammbaum reicht zurück bis zu den Rosenkriegen, glaube ich. Solange Sie wach und nüchtern bleiben, werden Sie ihm alle Ehre tun, da bin ich mir sicher.«

Herbert nickte und strich sich das Haar glatt, während er den Blick über den Garten und die Hügel und Täler dahinter schweifen ließ.

»Ich werde Thorn Rose vermissen, Euer Gnaden. Es ist zu dieser Jahreszeit immer wunderschön.«

»Ja, das ist es.«

Einen Augenblick herrschte Schweigen, bis Herbert fragte: »Sir, darf ich frei sprechen, nachdem ich kein Bediensteter mehr bin ...?«

Ich nickte.

Er sah mich nicht an, sondern richtete seine Aufmerksamkeit auf die Eiben und Stechpalmen und auf kleine braune Vögel, die flink durch die Ligusterhecke flatterten.

»Euer Gnaden«, begann er behutsam, »was werden Sie jetzt tun? Haben Sie vor, hier zu bleiben? Allein? Spielen Sie nicht wenigstens mit dem Gedanken, zu Ihrem Bruder zu ziehen? Zur Unterstützung, meine ich.«

»Nein.«

Herbert seufzte.

»Sehr wohl, denn.« Er räusperte sich. »Und was ist mit der Frau? Miss Ashton?«

Mich durchzuckte ein schweres Leid, und ich stöhnte auf, dann atmete ich tief durch.

»Hoffnungslos, fürchte ich. Sie hat sich mit diesem Vikar eingelassen – wie hieß er noch gleich? – John Rees.«

»Verheiratet, Euer Gnaden?«

»Vermutlich nur eine Frage der Zeit.«

Ich sah zu dem strahlend blauen Himmel auf, über den sich nur ein paar Wölkchen wie Spinnfäden zogen. »Außerdem scheint sie ganz zufrieden zu sein, Rees bei seiner seelsorgerischen Arbeit in Huddersfield zu helfen.«

»Wenn Sie nur einmal direkt mit ihr sprechen würden …«

»Wozu? Warum sollte ich? Sie hat mir deutlich zu verstehen gegeben, dass sie nichts mehr mit mir zu tun haben will, Herbert. Wie könnte ich ihr das verdenken? Das kann ich nicht. Nicht im Mindesten, wenn man bedenkt …

Außerdem hat die junge Dame meinetwegen genug durchgemacht. Wenn ich sie jetzt besuchen würde, risse das nur alte Wunden auf. Und wenn ich auch nichts sehnlicher wünsche, als sie wiederzusehen, glaube ich nicht, dass ich es aushalten würde, in ihre Augen zu blicken und zu sehen, wie sehr sie mich verachtet.«

Herbert errötete, als er mich schließlich direkt ansah.

»Dummes Zeug!«

»Wie bitte?«

»Dummes Zeug, der blanke Unsinn, Euer Gnaden.«

Überrascht von seinem Ton zog ich eine Augenbraue hoch.

»Es ist eine absurde Annahme, Euer Gnaden. Sie haben mit der jungen Frau nicht selbst gesprochen. Woher wollen Sie also wissen, was sie denkt und – wichtiger noch – was sie fühlt?«

»Das liegt ja wohl auf der Hand, meine ich. Sie ist nach dem Tod ihres Vaters nicht nach Thorn Rose zurückgekehrt. Warum sollte sie auch? Sie verabscheut mich.«

Seufzend blickte ich einem Schwarm Vögel nach, die in die Luft aufstiegen.

»Wenn das Kind nicht gestorben wäre …«

»Es stimmt schon, Euer Gnaden, das Kind hätte wahrscheinlich geholfen, ihr Leid zu lindern und ihren Zorn auf Sie zu besänftigen. Das erklärt aber nicht – wenn man weiß, wie sehr Sie sie noch lieben –, warum Sie sie nicht aufgesucht und versucht haben, ihr Ihre Liebe zu erklären und sie zurückzugewinnen.«

Er schürzte die Lippen und funkelte mich vorwurfsvoll an. »So würde sich kein Mann verhalten, der monatelang wie verrückt das Land nach ihr durchkämmt hat.«

Er zeigte tadelnd mit einem Finger auf mich und sagte: »So ist es leichter für Sie, nicht wahr?«

»Was soll das heißen?«

Er tippte sich an die Schläfe und bedachte mich mit einem scheelen Blick.

»Das weiß ich selbst noch nicht genau. Aber es ist etwas zwischen Ihnen und Ihrer Großmutter vorgefallen, als Sie sie in London wegen des Kindes zur Rede gestellt haben. Sie haben Thorn Rose brennend vor Hoffnung verlassen, einen Weg zu finden, um Miss Ashton zu helfen. Zurückgekehrt sind Sie verschlossen und verbittert. Es war allen ein Rätsel, warum Sie bereit waren, Marias seelische Gesundheit zu opfern – von Ihrem eigenen Glück ganz zu schweigen –, indem Sie sich weigerten, Ihre Tochter ausfindig zu machen. Sie haben alle Brücken zu Ihrem Bruder abgebrochen. Es gab zwar immer wieder Missverständnisse zwischen Ihnen, aber keines war je so schlimm, dass sich daraus ein derart langer Bruch ergeben hätte.«

Ich sagte nichts.

»Ja«, fuhr er dann bestimmt fort, »ich glaube, Ihr Bruder hat etwas mit der Auseinandersetzung zu tun, die Sie mit der Herzoginwitwe hatten. Das würde natürlich erklären, warum Sie so enttäuscht und wütend auf ihn aus London zurückgekehrt sind.«

»Sie denken zu viel nach!«, entgegnete ich schroff, aber die Wahrheit seiner Worte machte mich trotz der warmen Luft frösteln.

Er beugte sich zu mir. Seine blassen runden Augen und die Büschel weißer Haare an den Schläfen verliehen ihm das Aussehen einer Eule.

»Sie haben Ihrer Großmutter Ihr ganzes Leben lang getrotzt und sich mit Händen und Füßen gegen ihre Kontrolle gewehrt. Sie haben eine Frau namens Maria Ashton so sehr geliebt, dass Sie Ihr Erbe in den Wind schlagen wollten, um sie zu heiraten. Und dennoch vergraben Sie sich hier und weigern sich, sie wiederzusehen. Die Sache stinkt zum Himmel, wenn Sie mich fragen.«

»Ich habe Sie nicht gefragt«, brauste ich auf.

Seine grauen Brauen zogen sich zusammen, und er starrte mich weiter vorwurfsvoll an. Schließlich nickte er kurz, stand auf und strich seine Jacke glatt. Dann sagte er: »Nun gut, dann sind wir fertig.«

Er bot mir die Hand, und ich schüttelte sie.

»Viel Glück, Herbert.«

»Ihnen auch, Euer Gnaden.«

Ich sah nicht zu, wie Herbert abfuhr, sondern rutschte tiefer in den Sessel, streckte die Beine aus und starrte auf eine Anhöhe in der Ferne, die gesprenkelt war mit leuchtenden Erikablüten und Adlerfarn.

Mein Heim ragte hinter mir auf, ein Goliath in Höhe und Breite, doch leer bis auf einen einzigen Menschen. Alle Dienstboten waren weg. Nur ich war zurückgeblieben, um in den trübseligen Gängen umherzustreifen, auf den Tasten des Klaviers zu klimpern und meine Schuldgefühle im Alkohol zu ertränken, bis ich meine Einsamkeit und meine anhaltende Sehnsucht nach Maria nicht mehr spürte.

Herbert hatte natürlich Recht gehabt. Frecher alter Bastard – schlauer, als gut für ihn war. Und offenbar schlauer als ich.

Ich griff nach der Nachricht, die auf dem kleinen Tisch neben meinem Stuhl lag.

Das Schreiben war am Vortag aus Paris gekommen – eine einzige Zeile, die eine Art Trauer in mir ausgelöst hatte, ein tiefes Gefühl des Verlusts, das mich die ganze Nacht nicht hatte schlafen lassen.

Das Kind ist zur Welt gekommen. Ich habe einen kleinen Sohn.

Welch bittere Ironie, dass Edwina, der das völlig gleichgültig war, mit einem Sohn beschenkt worden war, während Maria ...

Herrgott noch mal! Seit wann war ich ein solcher Feigling?

Herbert hatte Recht. Zum ersten Mal in meinem Leben hatte ich es zugelassen, dass mich die Herzoginwitwe manipulierte.

Aus den Augen, aus dem Sinn.

Auch hier hatte er Recht.

Und dennoch saß ich hier mit pochendem Schädel. Wieder eine Nacht, in der ich mich bis zur Bewusstlosigkeit betrunken hatte, um den Schmerz zu betäuben, der an meiner schwarzen Seele nagte.

Ja, ich verdiente dieses erbärmliche Leben: Armut, Elend und Erniedrigung.

Ich würde mir, meinem Bruder und meiner Familie einen Gefallen tun, wenn ich mir einfach eine Kugel durch den Kopf jagte.

Ich wandte das Gesicht zur Sonne.

Die verdammten Erinnerungen wollten nicht verschwinden, sie spukten mir ständig im Kopf herum und drängten sich in meine Gedanken.

Genau an diesem Platz hatte ich mit Maria gesessen, gebannt von ihrem Anblick – den großen blauen Augen, die so unschuldig und verletzlich wirkten, und den Lippen mit der Farbe reifer Pflaumen. Ihr Lächeln konnte kein Mann – und wäre er so abgestumpft wie ich – ignorieren oder vergessen.

Süßer, wunderschöner Engel, Retterin meiner Seele.

Ohne sie war ich verloren.

Ein plötzliches, allzu vertrautes Gefühl der Verzweiflung erwachte in mir. Ich sprang auf und schritt mit wilder Entschlossenheit den gepflasterten Weg entlang zu den Stallungen.

Maynord hatte sich tags zuvor von Thorn Rose verabschiedet – er hatte sich mitten in der Nacht mit dem größten Teil meines Sattelzeugs davongeschlichen. Außer mir gab es niemanden mehr, der die Schweine fütterte, die verdammte Kuh molk und sich um Noblesse kümmerte.

Das Pferd beäugte mich argwöhnisch, als ich nach der Bürste griff und es zu striegeln begann. Je mehr meine Enttäuschung wuchs, desto grober wurden meine Bewegungen.

»Ich bin am Ende, alter Bursche. Nun gibt's nur noch uns zwei.«

Heftig fuhr ich mit der Bürste auf und ab.

»Ich habe nichts anderes verdient. Mein ganzes Leben lang habe ich wie ein Fluch auf meinen Mitmenschen gelastet. Verdammt!«

Noblesse schnaubte und wich mir aus.

»In ein paar Monaten werden sie nur noch ein paar modrige Knochen von uns finden. Und wen, zur Hölle, wird's kümmern? Keine Menschenseele! Aber ich mache ihnen keinen Vorwurf. Mein Bruder wird sich denken, ›Ein Glück, dass wir den los sind.‹«

Ich donnerte die Bürste gegen die Stallwand.

Der Hengst fuhr voller Schreck zusammen und wich vor mir zurück.

Ich ließ mich in das wohlriechende Stroh fallen und drückte mich seufzend gegen die Wand der Pferdebox. Noblesse rieb den Kopf an meiner Schulter und schnüffelte an meinem Haar. Sein warmer Atem roch nach Hafer und Heu.

»Warum zum Teufel sollte es mich kümmern, wie sich die Tatsache, dass wir unehelich geboren sind, auf Clay auswirkt? Er ist wohlhabend. Er hat sich sein Vermögen unter Schweiß und Tränen erarbeitet. Ich habe nur Angst um mich, ich blöder, törichter Scheißkerl.

Wenn ich nur einen Funken Gewissen und Verstand besäße, würde ich dich sofort besteigen und nach Huddersfield reiten.

Ich würde vor ihr auf die Knie fallen und sie bitten, mich zu heiraten – bevor sie diesen aufgeblasenen, scheinheiligen jungen Vikar heiratet und mir das Herz vollends bricht.

Aber was dann?« Ich kraulte das Pferd zwischen den Ohren.

Durch die Stalltür sah man das Herrenhaus mit seinen steilen Giebeln, die sich gegen den blauen Himmel abhoben. Das war alles, was mir geblieben war; alles andere hatte ich verkauft, um meine Spielschulden zu begleichen. Es war nur eine Frage von Monaten, vielleicht Wochen, bis ich gezwungen sein würde, mein Heim zu verkaufen.

Ich blickte mich in den Stallungen um, die einst mit den besten Pferden Englands geglänzt hatten.

Doch sogar hier stiegen die Erinnerungen an Maria vor meinem geistigen Auge auf: Maria hatte es sich im frischen Stroh gemütlich gemacht, während sich ein neugeborenes Fohlen an ihrer Hand rieb.

Fluchend rappelte ich mich auf und sattelte das Pferd.

***

Ziellos ritt ich umher und überließ es dem Pferd, einen Weg zu finden. Ich mühte mich nur, meine widerstreitenden Gedanken zu ignorieren. Als wir den gewundenen Saumpfaden folgten, die unter dem wuchernden jungen Reet verschwanden, erfreute sich mein Blick an den sanften Anhöhen und weiten Flächen, die mir schöner denn je erschienen.

Warum hatte ich bislang nie die wilden, bunten Tupfen der Heideblüten und des Farnkrauts auf den Grasflächen bemerkt, nie die moosbedeckten Felsspitzen und die bejahrten Kiefern, verdreht und gebeugt vom Wind?

Noblesse tastete sich mittlerweile den Abhang hinab und plantschte durch den Wildbach, der um seine Fesseln schäumte und sprudelte, bis wir das mit Farn bestandene gegenüberliegende Ufer erreichten. Dann ging es wieder die bemooste Anhöhe hinauf und weiter hinauf, bis sich die Flanken des Hengstes unter der Anstrengung erwärmten. Auf dem Gipfel hielt er kurze inne und hob die Nüstern in den leichten Wind, als würde er eine Gefahr wittern.

Ich starrte hinunter auf die Überreste der Mine.

Weitere Erinnerungen, auf die ich nicht vorbereitet war.

Ich versuchte, Noblesse zu wenden, aber er schnaubte, tanzte herum und wirbelte mit seinen Hufen den Staub auf. Er kämpfte gegen die Kandare und mahlte mit den Zähnen auf dem Metall, während er sich halb aufbäumte und den Kopf hin und her warf. Weder Sporen noch Peitschte brachten ihn dazu, sich den Hang hinunter nach Hause zu begeben – es war, als würde ihn etwas daran hindern.

Ohne Vorwarnung sammelte er sich und stieß den Kopf so heftig nach hinten, dass ein Zügel riss. Ich bekam seine Mähne zu fassen, als er sich die Anhöhe hinunter zur Mine aufmachte. Seine Hufe scharrten über das lose Gestein, bis wir endlich unten auf der verlassenen Straße standen, die zur Mine führte.

Heftig atmend stieg ich ab. Ich schwitzte wegen der Hitze der Nachmittagssonne und des Kampfes mit dem seltsam aggressiven Tier. Kaum hatten meine Stiefel den Boden berührt, als Noblesse auch schon den Hang hochstürmte und mit donnernden Hufen hinter der Kuppe verschwand.

Verdammt, verdammt, verdammt!

Widerwillig blickte ich mich um. Zuerst fiel mein Blick auf den eingestürzten Eingang der Mine, dann auf die Reihe der rußgeschwärzten Steinhäuser. Die leeren Fenster starrten gleich Totenaugen in die Ewigkeit, und Dachbalken ragten wie verkohlte Knochen in den hellen Himmel.

Die Stille des Todes legte sich wie ein Leichentuch auf mich. Ich erschauerte.

Ich stellte mir eine lange Reihe von Bergleuten vor, die mit hängenden Schultern und von Hustenanfällen geschüttelt schwerfällig aus dem Schacht traten, die Gesichter dick mit Staub und Schweiß beschmiert.

Ihre Frauen waren aus den Häusern getreten, um sie zu begrüßen.

Dort, neben dem Baum, hatte Maria auf einer Patchworkdecke geruht und das Gesicht im Sonnenlicht gebadet.

Dort, auf den Felsblöcken entlang der Straße, war ich mit einem Dutzend Männer gesessen, hatte Bier getrunken und ihren Gesprächen gelauscht.

Ich hatte neben ihnen gearbeitet, mit ihnen geschwitzt und geflucht und geblutet.

Ich hatte davon geträumt, zu dem Mann zu werden, von dem ich wusste, dass ich es sein könnte. Und auch sein wollte.

Marias würdig.

Der Selbstachtung würdig.

Erschöpft sank ich auf einen Felsblock, stützte mich auf die Ellbogen und schloss die Augen.

Aus Minuten wurden Stunden, und die Schatten der leeren Hütten griffen nach mir. Die Luft wurde kühl und kam in jähen Böen.

Später hätte ich die flüsternde Stimme als das erkannt, was sie war – Jahre später, als ich mich geistigen Dingen mehr geöffnet hatte –, eine unaussprechlich fremde Stimme, die mein Ohr streifte und die ersten Funken einer Vision in meinen Gedanken entfachte.

Als ich sie hörte, blickte ich mich erstaunt um und fragte mich, woher sie wohl käme.

Zweifellos eine Sinnestäuschung durch den Wind, der durch die eingestürzten Hütten ächzte, vielleicht auch ein Rascheln der Äste über mir, das Zittern gegeneinander schlagender Blätter, dachte ich.

Welche Wahnbilder stellten sich da ein!

Ich sah die Bergleute ganz deutlich, vertraute Freunde, Schaufeln und Hacken geschultert, marschierten sie wie Soldaten in die Grube. Die Häuser waren wieder aufgebaut. Ich roch das frische Bauholz und hörte die lärmenden Gespräche der Männer.

Und dort unter ihnen stand noch einer: ein Fremder, groß und schlank, mit hellem Haar und Augen, so blau wie der Sommerhimmel.

Er starrte mich mit einem freundlichen Lächeln an. Dann formte er mit den Händen einen Trichter vor den Mund und rief: »Beeil dich! Du hast nicht viel Zeit!«

Dann war er verschwunden.

Die Bergleute waren verschwunden.

Ich war wieder allein.

Der wundersame Schock der Erkenntnis traf mich wie ein Erdbeben; er durchdrang zitternd und bebend mein Herz und meinen Geist.

Ich würde die Grube kaufen und sie wieder aufbauen.

Irgendwie würde ich es schaffen – notfalls würde ich eine Hypothek aufnehmen.

Aber ich *würde* sie wieder aufbauen. Für mich.

Und für Maria.

22

Der Tag hatte sich fast geneigt und die Dämmerung färbte den Himmel im Osten mit einem schläfrigen Purpur, als ich Huddersfield erreichte. Eine Aprilbrise kühlte mich und duftete nach zartem Gras; Wildblumen tauchten die dunkle Erde in Blau und Gelb.

Wie ein Fluch rief alles Lebendige um mich herum Erinnerungen an Maria wach: der kleinste Vogel, die winzigste Blume, die warme Sonne auf meiner Schulter.

Selbst jetzt, als sich mein Pferd unter mir bewegte, kamen mir ihre Worte und ein Bild in den Sinn:

Maria sitzt mir zu Füßen, ein Buch in der Hand.

In ihrem silbernen wallenden Haar spiegelt sich das Licht des Feuers.

»Erinnern Sie sich noch daran, Euer Gnaden, dass in unserer Kindheit jede Jahreszeit der Auftakt zu neuen Erfahrungen war? Der Frühling brachte Vögel und Blumen, der Sommer die langen, warmen Tage voller Sonne und wohlriechendem Heidekraut. Der Herbst war die Zeit der Ernte und der schweren Farben, des güldenen und roten Laubs, in dem wir herumtobten und vom Winterschnee träumten. Der Winter, das waren lodernde Feuer und das feste Einkuscheln in Daunendecken; wir lauschten dem Heulen des Windes und den Graupelschauern, die an den Fensterscheiben kratzten. Es war die Zeit, Geheimnisse auszutauschen und vom kommenden Frühling zu träumen.

Ich frage mich, Euer Gnaden, wann genau die Jahreszeiten so eintönig wurden, etwas, vor dem man sich fürchtete. Wann wurden die Sommer zu lang und unerträglich heiß, die Winter zu kalt? Warum wurde das Herbstlaub eine Plage, das zusammengerecht und verbrannt werden musste? Warum wurde der Frühling grässlich feucht und frostig?

Wann genau wurde aus all unserem Streben, all unseren Träumen und Hoffnungen einfach nur eine weitere vorhersehbare Enttäuschung?«

Seit ich eines Tages plötzlich hatte feststellen müssen, dass mich Maria verlassen hatte, war ich diese Strecke Dutzende Male geritten. Dutzende Male war ich die Wege an den Kanälen von Huddersfield entlanggewandert und hatte mich vor ihrem kleinen Häuschen wiedergefunden, wider alle Vernunft hoffend, einen Blick auf sie zu erhaschen.

Wie seltsam hatten mich die Dorfbewohner gemustert, wenn ich sie über Maria befragt hatte.

»Geht es ihr gut?«

»Ist sie glücklich?«

»Hat sie geheiratet?« In der Erwartung, dass sie es getan hatte, hielt ich gespannt den Atem an.

Ich hatte sie auf dem Weg zur Kirche beobachtet, wo John Rees darauf wartete, sie zu begrüßen. Sein entzückter Gesichtsausdruck hatte Mordgedanken in mir geweckt. Dass er nun in den Genuss ihrer Liebenswürdigkeit, ihres süßen Lächelns und ihrer sanften Berührung kommen sollte, stieß mir einen Dolch in die Seele.

Der Schmerz war noch immer da.

Obgleich ich nicht geplant hatte, auf dem Weg nach London über Huddersfield zu reiten, war ich doch wieder hier gelandet, von unverzeihlichen Gedanken verfolgt.

Ich würde ihr gegenübertreten.

Auf den Knien würde ich ihr meine Gefühle gestehen.

Sie hatte mich einst geliebt.

Ich würde sie dazu bringen, mich wieder zu lieben.

Zum Teufel mit John Rees!

Ich brachte mein Pferd in den Stall und mietete ein Zimmer für die Nacht. Dann begab ich mich zur Kirche. Im Kirchhof setzte ich mich auf eine Bank neben einer Eberesche und lauschte einem Chor von Stimmen, die wie Engel klangen. Der Himmel war sternenlos und die Luft so kühl, dass ich zittern musste.

Zu guter Letzt hörte der Gesang auf. Die Türen der Kirche gingen auf, und da stand John Rees im Ornat – und neben ihm Maria.

Nicht die Maria, deren Gesicht gezeichnet war von Angst und Traurigkeit. Nicht die junge Frau, deren ausgemergelter Körper leicht wie eine Daunenfeder gewesen war. Sie stand an Rees' Seite und gewährte jedem aus seiner Gemeinde eine freundliche Berührung und das Lächeln, das einst durch meine Dunkelheit gestrahlt hatte, um mich zu heilen.

Wie wunderschön sie war!

Ihr Haar war längst nicht mehr das kurz geschorene und struppige Durcheinander von Menson. Welch seltene und schöne Färbung es hatte! In seidenen Wellen strömte es über ihre Stirn und umrahmte die Augen. In den flachsfarbenen Strähnen spiegelte sich der Schein der Kerzen aus dem Kirchenschiff.

Und diese Augen – sie strahlten wieder mit tief empfundenem Mitgefühl. Es schien, als müsste sich jeder, den sie ansah, ob Mann, Frau oder Kind, fühlen wie von Gott selbst glückselig berührt.

Ich blieb im Schatten der Eberesche, für eine Ewigkeit, wie mir schien. Mit jedem Lächeln und jeder Berührung, die sie dem jungen Vikar schenkte, nahm die Ungeduld zu, die meine Brust schmerzhaft umfangen hielt.

Ich zitterte heftig, da die Luft immer kälter wurde und die Nacht hereinbrach. Der Nebel verschluckte alles, bis auf den zerstreuten Schein des Lichts, das den Kircheneingang erleuchtete – und das Paar, das noch verweilte, selbst als das letzte Gemeindemitglied den Weg nach Hause angetreten hatte.

Sollte er sie küssen, würde ich ihn umbringen.

Ach, und John Rees wollte sie so sehr küssen.

Seine Augen verrieten es, sein Lächeln und die Art, wie er schüchtern mit einem Finger ihre Wange berührte, um eine verirrte Locke zurechtzurücken.

Dann tauchte das Kind auf, ein Mädchen mit langen, lockigen Haaren, einem Engelsgesicht und roten Wangen wie Rosenknospen. Maria nahm sie hoch und küsste sie auf die Stirn.

Rees schloss die Tür, nahm Maria sacht am Ellbogen und geleitete sie und das Kind die Stufen hinab und den Weg entlang. Sie gingen dicht an mir vorüber, und ich hörte Maria sprechen.

»Morgen früh werde ich als erstes Mave Smythe besuchen«, sagte sie zu John. »Die Ärmste. Sie grämt sich so schrecklich, weil sie ihren Mann verloren hat.«

»Sie wird dir für deine Gesellschaft dankbar sein«, erwiderte er. »Du bist ein Gottesgeschenk für meine Gemeinde – und meine Tochter. Du weißt, was ich fühle.«

»Du brauchst nicht von deiner Dankbarkeit zu sprechen, John.«

Ich folgte ihnen durch die Dunkelheit.

»Es geht mir hier nicht um Dankbarkeit, Maria. Das weißt du.«

»Ich weiß. Und wir werden über unsere Zukunft sprechen ... irgendwann.«

»Wann?«

»Wenn ich so weit bin.«

»Es sind nun sechs Monate vergangen, seit du nach Huddersfield zurückgekehrt bist. Sechs Monate, in denen du an meiner Seite gearbeitet hast und für meine Tochter eine Mutter warst. Und dennoch schirmst du dein Herz vor mir ab. Warum?«

Sie blieb stehen und sah ihn an, sagte aber nichts.

»Warum?«, wiederholte er. »Du hast mich einmal geliebt, Maria. Ich kann dafür sorgen, dass du mich wieder liebst.«

»Ich liebe dich doch, John.«

»Aber du weigerst dich, mich zu heiraten. Ich habe eine Recht darauf zu wissen, warum.«

Ich blieb im Schatten, während ich mit angehaltenem Atem auf ihre Antwort wartete. Da sah ich die Hoffnungslosigkeit in ihrem Gesicht, als sie das Kind in ihren Armen anblickte. Ja, Hoffnungslosigkeit, Trauer, Leere. Das strahlende Lächeln, das sie den Gemeindemitgliedern geschenkt hatte, war wenig mehr als eine Fassade gewesen, hinter der sie ihre eigene Qual verbarg.

In diesem Augenblick durchbohrte mich ein schockartiger Schmerz, der mich taumeln ließ. Der Anblick von Maria und dem Kind raubte mir den Atem, ich musste mich gegen einen Baum lehnen. Eine herzzerreißende Trauer durchströmte mich, während ich auf das Bild starrte: Frau und Kind. Verlust, unwiderruflicher Tod. Alles, was ich hätte lieben können, befand sich in meiner unmittelbaren Reichweite.

Maria drückte das Kind an sich und setzte den Weg zu ihrem Häuschen fort. Ich konnte sie nicht mehr verstehen. Der Nebel schob sich zwischen uns und nahm mir die Sicht auf sie.

Mit brennender Klarheit erkannte ich, dass sie etwas Besseres verdient hatte als einen verarmten Herzog mit einem befleckten Ruf und einer fragwürdigen Abstammung. Sie hatte das gefunden, was sie verloren hatte: ein Zuhause, ein Kind, einen ehrbaren, frommen Mann, der ihr herzlich zugetan war.

Ich wusste, das durfte ich ihr nicht rauben.

Doch ich blieb und sah mit schlechtem Gewissen zu, wie sie sich von mir entfernte, sanft die Hüften schwingend, das Kind an sich gedrückt.

Ich öffnete den Mund, um ihren Namen zu rufen, blieb aber stumm.

Sie zögerte und drehte sich um.

Einen Moment lang – nur ganz kurz – hatte ich das Gefühl, dass sich unsere Blicke trafen. Sie schien direkt in meine

Richtung zu blicken, aber mich nicht wahrzunehmen. Nie würde ich ihr wunderschönes Gesicht vergessen, die sanfte Linie ihrer Stirn, ihre sinnlichen Lippen. Der Kummer, den ich ihr unabsichtlich bereitet hatte, lag auf ihrem Antlitz wie Mehltau. Die Erinnerung an ihren gequälten Blick würde mich den Rest meines Lebens schmerzhaft verfolgen.

***

Die Arme des Kindes um Marias Hals machten ihr das Herz schwer. Sein süßer Atem auf ihrer Wange ließ sie lächeln, obwohl John ungeduldig die Stirn runzelte.

Als er sie überholte, um die Tür des Häuschens aufzumachen, schaute sie in den Nebel zurück. Nicht zum ersten Mal spürte sie den Kitzel einer Erwartung.

Was oder wen erwartete sie dort zu sehen?

Hoffte sie, ihn dort zu sehen?

John bemerkte ihren Blick offenbar auch. Die Geduld und das Mitgefühl wichen aus seinem Gesicht, es wurde hart und fast bedrohlich.

Er nahm ihr das Kind ab. »Es ist wegen deines Vaters, nicht wahr? Deshalb erlaubst du dir nicht, mir zu vertrauen.«

Maria trat einen Schritt zurück und wickelte ihren Schal fester um sich. Sie wollte nicht an ihre Vergangenheit erinnert werden.

»Ich werde nicht schlecht von den Toten sprechen, John.«

Er sah zu, wie sie zum Herd ging und sich auf einen Stuhl setzte.

»Ich bin nicht dein Vater, Maria! Er glaubte, dass Gott den Sünder grausame Buße tun lässt, um seine verdorbene Seele zu retten.

Habe ich dir je ein unfreundliches Wort gesagt oder die Hand gegen dich erhoben?«

Maria drehte sich ruckartig zu ihm um und sah ihn an. »Willst du damit sagen, John Rees, dass ich so etwas verdiene? Klagst du meine Seele an, verdorben zu sein?« Sie nickte. »Ja, ich denke, das tust du.«

»Sei nicht töricht, Maria!«

»Habe ich etwa nicht gesündigt?«

»Doch, das hast du.«

»An dem Abend, als ich nach Huddersfield zurückkam, hast du gesagt, ich hätte keine Sünde begangen, die Gott und du selbst mir nicht vergeben würden. Und doch erinnerst du mich bei jeder Gelegenheit an meine Vergangenheit. Du schlägst mit der Faust auf das Pult der Kanzel und lässt dich über die Sünden des Fleisches und den Dämon der Lust aus, ohne auch nur eine Sekunde den Blick von mir zu wenden. Ich weigere mich, wie meine Mutter zu werden, Gott sei ihrer Seele gnädig. Von ihrem Mann beschämt, weil sie sich nach seiner Berührung sehnte. Schon jetzt verlangst du, dass ich mich Grau in Grau kleide, dass ich leise spreche, dass ich keinem Mann in die Augen schaue, weil das zu Dingen einlüde, über die man nicht spricht. Nein, John Rees, ich könnte nie die Frau sein, die zu sein du von mir erwartest.«

»Du liebst ihn noch immer, Maria. Warum gibst du es nicht zu?«

Ihr Herz machte einen Satz, und ihr Atem ging schneller. Sie kehrte ihm den Rücken zu und starrte in die Glut.

Diese schrecklichen Gedanken und Gefühle verfolgten sie Tag und Nacht: Erinnerungen an Salterdon.

John trat neben sie, während seine Tochter zum Bett hinüberhopste und nach einer Puppe griff, die sie so fest an sich presste, wie es ihre kleinen Arme erlaubten.

Ach, Sarah. Süßer, geliebter Engel, der in Marias Erinnerungen und in ihrem Herz wohnte. Sie konnte Johns Tochter nicht ansehen, ohne an das Kind zu denken, das für sie verloren war. Sie stellte sich vor, dass Sarahs Haar dieselbe Farbe haben müsste, in üppiger Fülle ihr Gesicht umrahmend – Locken, die sie von ihrem Vater geerbt hätte. Und ihre Augen – große, silbergraue Augäpfel, die schelmisch blitzen. Wenn Sarah leben würde, wäre sie genauso alt wie Johns Tochter.

John nahm Marias Hand und ging auf die Knie. Sein Blick war so seelenvoll, so fragend. Sie wandte das Gesicht ab, unfähig, ihm in die Augen zu sehen.

»Es macht nichts, Liebling«, murmelte er. »Eines Tages wirst du mich so lieben, wie du es vor langer Zeit schon einmal getan hast.«

»Ich bin kein Kind mehr, John. Ich bin weder naiv noch unschuldig. Du könntest mich zur Frau nehmen, aber es gäbe in unserem Leben keinen Moment, in dem du mich nicht ansehen und denken würdest …«

»Still!« Er legte einen Finger an ihre Lippen. »Sprich nicht davon.«

Sie zog den Kopf ein. »In diesem Sprengel gibt es ein Dutzend Frauen, die ideal wären als Gemahlin für dich und als Mutter für Maria. Deine Gemeinde wird dich verachten, John. Das weißt du auch. Ich bin gebrandmarkt. Die Frau eines Vikars sollte einen untadeligen Charakter haben – den ich nicht habe.«

»Alles wird vergeben sein, wenn du mich heiratest.«

»Das glaube ich nicht.«

Maria seufzte, als sie sah, wie sich das Kind auf dem Bett zusammenrollte, die Puppe eng an sich gedrückt. »Du solltest gehen, John. Das Kind ist müde.«

»Denk darüber nach, ich bitte dich. Heirate mich, Maria! Ich schwöre bei Gott, du wirst es nicht bereuen.«

»Na gut.« Sie schenkte ihm ein Lächeln, das nicht von Herzen kam. »Ich werde darüber nachdenken, John.«

Sein Gesicht erhellte sich, und er stand auf. Dann nahm er das Kind hoch und verließ das Häuschen.

Wie still es plötzlich war – und kalt. Leer.

Lange blieb sie einfach nur stehen und blickte gelegentlich auf die Treppe, die zu ihrem kleinen Bett führte. Sie fürchtete den Augenblick, in dem sie gezwungen sein würde, zwischen die kalten Laken zu schlüpfen und das Kissen an ihre Brust zu drücken.

In den letzten, langen Monaten hatte sie das Häuschen neu gestaltet. Die schweren, wollenen Fenstervorhänge hatte sie durch ein zartes Material ersetzt, das es dem Sonnenlicht erlaubte, sich golden über die Wände zu ergießen. In allen der einst düsteren Winkel und Spalten lehnten jetzt süß duftende Blumengebinde – Flecken von lebhaftem Gelb, Weiß und Rosa.

Gott hatte sie mit einer gemütlichen Wohnstatt versehen, und dank John Rees fehlte es ihr an nichts – weder an Nahrung für ihren Körper noch für ihre Seele.

Dennoch …

Beschämt blickte sie sich in dem leeren Zimmer um, denn sie spürte ein Bedürfnis, das weder durch Essen noch durch Bibelverse zu stillen war.

Wie bei ihrer einsamen Mutter hatte sich schnell das Verlangen nach männlicher Berührung eingestellt.

An dieser Stelle begannen die Erinnerungen zu strömen. Das schreckliche Verlangen, Salterdon wiederzusehen. Jetzt würde er bestimmt schon verheiratet sein. Sein und Edwinas Kind könnte sogar schon auf der Welt sein. Gerade jetzt könnte er eng an seine Frau geschmiegt fest schlafen oder …

Nein, daran wollte sie jetzt nicht denken!

Maria stand auf und stieß wütend den Stuhl zur Seite. Genau in diesem Augenblick ließ ein Windstoß die Tür auffliegen.

Welch seltsame Empfindungen befielen sie!

Der Nebel ballte sich zu einer geisterhaften Gestalt – ein Mann, jenseits der Hecke und des Tores.

Und Musik wie von einem Glockenspiel – *Marias Lied!*

»Trey?«

Sie lief aus dem Haus in den böigen Wind, der an ihren Kleidern zerrte und ihr die Haare zauste. Ihre Augen füllten sich mit Tränen, und ihr Atem stockte.

Doch sie lief weiter über die gepflasterte Straße und auf die Wiese – sie rannte und jagte das gespenstische Glockenspiel und die Erscheinung des Mannes, der sie verfolgte, der sie auf ewig verfolgen würde.

Schließlich erreichte sie den Kanal, tief und breit und schwarz. Und dort stürzte sie nieder und bedeckte das weinende Gesicht mit den Händen.

***

Maria stand vor Johns Haus

Keine Tränen mehr. Kein Hoffen, dass Salterdon vor ihrer Schwelle auftauchen und sie mit sich reißen würde in einen Traum, der nur das war – ein Traum. Er war für sie gestorben wie ihre Tochter.

Ja, sie war einsam und verloren. Eine Frau in Schande, die von den Leuten, die ihr einst den Kopf getätschelt und sie einen Engel genannt hatten, verachtet wurde.

Sie hätte nie nach Huddersfield zurückkehren sollen. Warum hatte ihr Vater sie überhaupt gerufen? Er war gestorben, wie er gelebt hatte: harte Worte des Tadels für die Sünden des Fleisches herauspressend. Er hatte sie so fest am Arm gepackt, dass ihr seine eingerissenen Fingernägel ins Fleisch geschnitten hatten. Er hatte sie mit solcher Furcht angestarrt, dass es schien, als hätte er hinter die Pforten des Todes geblickt und entdeckt, dass dort nur das Feuer der Hölle auf seine Seele wartete.

Sie blinzelte und sah zum Himmel hinauf.

Sogar Paul hatte sie verlassen. Warum?

Weil sie die Hoffnung verloren hatte, den Glauben?

Ich werde dir noch Wunder zeigen.

»Dann zeig sie mir, zum Teufel«, stieß sie zwischen den Zähnen hervor.

Doch nur das Stöhnen des Windes und das Rauschen der Bäume antworteten.

Maria atmete tief durch, trat an Johns Tür und klopfte mit der Faust an. Sie wusste, was sie zu tun hatte – was blieb ihr anderes übrig? Mit jedem Tag rückten Bilder ihres Lebens näher, die immer trostloser wurden: eine kinderlose alte Jungfer, die alberne Träume vom Lieben und Geliebtwerden aufgab und schließlich an gebrochenem Herzen und Einsamkeit starb wie ihre Mutter.

Und doch gab es einen Unterschied. Sie war zu sehr in Hawthorne verliebt gewesen, um sich die Wahrheit einzugestehen. John liebte sie hingebungsvoll. Vielleicht würde sie ihn im Lauf der Zeit auch lieben lernen, nicht als Freund, sondern als Ehemann. Sie würde sein Kind ebenso zärtlich lieben wie ihre eigene süße Sarah.

Schließlich ging die Tür auf. John, dem sein braunes Haar in die Stirn hing und der sein Nachthemd in die Bundhose gestopft hatte, sah sie erst schlaftrunken, dann besorgt an.

»Maria? Gütiger Gott, was ist mit dir?«

Er nahm sie am Arm, geleitete sie ins Haus und führte sie zu einem Stuhl vor dem Herd. Daneben stand ein Tisch, auf dem eine Lampe brannte. Dann fiel er vor ihr auf die Knie.

»Um Himmels willen, du bist ja klatschnass, und dein Gesicht ist zerkratzt. Was ist passiert, Liebling?«

Sie zwang sich zu einem Lächeln. »Ich habe Geister gejagt.«

Er stand auf und eilte ans Fenster, wo er die gemusterten Vorhänge mit einem Ruck zuzog. Mochte Gott verhüten, dass irgendein Voyeur vorbeikam und ihn zu einer solchen Stunde allein mit einer Frau sah!

Dann drehte er sich langsam zu ihr um.

Wie steif er wirkte und streng – und misstrauisch.

Maria stand auf und ging zur Schlafzimmertür, die sie vorsichtig öffnete.

Das Kind schlief.

Wie wunderschön die Kleine war! Zart wie ein Veilchen. Ein kleines Lächeln von ihren Engelslippen brachte die betäubende Kälte um Marias Seele zum Schmelzen. Das feine Wispern des Kindes ließ ihr Herz entzückt höher schlagen. Am liebsten hätte sie den lieben kleinen Körper an sich gedrückt und sich an der köstlichen Liebe des Mädchens gewärmt.

Sie schloss die Türe wieder und ging zu John, der mit gerunzelter Stirn und geballten Fäusten dastand.

Maria ließ sich langsam auf die Knie nieder und zog den Kopf ein. Ihre Augen füllten sich mit Tränen.

»Reinige mich von meinen Sünden, John Rees, im Namen des Vaters, des Sohnes und des Heiligen Geistes.«

»Einen Moment, ich komme gleich«, flüsterte er, eilte aus dem Zimmer und kehrte mit einem Weihwassergefäß zurück.

Er betete für ihre Seele und benetzte ihren Kopf mit Wasser, das über ihre Stirn rann und vom Kinn auf ihre Brust tropfte.

Als er fertig war, hob sie den Kopf und blickte ihm fest in die Augen. »Nun bin ich würdig, deine Frau zu sein, John. Ich werde dich heiraten.«

23

Der hochwohlgeborene Anwalt Douglas M. Jacobson war ein elender Mistkerl, ein rechthaberischer, aufgeblasener, wichtigtuerischer, oberflächlicher Stutzer. Er hatte vierzig Jahre lang die Geschäfte und den Besitz der Salterdons betreut und die Herzoginwitwe rechtlich und finanziell vertreten, seit der alte Herzog sich um nichts mehr gekümmert hatte.

Gereizt lief ich in seinem Büro auf und ab, denn er hatte sich verspätet.

Doch als endlich die Tür aufging, kam nicht er herein, sondern Ernest Woodruff, ein kleiner Mann mit müden Augen, die mich durch seine Nickelbrille überrascht anstarrten. Dann verbeugte er sich lächelnd.

»Euer Gnaden! Welch angenehme Überraschung!«

Ich mochte Woodruff, auch wenn er mich an ein altes Schoßhündchen erinnerte, das zeit seines Lebens schlecht behandelt worden ist. Aber er hatte ein Gewissen, auch wenn ich das erst jetzt richtig zu schätzen lernte.

»Hallo, Woodruff!« Ich bot ihm lächelnd die Hand. »Wie geht es Ihnen?«

Er schien erst etwas verdutzt über die dargebotene Hand, doch dann nahm er sie und strahlte. »Sehr gut, Euer Gnaden. Danke der Nachfrage.«

»Und wie geht es Ihrer Frau?«

»Danke, auch gut.« Zur Bekräftigung nickte er so heftig, dass ihm die Brille auf die Nasenspitze rutschte. »Sogar sehr gut. Ich werde ihr sagen, dass Sie sich nach ihr erkundigt haben. Sie wird sich bestimmt sehr geschmeichelt fühlen.«

Er legte einen Stapel Papier auf Jacobsons Schreibtisch,

dann musterte er mich mit einem seltsam mitfühlenden Gesichtsausdruck.

»Stimmt etwas nicht?«, fragte ich.

»Ich …« Er räusperte sich und schaute weg. »Es ist nur so, dass wir Sie schon viel früher erwartet haben. Ihre Großmutter hat Jacobson nämlich schon im letzten Herbst mitgeteilt, dass Sie uns einen Besuch abstatten würden.«

»Ach ja?« Ich runzelte die Stirn.

Da ging die Tür auf, und Jacobson trat ein, das Gesicht rot wie eine Tomate und heftig schwitzend. Nachdem er Woodruff mit einem Wink entlassen hatte, ließ er seinen massigen Körper auf den Stuhl hinter seinem Schreibtisch plumpsen und starrte mich an.

Woodruff verbeugte sich knapp in meine Richtung und zog sich zurück.

»Gut, Salterdon. Setzen Sie sich, und dann sehen wir zu, dass wir die Sache möglichst rasch hinter uns bringen.«

Ich zog eine Braue hoch und bedachte ihn mit einem hochmütigen Blick. »Sie vergessen sich, Sir!«

Sein Gesicht verfärbte sich noch dunkler, und seine Wangen zitterten. »Verzeihen Sie, *Euer Gnaden*. Machen Sie es sich doch bitte bequem!«

Ich setzte mich und schlug die Beine übereinander.

Er räusperte sich. »Ich habe bereits eine recht klare Vorstellung über den Grund Ihres heutigen Besuchs.«

»Ach ja? Dann klären Sie mich doch bitte auf!«

»Ihre Großmutter meinte, Sie würden bestimmt bald auftauchen und einen Beweis verlangen, dass Sie und Ihr Bruder Ihren Titel de facto unrechtmäßig tragen.«

Ich starrte ihn zähneknirschend an.

»Diesen Beweis sollen Sie auch bekommen. Das ist schließlich Ihr gutes Recht.«

Er durchwühlte einen Aktenstoß und zog zwei Unterlagen heraus, die er an den Rand des Schreibtisches schob. »Das da«, er deutete auf eines der beiden Dokumente, »ist die ursprüngliche Geburtsurkunde. Darauf ist Ihr Erzeuger verzeichnet, der Herzog persönlich. Ihre Mutter war eine gewisse Isabelle Pinter, damals Hausangestellte des Herzogs. Sie ist inzwischen verstorben. Die Position der Herzogin wurde ebenfalls kraft dieses Dokuments gesichert, das seit jener Zeit hier verwahrt wird.«

Jacobson räusperte sich abermals und rutschte so unruhig auf seinem Stuhl hin und her, dass ich misstrauisch wurde. Mit dem Wissen, das ich nun um meine düstere Herkunft hatte, hätte es mich nicht im Geringsten gewundert, wenn die Herzoginwitwe bei Miss Isabelle Pinters Ableben etwas nachgeholfen hätte.

Der Anwalt deutete auf das andere Dokument. »Das hier ist die offizielle Geburtsurkunde, in der festgestellt wird, dass Sie und Basingstoke die Kinder des Mannes sind, der sich für Ihren Vater ausgab und als solcher anerkannt wurde.«

Es dauerte eine Weile, bis sich mein Ärger so weit gelegt hatte, dass ich wieder etwas sagen konnte.

Jacobson hatte sich mittlerweile wieder selbstgefällig in seinen Stuhl zurückgelehnt. Mein Gesicht brannte vor Scham, und ich wurde rot.

»Ihnen ist ja wohl klar«, meinte er, »dass Sie, falls Sie mit dieser Information an die Öffentlichkeit treten ...«

»Die Folgen eines solchen Tuns sind mir völlig klar, Jacobson. Ich mag ja ein Bastard sein, aber ich bin kein Idiot.«

»Und Sie sind sich auch darüber im Klaren, welche Folgen das für Ihre Tochter haben könnte.«

Vor Wut und Hass zitternd stand ich auf und beugte mich über den Schreibtisch.

»Sie mieser Winkeladvokat! Ich bin mir darüber im Klaren, dass meine Tochter tot ist.«

Er blinzelte und atmete tief durch.

»Sie haben meine Erlaubnis, der widerlichen Alten zu sagen, dass sie zur Hölle fahren soll! Ich bin ihr auf die Schliche gekommen und weiß alles, Jacobson. Alles!«

Er sprang hoch und knallte dabei seinen Stuhl so heftig gegen die Wand, dass die Fenster klirrten.

Hinter mir wurde die Tür aufgerissen und Woodruff stürmte herein, aufgeregt die Hände ringend.

»Gibt es ein Problem?«, fragte er.

»Nein, nein«, meinte ich, atmete tief ein und setzte mich wieder. »Ich wollte mit diesem … diesem Herrn da gerade die Gründe für meinen Besuch in London erörtern.«

Ich warf einen Blick über die Schulter auf Woodruff und lächelte ihm kurz zu. »Ganz ehrlich: Es ist alles in Ordnung. Ich habe nicht die Absicht, Ihrem Dienstherrn den fetten Hals umzudrehen – solange er mich nicht weiter provoziert.«

Der kleine Mann blickte auf Jacobson, dann auf mich. Sein Mund ging auf, als wollte er etwas sagen, aber dann besann er sich eines Besseren.

»Gehen Sie!«, knurrte Jacobson unwirsch.

»Jawohl, Sir. Natürlich, Sir.«

Woodruff schlurfte wieder hinaus. Allerdings ließ er die Tür einen Spaltbreit offen.

»Und jetzt sollten wir uns über das Geschäftliche unterhalten«, sagte ich und bedachte Jacobson mit einem durchbohrenden Blick.

Der Mann zitterte noch immer, als säße er dem Teufel gegenüber. »Ich beabsichtige, die neben Thorn Rose liegende Warwick-Mine zu erwerben.«

Jacobson schluckte und strich sich die Jacke glatt. »Ich weiß, wo diese Mine liegt, denn ich kümmere mich auch um Warwicks …«

»Halten Sie den Mund, und hören einfach zu! Meines Wissens hat Warwick nicht die Absicht, die Grube wieder zu eröffnen. Bislang hat er es jedenfalls nicht getan.«

»Richtig.« Er nickte. »Eigentlich sollte sie schon vor der Katastrophe verkauft werden. Die Ausbeute war so gering, dass es kaum die Mühe lohnte.«

»Ich beabsichtige, die Mine zu kaufen.«

»Auch auf die Gefahr hin, Sie weiter zu reizen, Euer Gnaden …« Er verlagerte sein Gewicht ein wenig, bevor er fortfuhr: »Wie in aller Welt wollen Sie das bezahlen?«

»Ich werde eine Hypothek auf Thorn Rose aufnehmen.«

Seine Kinnlade klappte herunter. »Wie bitte?«, fragte er verdutzt.

»Sie haben schon richtig gehört, Jacobson. Ich erwarte von Ihnen, dass Sie die nötigen rechtlichen Schritte unternehmen und eine passende Geldquelle auftun.«

»Sind Sie denn von allen guten Geistern verlassen, Mann? Sie wollen den Rest Ihres Besitzes für eine eingestürzte Bleimine riskieren, die höchstwahrscheinlich nie mehr auch nur einen Bruchteil dessen abwerfen wird, was Thorn Rose wert ist?«

»Ich bin ein Spieler, Jacobson. Ich bin bereit, Thorn Rose darauf einzusetzen, dass mich die Mine zu einem sehr reichen Mann machen wird.«

»Aber Sie sehen doch, wohin Sie Ihre Spielleidenschaft gebracht hat!«

»Irgendwann bekommt jeder mal ein Gewinnerblatt, Jacobson.«

»Ihre Großmutter würde das keinesfalls billigen.«

Meine Augen wurden schmal, meine Lippen kräuselten sich verächtlich. »Glauben Sie etwa, darauf gebe ich einen Heller?«

Er wischte sich den Schweiß von der glänzenden Stirn, dann nickte er.

»Na gut. Ich werde mich sogleich mit Warwick in Verbindung setzen. Meines Wissens hält er sich gerade in der Stadt auf, sodass ich ihn noch heute Nachmittag treffen könnte. Wenn er damit einverstanden ist, das Land zu verkaufen, bereite ich die notwendigen Unterlagen vor und sehe zu, wie sich das Finanzielle regeln lässt.«

Er betrachtete mich mit einem schmallippigen Grinsen. »Wahrscheinlich wird es mir nicht besonders schwer fallen, einen Geldgeber zu finden. Jeder vernünftige Mann weiß, dass Sie es kein halbes Jahr durchhalten werden.«

Ich erhob mich und verließ den Raum, nicht ohne die Tür fest hinter mir zu schließen. Draußen sank ich erschöpft dagegen und schloss die Augen. In meinem Magen rumorte es.

»Euer Gnaden?«, erklang Woodruffs freundliche Stimme.

Müde hob ich den Kopf und bemerkte, dass er neben mir stand.

»Ich wünsche Ihnen viel Glück, Euer Gnaden!«

»Glauben Sie an Gott, Woodruff?«

»Jawohl, Euer Gnaden.«

»Dann beten Sie für mich!«

»Gern!« Er lächelte.

Als ich mich zu gehen anschickte, sagte er noch einmal: »Euer Gnaden?«

»Ja bitte?«

»Ich ... ich konnte nicht umhin, Ihr Gespräch mitzuhören. Alles. Auch die Sache mit Ihrer Tochter.« Er blickte auf Jacobsons verschlossene Tür.

»Ich ...« Doch dann schlug er den Blick nieder. »Entschuldigen Sie. Es tut mir Leid. Es tut mir alles schrecklich Leid!«

Ich ging hinaus auf die Straße. Der Gestank und der Lärm der Stadt stürmten auf mich ein. Die Luft war drückend feucht, wahrscheinlich würde es bald ein Gewitter geben. Ich bog in eine kleine Gasse ein und übergab mich.

* * *

Gegen halb neun hatten mich schon drei Clubs abgewiesen, selbstverständlich so höflich wie möglich. Ich sollte erst einmal meine Schulden begleichen, hatte es geheißen, und ähnliche Albernheiten mehr.

Als ich bei Brookes's, St. James Street sechzig, ankam, war meine Hoffnung, eingelassen zu werden, nicht sehr groß. Ich stand lange im Regen und starrte auf den Eingang, bis ich mir endlich ein Herz fasste und klopfte.

Auch hier betrachtete mich der Diener ziemlich bestürzt und murmelte ein paar holprige Entschuldigungen. Doch dann erklang hinter ihm eine Stimme, die ich sofort erkannte und die mir neue Bauchschmerzen bereitete.

»Er ist heute Abend mein Gast!«

Ich blickte in das Gesicht meines Bruders.

»Nein danke«, erklärte ich kühl.

»Sei nicht töricht! Es ist kalt und feucht, und außerdem können wir beide einen Drink gebrauchen.«

Er nahm mich am Arm und zog mich in den Club. Begierig atmete ich die Schwaden von Tabak und Alkohol ein, die mir wie ein Willkommensgruß entgegenwehten. Die Prahlereien der Spieler stachelten meine Lust auf Hazard und Faro an. Ich kam mir vor wie ein Alkoholiker, der lange nichts mehr zu trinken hatte.

»Haben Sie ein freies Separée für uns?«, fragte Clayton den Saalchef.

»Selbstverständlich, Mylord. Wünschen Sie auch etwas zu speisen?«

»Ja. Mein Bruder sieht aus, als könnte er eine anständige Mahlzeit vertragen.«

»Würde Ihnen Fasan zusagen?«

»Warum nicht? Von Fasan bin ich stets angetan.«

Clay grinste und wir folgten dem Mann in einen kleinen, doch vornehm möblierten Raum, in dem ein Feuer im Kamin prasselte.

Nachdem ich mich meines triefnassen Umhangs entledigt hatte, ließ ich mich auf einen Lehnstuhl fallen. Ich hatte die Zähne zusammengebissen, weil mir so kalt war, aber auch, weil mein Bruder mich wieder einmal vor einem schlimmen Ärgernis bewahrt hatte. Kaum hatten wir uns niedergelassen, kam auch schon ein Kellner mit den Getränken – Port für mich und Brandy für meinen Bruder.

Ich schloss genüsslich die Augen und ließ mich vom Portwein wärmen.

»Komisch, dich ausgerechnet hier zu treffen!« Clayton sank ein wenig tiefer in seinen Sessel, ohne mich anzuschauen.

»Was führt dich denn nach London?«

»Dies und das – eine Stippvisite bei Großmutter sowie ein paar geschäftliche Dinge.«

»Wie geht es denn der alten Zicke?«

»Willst du das wirklich wissen?«

»Nein, eigentlich nicht.«

»Warum hast du dann gefragt?«

»Na ja, vielleicht hoffte ich ja, du würdest mir sagen, dass der Tod vor ihrer Türe steht.«

Wir tranken schweigend weiter. Schließlich stellte Clay sein leeres Glas ab und sah mich an.

»Ich habe heute Nachmittag mit Jacobson gesprochen.«

Ich erstarrte und blickte ihn über den Rand meines Glases sprachlos an.

»Es wird dich freuen zu erfahren, dass er mit Warwick gesprochen hat, der bereit ist, die Mine zu einem anständigen Preis zu verkaufen. Weit unter dem Wert von Thorn Rose«, fuhr Clayton fort.

Mir war wieder eiskalt, als ich das Glas wegstellte und aufstand.

»Setz dich!«, forderte Clayton mich kühl auf.

»Nein! Ich habe keine Lust, mir wieder einmal eine Standpauke von dir über meine Dummheit anzuhören.«

»Ganz im Gegenteil – ich freue mich, dass du endlich ein Ziel im Leben hast!«

Ich stieß ein kaltes Lachen aus und beugte mich schnell über ihn.

»Wie bitte? Der heilige, alles wissende Samariter hält mir heute einmal nicht vor, dass ich zeit meines Lebens eine Niete gewesen bin? Kein Vortrag darüber, dass mein plötzlicher

Ehrgeiz der letzte Strohhalm ist und dass ich garantiert scheitern und das Anwesen verlieren werde, das seit sechs Generationen den Salterdons gehört hat?«

»Nein.«

Ohne meinen Bruder aus den Augen zu lassen, trat ich vor ihn und stützte mich auf die Lehnen seines Stuhls. »Warum?«, fauchte ich höhnisch.

Er biss die Zähne zusammen, wich meinem bösen Blick jedoch nicht aus.

Die Erkenntnis traf mich wie ein Schlag.

»Du gemeiner Mistkerl!«

»Es war doch das Vernünftigste, Trey. Wenn du auch nur eine Sekunde lang geglaubt hast, ich würde es zulassen, dass du das letzte Anwesen unserer Familie verspielst ...«

»Zur Hölle mit dir!« Ich packte ihn an den Jackenaufschlägen, zog ihn hoch und schleuderte ihn derart heftig an die Wand, dass er sich stöhnend krümmte. »Wenn ich dein verfluchtes Geld gewollt hätte, hätte ich dich darum gebeten.«

»Nein, das hättest du nicht. Dein verdammter Stolz steht dir immer im Weg.«

»Fahr zum Hölle!«

Ich stieß ihn weg. Wir umkreisten uns wie zwei Kampfhähne.

»Ich werde es nicht nehmen«, knurrte ich.

»Es wird dir nichts anderes übrig bleiben.«

»Was du nicht sagst!«

»Ich bin mit Warwick befreundet, sehr gut sogar. Heute Nachtmittag habe ich zusammen mit Jacobson mit ihm gesprochen. Warwick wird dir die Mine nicht verkaufen, wenn du mich das Geschäft nicht finanzieren lässt.«

Ich holte zu einem Schlag aus.

Er duckte sich, packte mich am Kragen und drückte mich nun seinerseits an die Wand, wobei er mir einen Arm gegen die Gurgel presste, sodass ich kaum noch Luft bekam.

»Warum hasst du mich so, Trey? Warum, verflucht noch mal – nachdem ich so viele Opfer gebracht habe, um dir zu helfen?«

Ich schloss die Augen und versuchte, ihn wegzustoßen, aber ich war einfach zu müde.

»Du und Opfer gebracht? Hier und da mal ein Penny, um meine Spielschulden zu begleichen, stets gefolgt von deinen Schimpftiraden, bei denen ich mir immer wie der letzte Dreck vorgekommen bin. Du arroganter Mistkerl, du weißt doch überhaupt nicht, was Opfer sind. Ich habe die einzige Frau verloren, die ich je geliebt habe, weil ich ein verfluchtes Opfer gebracht habe.«

»Wovon zum Teufel redest du da?«

»Ich wünschte aufrichtig, ich könnte dich hassen, Clayton. Einen Großteil meines Lebens habe ich geglaubt, ich würde es tun, und vielleicht habe ich es ja auch getan. Ich weiß es einfach nicht mehr.«

»Und ich weiß nicht, wovon du redest. Was für ein verfluchtes Opfer hast du je für mich gebracht?«

Ich wandte das Gesicht ab. Die Wahrheit lag mir auf der Zunge, aber sie kam mir vor wie ein vergifteter Pfeil. Zu gern hätte ich ihm die unerfreulichen Umstände unserer Geburt gestanden, aber was hätte ich davon gehabt?

»Du hast Recht«, sagte ich schließlich. »Ich habe mein Leben lang nichts getan, was auch nur annähernd gut war. Nicht für dich und auch für keinen anderen – niemals. Und höchstwahrscheinlich werde ich es auch in Zukunft nie tun.«

Ich stieß ihn weg und strich meine Kleidung glatt.

»Lass dir den Fasan schmecken«, sagte ich und ging.

***

Ich machte mir nicht die Mühe, ein Taxi zu rufen, um in das Stadthaus der Salterdons nach Mayfair zu fahren. Der alte Herzog, mein Vater, hatte es ursprünglich für seine Frau erworben – ein Geschenk, hatte er gesagt. Doch alle wussten, dass es vor allem dazu dienen sollte, ihre Verwandten, die er nicht ausstehen konnte, unterzubringen, wenn sie nach London kamen. Ich hatte ihn oft brummen hören, dass er es nicht ertragen könne, mit ihren Eltern unter einem Dach zu schlafen.

Nachdem sie gestorben waren, hatte er das Haus für sein Vergnügen genutzt, für nachmittägliche Rendezvous mit seinen Mätressen oder süßen kleinen Flittchen wie Isabelle Pinter.

Auch ich hatte mich dort mit süßen kleinen Flittchen vergnügt, und ebenso mein Bruder, bevor er Miracle kennen lernte.

Den Kopf zum Schutz gegen den Regen gesenkt, ging ich nach Hause, zerfressen von Groll und im Geiste Krieg gegen meinen Bruder führend. Sollte ich ihm nicht einfach sagen, er solle sich zum Teufel scheren, auch wenn es das Ende meiner Hoffnungen, die Mine wieder zu öffnen, bedeutet hätte?

Aber Thomas Whitefields Worte nagten an mir.

»*Dort unten gibt's noch eine Ader, und zwar 'ne große. Groß genug, um den Männern hier den Rest ihres elenden Lebens ein Auskommen zu sichern.*«

Ich wurde das Bild von Thomas nicht los. In seinen leuchtenden Augen hatte sich das Feuer der Schmelze gespiegelt, und seine Stimme hatte vor Hoffnung, nein, vor Zuversicht, gebebt, als er über das Potenzial der Mine gesprochen hatte.

Ich war nie ein Träumer gewesen, doch jetzt wollte mich ein Traum nicht mehr loslassen. Mit jedem Herzschlag trat er mir deutlicher vor Augen.

Vor dem Haus warf ich noch einen flüchtigen Blick auf die Straße und sah, dass am Randstein unter der Gaslaterne ein Taxi parkte. Als ich die Stufen hinaufstieg und in den Taschen meines Mantels nach dem Schlüssel kramte, ließ mich eine Stimme innehalten.

»Euer Gnaden?«

Ich drehte mich um und spähte durch den Regenschleier.

Vor dem Taxi stand Ernest Woodruff. Das Wasser rann ihm in Bächen vom Hut.

»Was um alles in der Welt treiben Sie denn hier, Woodruff?«, fragte ich.

»Euer Gnaden«, wiederholte er mit einer knappen Verbeugung und trat näher. Im Licht der Gaslaterne schimmerte sein feuchtes Gesicht wie flüssiges Gold. »Kann ich kurz mit Ihnen sprechen?«

Ich runzelte die Stirn, nickte aber und schloss die Tür zu meiner Wohnung auf. Dann trat ich zur Seite und ließ ihn eintreten.

»Eine schlimme Nacht, Euer Gnaden.«

»Wohl wahr.« Ich zog meinen Umhang aus und nahm ihm den seinen ab, wobei ich mit dem Kopf Richtung Salon deutete.

Er trat nur zögernd ein und wirkte sichtlich nervös, als ich uns zwei Drinks einschenkte.

»Sie sehen ja völlig verfroren aus, Woodruff. Wie lange haben Sie denn gewartet?«

»Das ist nicht so wichtig. Es geht mir gut.« Er kippte seinen Drink erstaunlich rasch hinunter.

Seine Hände zitterten.

»Setzen Sie sich, Mann, bevor Sie umkippen!« Ich führte ihn zu einem Stuhl. »Was führt Sie zu so später Stunde noch zu mir?«

Er fuhr sich mit der Hand übers Gesicht, dann schweifte sein Blick zurück zur Portweinkaraffe.

»Hätten Sie vielleicht die Güte …?« Er hielt mir sein Glas hin.

Ich schenkte nach, setzte mich auf einen Stuhl neben ihn und wartete.

Woodruff starrte lange in sein Glas. Endlich holte er tief Luft. »Zuerst muss ich Ihnen gestehen, dass mir die Entscheidung, Sie aufzusuchen, wahrlich nicht leicht gefallen ist, Euer

Gnaden. Ich habe zwanzig Jahre lang für Jacobson gearbeitet. Zwanzig verfluchte, elende Jahre. Ich mag ihn nicht, ich habe ihn nie gemocht, auch wenn ich für die ständigen Beschimpfungen ausreichend finanziell entschädigt worden bin.«

Er lehnte langsam sich zurück und blickte mir offen ins Gesicht.

»Aber irgendwann kommt der Punkt im Leben eines Mannes, an dem er sich für etwas einsetzen muss, für etwas, was seinen Einsatz wert ist. Ich bin in all den Jahren nie besonders stolz auf mich gewesen und habe mich immer Jacobsons fragwürdiger Moral und seinen ebenso fragwürdigen Geschäftspraktiken gefügt. Aber das gehört wohl zu unserem Geschäft der Rechtspflege, nicht wahr?«

»Tja«, meinte ich, »wahrscheinlich.«

Er räusperte sich.

»Euer Gnaden, ich konnte nicht umhin, das Gespräch mitzuhören, das Sie heute Nachmittag mit Jacobson geführt haben. Und ich habe auch bemerkt, was in Ihnen vorging, als Sie aus dem Büro kamen. Sie haben mit Ihrem Stolz gerungen; Sie hatten Angst, aber dennoch waren Sie entschlossen, alles auf eine Karte zu setzen für die letzte Chance, Ihre Würde wiederzuerlangen und Hoffnung auf eine freundlichere Zukunft schöpfen zu dürfen.«

Ich musste grinsen.

»Aber Sie sind doch bestimmt nicht bei diesem miserablen Wetter hergekommen und haben stundenlang vor meiner Wohnung gewartet, nur um mir dafür auf die Schulter zu klopfen, dass ich mir eigenhändig die Schlinge um den Hals gelegt habe.«

»Nein«, erwiderte er auf seine freundliche, leicht zögerliche Art. »Ich möchte nur, dass Sie verstehen, dass mir in dem Moment, als ich Ihnen in die Augen blickte, etwas bewusst wurde. Ohne seine Würde ist ein Mann kein Mann. Und ich habe zu lange ohne Würde gelebt, Euer Gnaden.«

Er holte zwei zusammengefaltete Dokumente aus seiner Anzugtasche. Lange blickte er stumm auf die Papiere, die er in seiner zitternden Hand hielt. Dann reichte er sie mir, wobei er mir fest in die Augen sah.

Nachdem ich die Dokumente entfaltet hatte, stellte ich zu meiner großen Verwunderung fest, dass es sich um die Geburtsurkunden von mir und meinem Bruder handelte. Fragend blickte ich auf Woodruff.

Er schluckte und deutete auf die Dokumente.

»Das sind die einzigen Beweise dafür, dass Sie und auch Ihr Bruder unehelich geboren wurden. Diese Unterlagen sind nur noch deshalb vorhanden, weil die Herzoginwitwe sie als Faustpfand gegen Ihren Vater genutzt hat. Natürlich hat sie sie schlauerweise auch nach seinem Tod aufbewahrt, für den Fall, dass es einmal zu einem Streit käme, der Sie oder Ihren Bruder beträfe. Nur zu Ihrer Information, Euer Gnaden: Isabelle Pinter hat ihr Geheimnis mit ins Grab genommen. Außer mir und Jacobson weiß keiner etwas davon. Falls diese Unterlagen verschwänden, gäbe es keinerlei Beweis mehr für Ihre wahre Herkunft.«

Ich blickte auf die vergilbten Papiere in meiner Hand. Gedanken jagten mir durch den Kopf.

Ohne diese Dokumente wäre ich wieder ein freier Mann, frei von den Machenschaften der Herzoginwitwe. Ja, sie könnte mich als Betrüger hinstellen, sie könnte den Ruf meines Vaters – ihres Mannes – und den von mir und Clayton ruinieren. Aber …

Erst da merkte ich, dass Woodruff zur Tür gegangen war. Dort blieb er noch einmal kurz stehen und sah mich mit ruhigen Augen an.

»Ich habe Jacobson gekündigt. Ich glaube, es ist höchste Zeit, dass ich es einmal allein versuche, Euer Gnaden. Ich nehme meine Zukunft in die Hand, anstatt darauf zu warten, dass es ein anderer für mich tut.« Er lächelte schwach. »Ich wünsche Ihnen viel Glück, Euer Gnaden!«

Ich blieb sitzen und starrte ins Feuer. Nachdenklich strich ich über die Papiere auf meinem Schoß. Natürlich könnte ich sie vernichten. Und noch während sie zu Asche verbrannten, könnte ich nach Huddersfield eilen und ein letztes Mal versuchen, Maria dazu zu bringen, mich wieder zu lieben. Immerhin würde dann die Drohung der Herzoginwitwe nicht mehr über mir schweben.

»Euer Gnaden?«

Woodruff stand noch immer an der Schwelle. Er umklammerte seinen Hut so fest, dass seine Knöchel weiß schimmerten. Wie seltsam seine Augen wirkten, standen etwa Tränen darin?

»Das Kind«, flüsterte er so leise, dass ich Mühe hatte, ihn zu verstehen. »Ihre Tochter …«

Mein Herz krampfte sich zusammen, und mein Atem stockte.

»Ihre Tochter, Euer Gnaden – sie ist nicht tot!«

24

Noch in derselben Nacht stand ich um kurz vor elf vor der Stadtvilla der Herzoginwitwe. Alle Fenster waren schwarz und wirkten dunkel. Die alte Herzogin war sicher schon längst ermüdet zu Bett gegangen.

Ich musste einige Minuten an die Tür hämmern, bevor ein schläfriger Diener sie einen Spaltbreit öffnete. Ich verschaffte mir Einlass, indem ich mich gegen die Tür stemmte, und begab mich geradewegs in den ersten Stock. Die Unterlagen, die Woodruff mir gegeben hatte, steckten sicher verwahrt in der Tasche meines Umhangs.

Ich befand mich in einer Art Rausch, doch diesmal war nicht der Alkohol die Ursache, sondern die überschwängliche Freude, gleich zum zweiten Mal an diesem Tag eine Entscheidung zu fällen, die mein Leben ändern würde. Auch ich stand im Begriff, mein Leben in die Hand zu nehmen.

Vor den Augen der Herzoginwitwe würde ich die verdammten Dokumente ins Feuer werfen und ihr sagen, sie solle sich zum Teufel scheren.

Die Schlafzimmertür stand offen. Auf der Schwelle blickte ich forschend auf das Himmelbett. Meine Großmutter lag nicht darin. Als Nächstes sah ich zu dem schweren Sessel mit der hohen Lehne, der vor dem erlöschenden Kaminfeuer stand.

Dort saß sie und wärmte sich am Feuer wie eine alte Katze.

Leise schlich ich mich heran und zog ich die Unterlagen aus der Tasche.

Ihr Kopf war im Schlaf nach vorn gesunken.

So hatte ich sie noch nie gesehen. Ihr silbernes Haar stand ihr in dünnen, ungekämmten Strähnen vom Kopf ab. Der

Schal, den sie sich um die Schultern gelegt hatte, unterstrich ihre Gebrechlichkeit; ihr weißes Nachthemd schien vor allem dazu zu dienen, die brüchigen alten Knochen zusammenzuhalten.

Ich setzte mich neben sie und starrte ihr in das eingefallene, faltige Gesicht.

Als hätte sie meine Anwesenheit gespürt, hob sie den Kopf und blickte mir direkt in die Augen.

»Ach«, sagte sie und strich sich – für sie höchst ungewöhnlich – nervös die langen Haare aus dem Gesicht, als schäme sie sich, in einem solchen Zustand ertappt worden zu sein. Sie zog den Schal fester um sich und sank tiefer in den gemütlichen Sessel.

»Die Anstandsregeln sind scheinbar spurlos an dir vorübergegangen, Trey. Zu so später Stunde macht man keinen unangekündigten Besuch, und schon gar nicht, wenn man nicht eingeladen ist.« Sie richtete sich ein wenig auf und hob eine Augenbraue. »Ich hoffe von ganzem Herzen, du hast eine vernünftige Entschuldigung für diese Störung.«

»Eine sehr vernünftige sogar«, erwiderte ich und befühlte die Unterlagen auf meinem Schoß. »Möglicherweise ist das sogar die vernünftigste Tat meines ganzen Lebens.«

Ihr Blick fiel auf die Papiere und verweilte dort lange. Endlich seufzte sie tief und meinte: »Na gut, dann sag schon, was los ist!«

»In diesen Dokumenten wird bescheinigt, dass Isabelle Pinter mich und Clay geboren hat.«

»Aha.«

»Ich möchte, dass Sie sehen, wie ich sie zu Grunde richte, vernichte. Und dann werde ich auf Nimmerwiedersehen verschwinden.«

Sie schürzte die Lippen und lehnte den Kopf an die Sessellehne. Ihre Augen funkelten seltsam belustigt.

»Na gut«, meinte sie. »Tu, was du nicht lassen kannst. Bring es hinter dich, und dann mach, dass du fortkommst.«

Ich stand auf, trat mit den Papieren in der Hand vor den Kamin und starrte auf das ziemlich weit heruntergebrannte Feuer. »Außerdem weiß ich, dass meine Tochter am Leben ist, wo sie sich aufhält und dass es ihr gut geht«, meinte ich. »Ich habe vor, sie zu holen und Maria zu übergeben. Und dann hoffe ich, dass es mir gelingt, Maria dazu zu bringen, mich wieder zu lieben, Ihnen Ihre Grausamkeiten zu verzeihen und mich zu heiraten.«

»Und wenn sie das nicht tut?«

»Dann wird sie wenigstens ihre Tochter wieder bei sich haben.«

Sie ließ mich nicht aus den Augen. Ihr Mund war zu einem spöttischen Lächeln verzogen.

Ich blickte auf die Papiere und dann auf sie, dann wieder auf die Papiere, auf das Feuer, in ihre Augen.

Plötzlich kam mir ein Gedanke, bei dem mir ganz anders wurde. Mir wurde klar, warum sie auf so wissende und boshafte Weise lächelte. Sie hielt mich für einen Feigling! Einen Mann, der so verzweifelt war, dass er die Beweise für seine Herkunft vernichten wollte. So war ich früher gewesen, bevor Maria in mein Leben getreten war.

Ohne ihrem Blick auszuweichen warf ich ihr die Unterlagen in den Schoß.

Sie erstarrte und die Selbstgefälligkeit verschwand aus ihrem Gesicht.

Ich kniete mich vor sie und blickte ihr in die erstaunten Augen.

»Ich brauche den Stammbaum der Salterdons nicht, um ein Mann zu sein! Salterdon und seine ganzen wertlosen Titel haben nichts mit dem Mann, Ehemann und Vater zu tun, der ich werden möchte. Fahren Sie zur Hölle!«

Damit stand ich auf und ging.

»Trey!«

Ich drehte mich um und blickte ihr noch einmal ins Gesicht. Was ich sah, raubte mir den Atem.

Einen Moment lang, nur einen ganz kurzen Moment löschte der Feuerschein die Falten ihres Gesichts.

In diesem Moment war sie wieder eine junge Frau, und in ihre Augen traten Tränen, die ihr silbern die Wangen hinabrannen.

»Ich wollte von ihm geliebt werden, sonst nichts«, sagte sie leise. »Geliebt werden mit all der Leidenschaft und Besessenheit, mit der ich ihn liebte. Ich war bereit, alles zu tun, um ihn zu halten. Alles. Ich habe über seine Affären hinweggesehen, seine Lügen akzeptiert, die Kinder angenommen, die er mit anderen Frauen zeugte, und mir ständig nur gewünscht, dass es meine eigenen wären.«

Ich schluckte und schloss die Augen. In diesem Moment wich all der Zorn, der mich mein Leben lang belastet hatte. Ich empfand Mitleid mit der unschuldigen jungen Frau, die aus Liebe geheiratet hatte und ihr Leben lang nicht geliebt worden war.

»Liebe und ehre sie!«, flüsterte sie. Ihr Kinn zitterte, als sie die Dokumente ins Feuer warf.

* * *

Am nächsten Tag kam ich erst gegen Mittag in Huddersfield an. Der Boden funkelte in der Frühlingssonne, als ich von meinem erschöpften Pferd sprang und zu Marias Tür ging, nein rannte, und mit der Faust dagegenhämmerte.

Es kam keine Antwort. Atemlos ließ ich meinen Blick die Straße auf und ab schweifen, dann rannte ich verzweifelt weiter, so schnell, dass mir die Lunge wehtat und der Schweiß auf die Stirn trat. Ich zerrte mir den Umhang von den Schultern, ließ ihn achtlos fallen und rannte weiter, bis John Rees' Häuschen in Sicht kam.

Endlich stand ich keuchend davor. Auch hier hämmerte ich wieder gegen die Tür.

Sie wurde sofort geöffnet.

Ich starrte in die verwunderten Augen einer Frau, an der ich mich vorbeidrängte und fragte: »Maria Asthon – ist sie da?«

»Wer in aller Welt glauben Sie eigentlich, dass Sie ...«, fing sie an.

»Verflucht noch mal, ist sie da oder nicht?«

Mein Blick irrte in dem kleinen, aufgeräumten Wohnzimmer umher.

»Wo zum Teufel steckt sie? Ist sie bei Rees?«

Da hörte ich einen Laut und wirbelte herum.

Auf der Schwelle zum Schlafzimmer stand ein Kind, ein kleines Mädchen, das engelgleiche Gesichtchen umrahmt von dunklem Haar, die Augen ein getreues Ebenbild von meinen.

Behutsam ging ich auf sie zu.

»Also bitte, was erlauben Sie sich ...«

Die Worte der Frau drangen kaum in mein Bewusstsein, denn ich konnte den Blick nicht von dem Gesicht meiner Tochter lassen. Langsam sank ich auf die Knie, alle Einzelheiten in mich aufnehmend: Marias süßer Mund, meine dunklen Haare, meine grauen Augen ...

»Sarah!«, flüsterte ich ergriffen.

Doch dann drangen die Worte durch den Schleier meiner Glückseligkeit:

»... Rees und Miss Asthon werden in diesem Moment getraut.«

Ich fuhr herum und starrte die Frau ungläubig an. »Sie werden getraut?«

»Jawohl. Wenn sie es nicht schon sind.«

Ich raufte mir die Haare und schloss die Augen. »Allmächtiger! Oh Gott, bitte! Bitte tu mir das nicht an!«, flüsterte ich entsetzt.

Um meine Tochter nicht zu erschrecken, stand ich behutsam auf. Dann nahm ich sie sachte in die Arme, drückte ihr einen sanften Kuss auf die samtweiche Stirn und murmelte ihr ins Ohr: »Wir gehen jetzt zusammen zur Kirche.«

»Um meinen Papa zu sehen?«, fragte sie und blickte mich mit ihren strahlenden Augen vertrauensvoll an.

Mir drehte sich das Herz im Leibe um. »Ja«, sagte ich nur, lächelte gezwungen und nickte. »Um deinen Papa zu sehen.«

Auch wenn die Frau, die offenbar das Kind gehütet hatte, gar nicht begeistert war, eilte ich mit der Kleinen aus dem Häuschen. Jeder rasche Schritt, mit dem ich mich der Kirche näherte, ließ mein Herz heftiger schlagen, und die ganze Zeit flehte ich still: »Bitte, bitte, lieber Gott, bitte lass mich nicht zu spät kommen!«

Endlich hastete ich die Stufen zur Kirche hoch und stieß die Tür auf.

Und ging vor Dankbarkeit fast in die Knie, als ich die ernsten Worte durch den stillen Raum hallen hörte: »Kennt jemand einen Grund, warum diese zwei Menschen nicht den Bund der Ehe schließen sollten? Dann möge er jetzt vortreten und ihn uns nennen!«

»Ich«, flüsterte ich. Mir drohten die Worte im Hals stecken zu bleiben. »Ich kenne einen Grund«, wiederholte ich laut.

Maria drehte sich um und blickte mich mit großen Augen an.

Oh Gott, diese Augen! Diese Lippen! Dieses wundervolle Gesicht, das mich von dem Moment an verfolgt hatte, als ich es zum ersten Mal erblickte.

»Tu es nicht«, sagte ich. »Maria ... ich bitte dich, tu es nicht!«

John Rees legte stöhnend die Hände vors Gesicht. Er taumelte zu einer Kirchenbank und sank fassungslos darauf nieder. Verzweifelt streckte er die Hand nach Maria aus, fasste sie am Handgelenk und zwang sie, ihren verblüfften Blick auf ihn zu richten.

Sie liebte mich noch immer. Ich wusste es. Ich sah es an ihrem zitternden Körper, an dem Kampf, der in ihr tobte und den sie verzweifelt einzudämmen versuchte.

Ihr Blick flog wieder zu mir, dann zu dem Kind in meinen Armen. Erst da begann ihr die Erkenntnis zu dämmern.

John Rees hatte sich mittlerweile so weit gefasst, dass er zu einer Erklärung ansetzte.

»Dein Vater sagte mir, du wärst tot. Er bat mich und Jane, das Kind aufzunehmen. Ich … ich konnte es dir nicht sagen. Ich wusste, dass du ihn noch immer liebst. Ich wollte euch doch nicht beide verlieren …«

Ihre blauen Augen füllten sich mit Tränen, ihr Brautstrauß fiel zu Boden. Als ich ihr die Hand entgegenstreckte, rannte sie durch den Mittelgang zu mir – und zu unserer Tochter.

25

»Ich habe schon immer befürchtet, dass du nicht ganz richtig im Kopf bist, Trey, aber jetzt bin ich mir dessen ziemlich sicher. Du bräuchtest dir das alles wahrhaftig nicht anzutun!«

Ich blickte auf Clayton, der auf seinem Pferd saß und in seinem makellos sauberen Reitanzug blendend aussah. Um uns herrschte ein grässlicher Lärm, der fast ebenso unerträglich war wie der Staub und der Schweiß auf meinem Gesicht.

»Warum machst du dich nicht nützlich? Steig von deinem verdammten Gaul, und hol dir eine Hacke. Du weißt doch, die Grube gehört gewissermaßen zur Hälfte dir.«

»Du kannst diesen Vorhof zur Hölle ruhig behalten«, erwiderte er. »Ich würde nur zu gern wissen, warum ihr euch hier weiter abstrampelt. Ihr habt euch jetzt fast ein ganzes Jahr durch Erde und Felsen gekämpft, und was ist dabei herausgekommen? Blutige Hände und Rückenschmerzen.«

Ich blickte auf die Ponys, die sich mit den Wagen auf den Schienen abmühten. Nach fast einem Jahr Schufterei und schlimmsten Strapazen ruhten meine Hoffnungen noch immer auf den Worten eines Mannes, der arm wie eine Kirchenmaus gestorben war.

Hatte sich Thomas Whitefield etwa doch getäuscht? Gab es hier kein Blei mehr, keine reiche Ader, mit deren Hilfe ich meine leeren Truhen wieder zu großem Reichtum würde füllen können?

»Euer Gnaden!«, ertönte auf einmal ein Schrei. Als ich mich umwandte, sah ich, wie mein Stallbursche seinen schäumenden Gaul zum Stehen brachte. »Es ist so weit, Euer Gnaden. Das Baby kommt!«

Ich sprang auf mein Pferd, und zu dritt galoppierten wir nach Thorn Rose, als ob uns der Teufel auf den Fersen wäre.

An der Tür wurden wir von Miracle empfangen, die einen recht gefassten Eindruck machte. »Es nimmt alles seinen Lauf, es gibt also keinen Grund zur Sorge!«

Ich versuchte, mich an ihr vorbeizudrängen, doch sie ließ es nicht zu.

»Du setzt keinen Fuß in dieses Zimmer, bevor du dich nicht gewaschen hast!«

»So tu doch was, damit sie ihre Meinung ändert – sonst tue ich es«, meinte ich zu Clayton.

Er grinste. »Nur zu, wenn du dich traust!«

»Papa!«

Sarah Maria stürmte aus dem Salon, gefolgt von Maggie. Ich ging in die Hocke und breitete die Arme aus, um meine Tochter zu begrüßen.

Sie kam schlitternd vor mir zum Stehen, doch dann zog sie das kleine Näschen kraus und schüttelte missbilligend den Kopf. »Wasch dich erst mal«, meinte sie, »dann wirst du umarmt.«

Von oben erklang ein Schrei, und ich spürte, wie alle Farbe aus meinem Gesicht wich.

Miracle erteilte dem Kindermädchen eine schroffe Anweisung. Diese nahm die Kinder und brachte sie in den Salon zurück. Unterdessen funkelte meine Schwägerin mich vorwurfsvoll an. »Wasch dich!«, meinte sie noch einmal barsch, dann raffte sie die Röcke und eilte in den ersten Stock.

Clayton klopfte mir aufmunternd auf die Schulter. »Hol dir erst einmal etwas zu trinken. Waschen kannst du dich danach immer noch.«

Ich nickte und folgte ihm. Im Salon ließ ich mich auf einen Sessel vor den Doppeltüren zum Park sinken. Clayton drückte mir ein Glas Portwein in die Hand und lachte.

»Gewöhn dich daran! Frauen mögen ja höchst zerbrechlich wirken, aber sie sind es nicht.«

»Na gut«, meinte ich in aller Ruhe, leerte mein Glas in einem schnellen Zug und hielt es ihm zum Nachfüllen hin.

***

Ich wusch mich nicht, sondern trank weiter und lief unruhig hin und her. Schließlich ging ich in den Garten und pflückte einen großen Strauß Kronenanemonen, die ich mit einer von Sarahs Haarschleifen zusammenband.

Dann setzte ich mich auf den Boden vor unser Schlafzimmer, lehnte mich an die Wand und drückte jedes Mal, wenn ich Maria schreien hörte, die Augen ganz fest zu.

Quälend langsam verstrich die Zeit, bis es Nacht wurde und sich das Haus mit dunklen Schatten füllte. Die Kleinen waren vom Kindermädchen längst ins Bett gesteckt worden.

Immer, wenn Miracle aus dem Zimmer kam, versuchte ich, ihrem Gesichtsausdruck zu entnehmen, wie die Dinge standen. Ich sah sie leise mit meinem Bruder sprechen, wobei sie sich offenkundig um eine möglichst ausdruckslose Miene bemühte.

Um Mitternacht ging Clayton müde ins Erdgeschoss, um uns noch etwas zu trinken zu holen. Ich saß im Licht einer der Wandlampen und starrte auf die verwelkenden Anemonen in meiner Hand.

»Es stimmt etwas nicht«, sagte ich leise. »Ich weiß es.«

Vertraue unserem Herrgott, erklang es plötzlich leise.

Ich sah mich um, denn ich dachte, mein Bruder sei zurückgekehrt. Aber nein, er war noch nicht da. Ich war allein und hatte offensichtlich Halluzinationen von all dem Port und den Sorgen.

Ich werde dir noch Wunder zeigen.

Ich blickte ins Dunkel. »Dann zeig sie mir, Himmel noch mal!«, fauchte ich und zerdrückte die Anemonen in meiner Hand.

Da erhob sich plötzlich ein Chor aufgeregter Stimmen im

Erdgeschoss. Ich sprang hoch, ging zum Treppenabsatz und blickte hinunter in das rußige, schweißgebadete Gesicht meines Vorarbeiters.

Mich überfiel die Erinnerung an den schrecklichen Tag vor fast zwei Jahren, als die Grube explodiert war. Ich musste mich am Treppengeländer festhalten. »Um Himmels willen, Mr. Stubbs! Was um alles in der Welt ist passiert?«

»Passiert?« Auf sein dunkles Gesicht trat ein breites Grinsen. »Wir haben eine Ader gefunden, Euer Gnaden! Jawohl! Eine richtig gute Ader, wie es scheint.«

Clayton trat neben den Mann. Lächelnd hob er sein Glas und prostete mir zu. »Du hast es also tatsächlich geschafft, alter Junge!«

Doch ich konnte mich gar nicht richtig über diese Nachricht freuen. Ohne Maria wäre das alles unwichtig.

»Trey?«

Ich wirbelte herum. Miracle stand in der offenen Tür unseres Schlafzimmers. Ich schluckte und suchte in ihren Augen nach einem Hinweis.

Als sie lächelte, bekam ich weiche Knie.

»Würden Sie jetzt gern Ihre Frau sehen, Euer Gnaden?«

Ich folgte ihr ins Schlafzimmer.

Maria lag mit geschlossenen Augen im Bett, das schweißnasse Gesicht von ihrem fülligen Haar gerahmt. Wie zerbrechlich sie aussah! So müde, so blass! Das Herz schlug mir bis zum Hals.

In diesem Moment blinzelte sie und schlug die Augen auf. Sobald sie mich sah, begann sie zu lächeln.

»Da bist du ja«, sagte sie.

Ich trat ans Bett, ohne den Blick von ihrem wundervollen Gesicht zu nehmen.

»Was hast du denn da?« Sie deutete auf meine Hand.

»Anemonen.« Ich legte die Blumen auf das Kissen neben ihrem Kopf. »Ich fürchte, sie sind tot.«

Sie wandte den Kopf den Blumen zu und schnupperte daran. »Nein, nicht tot, Liebster. Nur ein bisschen welk. So wie ich.«

Ich gab ihr einen zärtlichen Kuss und murmelte erleichtert: *»Anemone, meine Zier, nur du bist die Liebste mir!«*

Maria lächelte mich an. »Würden Sie jetzt gern Ihre Söhne kennen lernen, Euer Gnaden?«

»Ein Sohn!« Ich lachte froh und streichelte ihr die Wange. »Maria, du hast mir einen Sohn geschenkt!«

Sie schüttelte den Kopf. »Nein, du hast mich falsch verstanden. Ich habe dir Söhne geschenkt.«

Langsam richtete ich mich auf.

Als Maria hinter mich deutete, drehte ich mich um und sah, dass Miracle mit zwei Kindern, eines in der linken, das andere in der rechten Armbeuge, hereinkam. Ich ging ihr entgegen. Als sie im Licht der Lampe stehen blieb und ich gebannt auf die beiden winzigen rosafarbenen Gesichter starrte, hörte ich noch einmal die leise Stimme.

Ich werde dir noch Wunder zeigen.

Meine Frau streckte mir die Arme entgegen. Ich ging wieder zu ihr, sank neben sie aufs Bett und legte den Kopf auf ihre Brust. Dann schloss ich die Augen und genoss die Berührung ihrer Finger auf meinen Wangen.

»Liebster«, flüsterte sie, »warum weinst du denn? Es ist doch alles gut!«

»Weil ich dich liebe«, erwiderte ich. »Und dich immer lieben werde!«